中公文庫

青空と逃げる

辻村深月

中央公論新社

目次

青空と逃げる

第一章

川漁の夏休み

1

青い、大きな布を広げた真ん中に立っているみたいだ。

本条力《ほんじょうちから》は、小船の上でそう思う。太陽を弾《はじ》く四万十川《しまんとがわ》の川面は穏やかでほとんど波や飛沫《しぶき》が見えず、のっぺりと幅が広い。

力にとって川とは、もっとずっと幅が狭くて流れが急なものだという印象だったから、初めてこの川を見た時には圧倒された。

青い布を連想したのは、きっと、父親のところで前に、演劇に使う大きな布を見たことがあるからだ。舞台の端から端までをつなぐ大道具の真っ青な布は染み一つなく、目に痛いほどの青だった。その時の演出家がこだわって、有名な染め師のところで出してもらった布だと父が言っていて、布を染めることを専門の職業にしている人がいることを知らなかった力は、そのことにも随分驚いた。

「力、そろそろ引き上げるぞ」

遼《りょう》の声がして、力は顔を川面の青から遼の方に向ける。

小船から身を乗り出し、夏の明るい水の中に両腕を突っ込んだ遼がこっちを見ている。その手の先にはたくさんの葉っぱと小枝。力は、その下に大きな網を当てる役目だった。

「うん」

力はあわてて網を支える手に力を込める。小船が大きく傾《かし》いだ。ドキドキしながら次の指示を待つ。

そおれっという遼の声とともに、小枝を網ごと船の端に引き上げる。

「力、おるぞ。見えるか」

網を支えたまま身を乗り出して枝や葉っぱの間を見る。すると、その中で何かが跳ねた。黒っぽい透明な体が、ぱちっ、ぱちっ、と水を大きく弾く。

「見える！」

テナガエビ、と呼ばれるエビだ。一匹確認できると、他にもたくさん枝や葉っぱの陰にちらちら、長いヒゲや透明な腹が確認できた。

「すごいよ、遼兄ちゃん、本当にいる」

思わず声が出ると、遼が「当たり前だろ」と微《かす》かに笑った。そのまま、慣れた手つきで束ねられた枝の隙間《すきま》に手を伸《の》ばす。「ちゃんと支えちょけよ」と力に言って、下に広げた網の中に、エビを放り込んでいく。

「テナガエビはハサミの力が強いけん気をつけろよ。跳ねる力も強いけんね」

「わかった」

柴《しば》づけ漁、と呼ばれる四万十川の漁師たちが続けているこの漁は、力にとって初めての経験だった。高知に来た日の食事で出されたエビの素揚げに、東京から来た力も、母の早苗《さなえ》もとても驚いた。

おいしい！　と母が口に手を当てて声を上げると、食堂のおばちゃんたちが「味つけは塩だけ」と教えてくれたが、その塩の味も東京とはまるで違っているように感じた。

テナガエビのような川エビは、当然のように川で生きている。

エビの素揚げを食べた日の午後、母と四万十川を案内してくれる観光船に乗った。すると、川下りの途中で、川の漁師たちが網を広げて魚やエビを捕まえる様子を見せてくれた。力にとって、漁とは海に大きな船をこぎ出していくようなイメージしかなかったが、川の漁は水と人の距離が近く、新鮮に感じられた。おじいちゃんやおばあちゃんのような年の夫婦が小船の上で二人だけで作業していたりもするし、成人したばかりだという若い漁師が父親と網を広げている場合もあった。

観光船が通るのに合わせて、その時間に漁を見せる約束になっている漁師もいるようで、遼《とお》もその一人だった。力たちを乗せた観光船が、遼の乗る木製の舟のすぐ近くまで来て停《と》まった。

ガイドの女性が、「はい、この川一番のイケメン漁師の遼くんです。どうですか、獲《と》れますかー?」と声をかけ、心得た様子の遼が「まぁまぁッス」と微笑《ほほえ》む。エビを獲る様子を見せてくれた。

ガイドが漁について説明する。

「はい、これが四万十川でよく行われているエビ漁の一種で、柴づけ漁と言います。やり方は、まずはおじいさんが山へ柴刈りに……。じゃなくって、遼くんはまだ二十歳のイケメンなので、おじいさんは失礼でしたね」

船内から笑いが起きた。

柴づけ漁は、山で刈ってきた柴の木の細い枝を二十本近く束ね、それを川に沈めておく漁だ。何日か沈めておくと、エビが枝の中を住処《すみか》にする。そうやって住みついたエビたちを引き上げるという方法だ。

遼が今引き上げたエビたちは、あの日、観光船で見た時よりも数が多いように思えた。何より目の前でエビがこんなにぴょんぴょん跳ねている。迫力がまったく違う。

四日前、柴を刈って束ね、沈めるところから、力は一緒にやらせてもらった。束ねる紐《ひも》の結び方が弱いと言われて、顔と手のひらを真っ赤にして縛り上げた仕掛けを引き上げる日を、今か今かと楽しみにしていたのだ。

「すっげぇ。こいつら、体よりハサミの方が長いんだね」

テナガエビの体はだいたい五センチぐらいだが、腕は八センチはあるだろうか。力の呟《つぶや》きに、遼が「そうやけんテナガ言うがよ」と笑った。

「ほら、この小さいがはスジエビ。こっちはヌマエビ」

力はおっかなびっくり網の中を覗《のぞ》き込《こ》み、エビが一匹跳ねるごとに思わずびくっと身を引いてしまうけれど、遼が小さなエビの腹を片手で摑《つか》んで見せてくれる。

力が顔を近づけた途端、遼の指と指の間から、クリップが弾かれるような具合にエビがぱちんと跳ねて「わっ」と体を反らした。

「力、ビビりすぎ」

遼がおかしそうに笑う。よく日焼けした頰《ほお》の皮が少しむけている。

八月の舟の上は、陽射《ひざ》しは強いが、川面を撫《な》でる風が心地よかった。

「力の母ちゃんのとこの食堂で素揚げにしてもろうて食うか」

「うん」

この川の周辺に来てから、力には初めて知ったことがたくさんあった。

ゴリと呼ばれる小さな魚を母のいる食堂で初めて食べた。アオサの味噌汁《みそしる》を初めて飲んだ。

チヌという魚の名前も初めて聞いたし、そのチヌを、遼や遼の父親たちが「青のりの季節はのりを食べようけん、チヌものりの匂いと味になる」と言っていて驚いた。魚の味はただ魚の味だと思っていたけれど、魚だって何かを食べて、それが体を作っているのだから、何を食べているかによって味が違うのは当然なのかもしれない。自分たちは生き物たちを食べているのだ、と初めて思った。

「力、何歳やったかねえ」

船を下流に向けながら、遼が聞く。

「小五」

「ってことは何歳だ？」

学年まではすぐに出てくるが、年を答えることは普段少ないから咄嗟《とっさ》に口ごもる。ちょっと考えて、「十歳」と答えた。遼が太陽に「あっちいなぁ」と目を細め、続けて教えてくれる。

「俺がお前くらいの年の頃は、よく川にウナギの稚魚《ちぎょ》を探しに行ったねや。見つけたらちょっとした小遣い稼ぎになるけん、友達とようやったよ。懐かしい」

空を見上げると、四万十川に負けないほど、青一色だった。まるで、クレヨンで隙間なく塗りつぶしでもしたように、視界の端から端までぜんぶ同じ色をしている。

川を下る途中で、ふと、おもしろいものを見る。

水面から十メートル近い川沿いの木々の枝に、泥やゴミのようなものがいくつも引っ掛かっている。一体どうして――と思っていると、力の視線に気づいたのか、遼が教えてくれた。

「ああ、この間の台風。川の水が増えてこの辺まで来たがぜ」

「こんなに高く？」

先週の台風の日、力は母に家の外に出ないようにときつく言われていた。特に川には絶対に近づかないように、と。

大袈裟《おおげさ》だと思ったし、水が増えて川がいつもの様子と違っているならぜひ見てみたいと思っていたくらいだったのに、まさか、こんなに——、とゴミの引っ掛かった、自分の遥《はる》か頭上を仰《あお》ぐ。今は穏やかに木漏れ日《こもび》を注ぐ枝は、見上げると首が痛くなるほどで、自分の身長をゆうに超えた高さの水を想像するとぞっとした。

「エビ漁は柴づけ漁の他にも、コロバシ漁って方法もある。米ぬかを入れた塩ビの筒を一晩沈めて、やっぱり住みつくがを待って引き上げる」

「うん」

「そっちの仕掛けも、これまで何度も台風で流された」

「悔しい？」

「いいや」

首を振る遼の顔は明るかった。

「そのおかげで水がきれいなままながと、父ちゃんたちも言いよる」

「そっか」

遼の父親は、遼よりさらに日焼けした、身体の大きなとても元気のいい人だ。高知に来て、慣れない土地で船着場と川の近くを一人でブラブラしていた力に、「どこの学校だ？友達は？」と話しかけてきた。

夏休みで、東京から来ていることを伝えると、遼に向けて「夏の間、弟子にするか？」と言ってくれた。

「今月が終わったら、東京のお父さんのとこに戻るがやろ？　あとちょっとか」

船が着く頃になって、遼に尋ねられ、力は「ん」と頷《うなず》いた。

東京に戻るのはそうだろうけど、そこに父が待っているのかどうかはわからなかった。

高知に来てから、母は、父の話も東京の話も力にまったくしようとしない。

「さみしくなるな」

「ん」

「向こう帰ってもまた来いや」

「……うん」

返事をしながら遼から顔を逸《そ》らし、しゃがんで、獲ってきたエビを見る。白く光るエビの腹の上で、水しぶきが眩《まばゆ》く弾ける。

再び立ち上がって下流に目をやる。力が一枚の布のようだと思った川は、どこまでもどこまでも果てなく続いているようだ。下に行くにしたがって、川幅がどんどん広くなるように思えた。

2

「アオサの天ぷら、出ます！」

厨房《ちゅうぼう》の窪内《くぼうち》からの声に、早苗は振り向く。

「はいよっ、今行きます」

昼時の『多和田屋《たわだや》』は、一日のうちで一番忙しい。

一階が名産の土産物《みやげもの》屋、二階が食堂になっているドライブインは、ツアーなどの団体客がバスで大勢立ち寄る。

ワンフロアの食堂は、長テーブルの席が全部で十一列。時間差で予約した客たちが一時間ほどで川魚や天ぷら、うどんなどが並んだ昼食を食べ、一階の土産物屋を見て、また出ていく。

夏休みともなると、十一時半に入った人たちが出た後で一度席を片付けて、同じテーブルの列に一時半には別の客を入れる。この入れ替えの時間が食堂は一番忙しい。

厨房から受け取った面積の広い盆の上から、一つ一つアオサの天ぷらを席に置いていく。

天ぷらは、できたてと時間が経ってからでは風味が全然違うから、客が来る前に置いてしまうというのが、ここに来て三週間以上経った今も早苗にはもったいないように感じられる。

「ゴリの卵とじ、もうすぐ出ます」

「はいよっ」

「はいよっ」

早苗が答えると、ちょうど、自分の後ろで同じように天ぷらを並べていた聖子《せいこ》と声が揃《そろ》った。聖子とともに厨房まで次の料理を取りに行く。料理を盆にひとつひとつ載せる間、胸のところに「多和田屋」の名が入った割烹《かっぽう》着に三角巾《さんかくきん》姿の聖子が笑った。

「早苗、『はいよっ』って言えるようになったね」

「え？」

「最初は、『よっ』ってつけられてなかった。『はいっ』って一生懸命返事してたけど、慣れてきたんだなぁって思って」

「あ」

ちょっと前から自分で意識的に変えたことだった。砕けた言い方をするのが、昔からの従業員でもないのに図々《ずうずう》しいような気がして遠慮していたのだけど、少し前からやっぱり言ってみたくなった。

おかしかったろうか、と思う早苗の気持ちを読むように、聖子がまた笑う。何も口に出していないのに「いいと思うよ」と短く言って、料理を載せた盆を一足先に厨房から席に運んでいく。

バス会社のガイドに案内されながら、団体客が次々と食堂に入ってくる。

「いらっしゃいませー」

早苗は、他の従業員と一緒に顔だけ上げて、手元を動かしながら彼らを迎える。

南側の窓に面した長テーブルの一列は、他のテーブルのものより千円高い、ウナギがつく食事のコースだ。

「ウナギ、出ます」の声に合わせて、早苗は少し面映《おもは》ゆい気持ちになりながら、また「はいよっ」と返事をする。

あわただしい昼の時間が過ぎて二時になると、従業員たちも少し息がつけるようになる。昼食が終わってしまえば、夕方や夜にやってくるのは近所の人や個人の観光客が中心になる。団体客の予約もたまに入るが、このあたりに観光に来る人たちは、だいたいが旅館やホテルで夕食をすます。

一時半に入った客たちが食事をする横で、早苗は他の客たちの食事の片付けを始める。入れ替え前と違って後ろの時間を気にしなくていいのがありがたい。

ドライブインに来る観光客のほとんどが、中高年の夫婦や女友達といった様子の人たちだ。

夏休みだし、親子連れもいるが、そういう時はだいたいおじいちゃんやおばあちゃんと三世代一緒にツアーの旅をしているような雰囲気で、両親と子どもだけ、というパターンは少なかった。聞けば、夏の四万十に来る親子連れは、団体ツアーよりは、個人で宿を取って川下りや川釣りの体験パックを個別に申し込むことの方が今は増えているのだそうだ。

「お疲れ」

軽い素材でできた朱塗りのお椀《わん》を重ねて片付けながら、聖子が話しかけてくる。早苗もようやく一息つける思いで答える。

「お疲れ」

「今日、力くんは？　また遼ちゃんのとこ？」

「うん。エビを獲るんだって、朝からはりきってた。夕方になったら持ってくるんじゃないかな」

自分が働く間、遼たち親子は息子の面倒をよく見てくれている。一度、恐縮した早苗が挨拶に行ったら、二人が笑って「力くんを勝手に戦力にして悪いね」とか、「そうだよ、親父《おやじ》。バイト代出さなあいかんぜ」と言ってくれて、心が軽くなった。

最近また背が伸びたとはいえ、都会育ちでろくに自然遊びもさせたことがない息子が、二人の邪魔をせずに手伝いができているとは思えなかったが、力も舟に乗せてもらうのは本当に楽しいようだった。

「力くん、ずいぶん日にも焼けたし、逞《たくま》しくなったよねえ。川が合ってるのかな。遼ちゃんに悪い遊びでも吹き込まれてないといいけど」

「遼くんのこと、本当に好きみたい。今日はこんなことがあった、って話し出すと止まらないんだ」

ついこの間もそうだった。

——お母さん、ウナギの卵って、これまでずっと誰にも発見されなかったって知ってた？

遼のところから戻って、食堂に早苗を迎えに来てすぐ、興奮した様子で話し出した。

——何年か前に、日本の学者の人が初めて太平洋で見つけたんだって。

力には、本当に新鮮な驚きだったようだ。早苗が口を挟む隙も与えない。

——すごくね？　こんなに科学とかいろいろ発達してるのに、ウナギなんてスーパーでも売ってるような生き物のことがまだ謎なんだよ。だから、天然ウナギって稚魚からしかいないんだ。

力のその声を聞きつけて、厨房でスポーツ新聞を読んでいた調理長の窪内が顔を出す。

「なんだ、坊。母ちゃんにウナギが食いたいってアピールか」と言われ、力が途端にもじもじと言葉に詰まる。「オレ、ウナギあんまり好きじゃない」と答えると、窪内が「なんだそりゃ」と言って、かかっと笑っていた。

四万十に来てから、力は好き嫌いも少なくなったように思う。見た目で判断して、食べ慣れないものには絶対に手を出さない子だったけれど、食堂に来ると問答無用に周りから「これも食え、あれも」とおせっかいを焼かれる。

最後の客の一団が、ガイドの女性から「はーい、そろそろ下に」と案内される声が聞こえる。早苗はちらりと壁にかかった時計を見上げる。このくらいの時間になれば、自分たち従業員もようやく昼休憩に入れる。

「おーい、女優さん。ここの席すぐ片付く？」

声がして振り返ると、この近くに住む鈑金《ばんきん》屋の社長と、その従業員たちだった。この時間帯の常連だ。まだ片付ける前の席だったが、隅に設置されたテレビを観るのにちょうどいいのだろう。彼らが毎回座るあたりだ。

「はぁい、ただいま」と、早苗が答える。

女優さん、と呼ばれた声に、ガイドの案内で席を立ち上がりかけていた団体客の何人かが、「え？」と驚いたようにこっちを見るのがわかった。早苗はいたたまれない思いで顔を伏せる。あわてて、お盆に載せた料理の残りを厨房まで戻しに行く。

常連客である彼らに、「この子、東京で女優やってたの」と聖子がたわいなく教えたのは、何も悪意があってのことではない。聖子は学生時代から早苗の舞台をよく観に来てくれた。社会人になって高知に嫁いでからでさえ、チケットを買ってわざわざ上京してきてくれたほどだ。

大学を卒業してから、力が生まれる二十八歳の年まで早苗が所属していた「剣会《つるぎかい》」は、主宰者である鶴来嵩《つるぎたかし》の名前こそ有名だが、それでも知る人ぞ知る、という域を出ない小さな劇団だった。もともと演劇界自体がそうだと言われてしまえばその通りなのかもしれない。

脚本と演出を手掛ける鶴来の姿はテレビや雑誌でもよく見るが、彼以外の役者陣が表に出ることはほとんどない。今ではだいぶ丸くなったそうだけれど、当時の鶴来が極端に厳しく、所属する役者たちに自分の劇団以外の仕事を一切許さなかったという経緯もある。

学生時代から鶴来の戯曲を読み、彼の舞台に心酔して、大学卒業後にオーディションを受けた。バイトをしながら劇団と鶴来の活動の手伝いに明け暮れた二十代が、もうずっと遠いことのように思える。聖子は同じ大学の同期で、早苗の出演がない舞台にも声をかければ来てくれた親友だった。「私には難しいから、意味がわかんないところが多かったけど」と微笑みながら、「でもなんか雰囲気がいいよね」と素直な感想を聞かせてくれる彼女のことが、早苗は昔から好きだった。

しかし、女優、と呼ばれていたのはもう十年以上前のことで、今の自分は三十八歳の主婦だ。

聖子に「女優をしていた」と話されるのは、恥ずかしさを通り越して申し訳ないような気持ちになる。世間一般で言う「女優」は、演技をする女性というより、大きな芸能事務所に所属し、テレビや雑誌、広告に多く登場して場を飾る美しい人たちを指すのが普通だろう。そんな華やかさは自分にはない。

しかし、食堂の常連である鈑金屋の社長たちは、それでも「へえ」と感心したような声を上げ、「ほんで、べっぴんさんながやね」とか、「そう言うたらテレビで観たことがある気がする」と言い出した。

現役で舞台に立っていた二十代の頃でさえ、早苗がテレビに出たことは一度しかない。それも、主宰の鶴来の活動に密着したニュース番組が稽古《けいこ》風景をちらりと映した際に画面に映り込んだ、というだけのものだ。彼らが自分をテレビで観たはずなどない。しかし、その後に「あれに出ちょららった？　二時間サスペンスの」「いや、朝ドラで見た気がするけんど」と続ける彼らの態度は、適当に言っているだけなのだろうけれど、新入りの自分に好意的なもので、そのおおらかさに救われる思いがした。

女優さん、と早苗を呼ぶのも親しみを込めてのことなのだ。

「今日は何にしますか？」

前の客が残した料理を片付けながら問いかける。「俺はね……」と机の上に立てられたメニューを眺める各々の注文をメモに取らなくてもだいたい覚えられるようになってきたのも、早苗にとっては大きな進歩だ。

注文を聞き終え、厨房に向かおうとしたところで、ふと、早苗の足が止まった。見慣れない男が階段を上がってきて、食堂の入り口に立っていたのだ。

「いらっしゃいませー」

姿に気づいたらしい聖子が、早苗の後ろで彼に呼びかける。

男に目が留まったのは、この時間に新規の一人客が珍しかったからだ。しかも畏《かしこ》まった印象のジャケットを羽織っている。観光客には見えなかった。

男が食堂の中を、入り口からぐるりと見回す。早苗と一瞬、目が合った。深い意味なく、早苗は咄嗟《とっさ》に小さく会釈《えしゃく》した。

男の顔に見覚えはなかったが、ひょっとすると、覚えていないだけで、前に来た客だったろうか。早苗は再び会釈して、厨房に引っ込んだ。

「こちらへどうぞー」

聖子が男を席に案内する。男はどうやらすんなりと席に座ったようだ。聖子が彼から注文を取る声が聞こえる。

「はい。天ぷらそば、定食で一つ」

鈑金屋の社長たちが頼んだ料理ができてくる。

早苗は両手に盆を抱えて常連客たちのもとへ「はい、お待ちどおさまでした」と料理を運んでいく。全員分を運び終え、戻ろうとした時、ふいに後ろから呼ばれた。

「本条早苗さん」

はっきりと名前を呼ばれ、早苗は驚きながら振り返る。一人で入ってきた、あのジャケットの男が立ち上がって、早苗を見ていた。

知らない顔だ――と思ったばかりだった。しかし、常連でもない客が自分の名前を知っているはずがない。男と目が合う。その途端、心臓が重たく、鈍い音で鳴った。割烹着の中で、腕と背中が一瞬で汗をかく。

男が近づいてくる。そばで見ると、目つきが非常に鋭く、顔立ちに、ある種の凄味《すごみ》が滲《にじ》んでいるのがわかった。どうして入り口で見た時にすぐにわからなかったのだろうと思うほど、男がこの場でただ一人、違う雰囲気をまとっているのがわかる。

高知に来てからは、誰ひとりまとっていなかった緊張感のある空気は、東京で早苗が曝《さら》され、逃げてきたものだったはずだ。

考えすぎかもしれない、違うかもしれない――。

望みをかけるように、引きつった唇や頬が男に向けて愛想《あいそ》笑いを浮かべようとする。しかし、男が言った。

「エルシープロの者です」

その名前を聞いた途端に背筋をぞわっと寒気が走った。不器用に作った愛想笑いが凍りつくのが自分でわかった。

　男が早苗を見下ろす目は冷たかった。

「高知には、旦那《だんな》さんは一緒に来ていないんですか？」

　そう、聞かれた。

3

　田んぼの前の小道から、髪をふり乱した母が走ってきた時、力は驚いて、これは自分の見ている幻覚か何かなんじゃないかと思った。

けれど、自分を見つけた母の目が、ほっとしたように細く歪《ゆが》むのを見て、ああ、お母さんだ、と思う。

「あれ、力の母ちゃんか？」

「たぶん」

　遼が尋ねて、力が頷く。

テナガエビの入ったカゴを提《さ》げ、力と遼は今まさに母の働くドライブインに行こうとしていたところだった。しかし、目の前の道を急いで走ってくる母は、食堂の割烹着も着ていないし、頭にいつも巻いている三角巾もしていない。まだ仕事の時間のはずなのに、どうしたのだろう──。

「力」

力のすぐ前までやってきた母の、息が上がっていた。

「行くよ」

力の手を取り、言う。自分を捜していたのかもしれない。肩まで使って大きく息を吸い込み、懸命に呼吸を整えている。

横の遼が呆気《あっけ》に取られているのがわかった。よく見れば、母は足元だけは食堂で履いている専用のサンダルのままだった。

「行くって、どこに？」

嫌な予感がした。

これまでに一度だけ、こんなふうに母から「行くよ」と言われたことがある。「行く？」でも「行こう」でもない。力の意志に関係なく、母がもう自分を連れていくと決めてかかっている「行くよ」は、夏休みのはじめ、東京の家から四国に移る時、母に言われた言葉だった。

力に尋ねられた母の目が、一瞬泳ぐ。一拍息を呑《の》んでから答えた「東京」という言葉が、本当かどうかわからなかった。

「え、帰るってことスか？」

力に代わるようにして遼が尋ねる。母が初めて遼を見た。

「今から？　ひょっとして、向こうで何かあったとか？」

「ごめんなさい、急で」

答える母の額に、大粒の汗が浮いている。顔が青ざめている。

力が思ったのは、ひょっとして、父に何かあったのではないか、ということだ。しかし、母はそれ以上説明せず、「急いで、帰らなきゃいけなくなって」と同じ言葉を繰り返すばかりだ。

母が力に向き直る。

「力、聖子おばちゃんのおうちに戻って、急いで荷物をまとめるよ」

「でも、エビが」

嫌な予感が続いている。しかし、問答無用に「行くよ」と言われても、力には納得できなかった。東京に帰るのが嫌なわけではない。遼たち親子や川ともいつかは別れなければならないことはわかっていた。

しかし、今日自分で獲ったエビを食べないままになるなんて、想像もしていなかった。母は、ただ力をせかすばかりで、カゴの中のエビたちを見ようともしていない。

力の様子を見かねたのか、遼が横から説明してくれる。

「あ、今日、柴づけ漁で獲ったがです。テナガエビ。おばさんの食堂で素揚げにしてもろうて食べようって、今、持ってくとこだったんで」

「朝、オレ、ちゃんとそう言ったよね」

力の口からも思わず声が出た。母が、はっとした表情を浮かべる。力の提げているエビのカゴを見た。エビのヒゲや長いハサミがそこからはみ出している。

　母が、これを食べてからでもいい、と言ってくれるんじゃないかと期待した。けれど、母の口から出てきたのは、同じ、「ごめん」という言葉だった。

「ごめん。今日はもう食堂には戻れない。遼くん、申し訳ないけど、エビは遼くんがおうちで食べてくれる？」

「オレが初めて沈めた仕掛けで獲ったんだよ！　母さんや聖子おばちゃんにも食べさせてあげようと思ってたのに」

力は叫んでしまう。急いでいる様子の母にきっと怒鳴《どな》られると思ったけれど、構うものか、と声が出る。

しかし、てっきり声を荒らげるだろうと思った母が、予想に反して弱々しい声になる。

「ごめん」

息子相手だというのに、その顔が泣きそうにすら見えて、力も言葉を失う。ただぎゅっと唇を噛《か》んだ。

「力」

呼びかけてきたのは遼だった。

遼が、黙ったままになった力と母とを見比べ、力の母に顔を向ける。大きく息を吸い込んでから尋ねた。

「——明日じゃなくて、どうしても、今日行かんといかんがですか？」

その声は力に聞かせるように、ゆっくりと落ち着いて聞こえた。

母がか細い声で「ええ」と答える。

すると、遼が頷いた。力に向けて言う。

「力。また来年、来いや。この次来たら、絶対に今日より大きいエビが獲れる」

力は答えられなかった。黙ったまま遼を見上げる。

横で母が「必ず」と答える。泣きそうだった顔が、今はもうほとんど泣き顔になっているように見える。額の汗が、頬にも顎《あご》にも伝っていた。

「必ず、絶対にまた来る。遼くん、今日まで本当にどうもありがとう」

手伝えることはあるか——、と尋ねる遼に、母が何度も、振り切るように「大丈夫、大丈夫だから」と答え、力と母はその足で、聖子の家に向かった。

この夏、離れで寝泊まりをさせてもらった家は、たった三週間ちょっとだけど、もう四万十での力の家だった。寝ていた布団の模様にも、壁や天井の色にも愛着がある。

聖子はいなくて、家のおばあちゃんだけが力たちを待っていた。すでに母との間で何か話した後なのか、うちわでパタパタ顔周りを扇《あお》ぎながら、「急なことで大変やねえ」と力たちに話しかけにきた。

「ほら、これ洗濯物。今日の分、取り込んだが、忘れんと入れちょったよ」

「本当にお世話になりました」

服を着替えた母が、洗濯物を受け取りながら、おばあちゃんに頭を下げる。おばあちゃんが、そのまま力にも「あんたも大変やけど、これから頑張りなさいや。また来てね」と言う。

力は「うん」と答えるが、自分が何を頑張るのか、どうして急にここから帰らなくてはいけないのかわからなかった。大急ぎで荷物をまとめる母は、力にまだ何の説明もしていない。

自分たち親子が東京から持ってきた荷物は多くなかった。母のボストンバッグひとつと、力のリュックサックひとつ。リュックの中身は、着替えと、こっちに来ている間にできるように、と持ってきた夏休みの宿題、それに、携帯ゲーム機と充電器くらいのものだ。

あわただしく支度《したく》をしている間に、表でプッとクラクションの音がした。

その音に、鞄《かばん》の中身を確認していた母が、はっと青ざめた顔をして姿勢を正す。その緊張が伝わって、力も思わず息を吞んだ。

「見てくるけん」

おばあちゃんが言って、うちわを置き、離れの部屋を出ていこうとする。母が「あの」と、掠《かす》れた声でおばあちゃんを呼び止めた。

「もし、エルシープロの人だったら、私たちはいないって言ってください」

「わかったよ」

力は何の説明もされていない。しかし、エルシープロの名前を聞いて、母のせっぱつまった表情の理由がわかった。

怯《おび》えた様子の母が、力の腕を取って、息を殺し、自分の近くに引き寄せる。無意識に、力も母の腕に手を重ねていた。この年で母にこんなふうに触られるのは、普段だったら抵抗があるはずなのに、自然とそうなった。緊張に固まった母の腕は鳥肌が立っていて、力は自分が守られているのではなく、母に縋《すが》られているような気持ちになる。

緊張の糸が解けたのは、外の声が聞こえてからだった。

「遼に聞いたぜ。力たち、駅？　空港？　どっちでもえいけん送っていくぜ」

おばあちゃんに向けて、遼の父が言う。その声を聞き、母が脱力したようになる。力の腕に顔を埋め、長い息を吐《つ》いた。

高知に来る時、力と母は飛行機で、そこからバスに乗った。

しかし、母が遼の父に躊躇《ためら》いながら告げた行き先は「駅」だった。

高知から東京に鉄道で戻るとするなら、それは飛行機より何倍も時間がかかる道のりなのだということは力にだってわかる。急いで東京に戻る、と言ったくせに矛盾するのではないか。けれど、遼も遼の父も、母には何も聞かない。

母も彼らに何の説明もしなかった。ただ「すいません」と呟き、申し訳なさそうな顔をしたまま、俯《うつむ》いて唇を噛みしめている。

軽ワゴンの後部座席で、力は無口になっていた。

膝の上に乗せたリュックサックが、高知に来た時よりほとんど荷物が増えていないのに、水でも吸ったように重たい。

母が「ありがとう」というお礼の言葉ではなく、「すいません」とか「ごめんなさい」というお詫《わ》びの方を多く口にするのが、なんだかもどかしかった。

今日でお別れだというなら、遼とも、遼の父とも、もっと話したいことがあった。けれど、力の口からは言葉が出てこない。

聖子とも話したかった。母の働く食堂にも、もう一度行きたかった。

「力はくろしお鉄道、乗るの初めてか？」

車内の気詰まりな沈黙を破ったのは遼だった。助手席から力を振り返り、普段と変わらない明るい声で尋ねる。――遼があえてそうしているのだということが、その顔でなんとなくわかった。

遼に合わせて普段通りの声を出したかったのに、長く声を出していなかったせいで最初が掠れた。

「そっか。アンパンマン列車が走ってるの、見られるといいな」

「……うん」

高知に来てから、力はまだ一度も鉄道に乗っていなかった。アンパンマンの作者のやなせたかしさんが高知県出身で、アンパンマンの絵が描かれた列車が走っていることは、聖子や遼に聞いて知っていた。「乗りたいか」と聞かれて、「そんなに子どもじゃないし」と答えたが、滞在中に一度くらいは乗せてもらえるものだと思っていた。

「来年は鉄道で来たらどうぜ。よかったら、今度は友達でも連れて来たらえい」

遼の父が言う。

彼らの言う「来年」がとても遠くに感じられる。

ふと、思う。

ひょっとすると、遼も、遼の父も、もう知っているのかもしれない。自分たち親子が、どうして四万十に来たのか。

土佐くろしお鉄道の中村駅に着くと、遼たちに向けて、母が何度も頭を下げていた。

「ありがとうございます。本当にありがとうございます」

「気にせんよ。それより、特急に乗るがやったら、時間は大丈夫かえ？」

遼の父が言い、母がホームの方向に目をやる。列車が来た気配はないが、母も何時の列車と決めて調べてきたわけではなさそうだった。

「力、これ」

遼が、力に向けて長方形の風呂敷《ふろしき》包みを差し出す。表面に、油のこうばしい匂いがして、思わず「えっ」と声が出た。

「さっき、家に帰って、母さんに大急ぎで揚げてもろうた。車内で母さんと食えよ」

力と遼で獲ったテナガエビに間違いなかった。包みを持つと、エビの匂いが強く香る。母が気づいて、力の手元を覗き込んだ。包みを横から触り、さらに申し訳なさそうな顔になる。

「ごめんなさい。ありがとうございます。これ、入れ物と風呂敷はどうしたら」

「なあに、来年帰ってきた時に返してくれたらえいよ。うちもどうせ、どっかの結婚式か何かでもらったヤツやけん、何なら、そのままあげてもえぇぜ」

遼の父が首を振って言う横で、遼が力の頭に手を載せる。

「またな」

「……うん」

「あんまり仰々《ぎょうぎょう》しく見送りするがもアレやけん、じゃあ、俺らはここで」

遼の父が言い、二人が駅を出ていく。力はエビの包みを持ったまま、彼らを見送った。言いたいことがたくさんあるはずなのに、最後の時になっても言葉が出てこない。あとはただ、手を大きく振り動かした。何度も、何度も。

駐車場で遼たちが軽ワゴンに乗り込むまで彼らの背中を見つめる。

車が見えなくなるまで、遼に見えなくてもいいから、手を振り続けた。

行き先を決めるのも、切符を買うのも、母だった。時刻表と券売機を真剣な表情で見つめる母は、相変わらず無言だ。

二人分の切符を買った母から一枚渡され、駅構内に入ると、ゴミ箱や自動販売機にアンパンマンの絵がたくさん描かれていた。

渡された切符と特急券に書かれた金額が大きくて、一体どこまで行くのだろうと不安になる。

母に「こっち」と促《うなが》されたホームに向かい、一緒に歩く。その時になって、初めて力の方から聞いた。

「……どこに行くの」

「とりあえず、高知駅。そこからまた乗り換え」

東京、と言われなかったことに、力は少し驚いた。しかし、その一方で、やっぱりな、と思いもする。母の言う、「とりあえず」という言葉の先には、東京に帰る、という選択肢はまだないのではないか。

今東京に戻って、高知に来る前と何かが変わっているようには思えなかった。四万十で過ごしたこの数週間は、まるで、それが自分たちのことではなかったかのように思える。

それくらい、東京にいた頃と何もかも違った。

やってきた特急は、アンパンマン列車ではなかった。

母と二人で席に並んで座る。

列車が動き始めると同時に、母が静かに、細い息を吐き出すのがわかった。――駅に着いてからも、それまで誰かが追いかけてくるのをずっと気にしていたのかもしれない。

力の方を見ないで、視線を自分の膝の方に向け、母が小さく「ごめんね」と呟いた。

聞こえるか聞こえないか、という大きさの声を、力は聞かなかったことにした。

母が力に向けて何を謝っているのか、わかる気もしたし、わからない気もした。四万十川や遼とこんな形で引き離されたことをまだ恨んではいたが、だからといって、それが母のせいだとばかりも思えなかった。

謝られるのも、「いいよ」と許すのも、どちらも気まずくて、口を利きたくなかった。

黙ったまま、力はそっと、手にした風呂敷包みをほどく。

川の流れを思わせる、波線に花の絵が描かれた、黒塗りの重箱が現れる。遼の家でこれまで使い込んできたものなのか、表面の模様がところどころ剝《は》がれていて、それを見ると、無性に遼や、彼と一緒に漁をしたことが懐かしくなった。

「開けていい？」

「……いいよ」

重箱を開けると、エビの匂いがより強くなる。遼と獲ったテナガエビは、揚げるとその大きさが一回りも二回りも小さくなったようだった。

エビの下に敷かれたアルミホイルが油で光っている。エビの長い手に塩の白い粒が見えたが、箱の隅には、アルミホイルで区切られた部分に、粒の粗い真っ白い塩も添えられていた。

「食べていい？」

「うん」

重箱に一度詰められたエビには、揚げたての時のような感動はやはりなかった。油っぽくつぶれて、母の食堂で食べる時のようなかりっとした歯ごたえもない。全然違う食べ物のように感じられ、やはり揚げたてを食べたかった、とも思ったが、嚙むと、エビの強い甘みとこうばしさが口いっぱいに広がるのは一緒だった。力は、一口一口、意地になったように嚙む。

渡された重箱と風呂敷を見つめながら、ふと、思った。

遼たちは、自分たち親子がなぜ四万十に来たのか、やはり事情を知っていたのだろう。

だから何も聞かなかったし、送り出してくれた。別れ際に、エビを揚げて、持ってきてくれた。「頑張れよ」「またな」「また来年」という言葉をことさらに繰り返して。エビの入れ物をどうしたらいいか、と尋ねた母に、遼の父が「来年帰ってきた時に」という言葉を使った。たいしたことではないのかもしれないが、力には、その「帰る」という言葉が嬉《うれ》しかった。

力の横から、母がエビの入った重箱を覗き込む。

「お母さんにもくれる？」

「……いいよ」

母が一匹手に取り、「大きいね」と力に言う。

「こんなに大きいの、力が獲ったんだ」

「……揚げる前は、もっとでかかった」

エビを口に放り込んだ母が「おいしい」と呟く。力から目を逸らし、窓の外を見つめて、もう一度、繰り返す。

「おいしいね」

力は黙ったまま、頷いた。

リュックサックから、東京を出る時に持ってきたゲーム機を取り出し、電源を入れる。

四万十に来てからずっとやっていなかったせいで、どこで中断したのが最後だったかを思い出すのに少し時間がかかった。

普段ならゲームをやることにいい顔をしない母が、高知駅に着くまで車窓の外を見ていて、何も言わなかった。

四万十の景色が夕焼けに沈む。陽が、翳《かげ》っていく。

力の好きだった、陽射しを浴びた青い川の色は、たとえ窓から川が見えたとしてももう見られないのだと、母の横顔越しに外を見つめ、力は考えていた。


力と母、そして、父。

親子三人の、東京の日常が失われたのは、夏のはじめ、七月に入ったばかりのことだった。

父が交通事故に遭った、という電話がきたのが、すべての始まりだった。

深夜の電話を取ったのは、力だった。

母と二人、すでに寝ていたところを電話のベルに起こされ、たまたま母より先に起きた力が、何気なく、眠い目をこすりながら「はい、本条です」と電話を取った。電話のあるリビングが、親の寝室より子ども部屋の方に近かったせいもある。

寝起きの声で、自分が子どもだとわからなかったのか、相手が「こちら、新宿第一病院ですが」と名乗り、そのまま話しだした。

「そちらは、本条拳《けん》さんのお宅でよろしいですか」
父の名を聞いて、目が覚めた。咄嗟に見上げた廊下の時計が午前三時四十分を指してい
た。
「本条さんが交通事故に遭われて、こちらに搬送されています。すぐに病院までいらして
いただくことはできますか」
えっ、と声が出かかった。力に遅れて起きてきた母が、パジャマ姿のまま、怪訝《けげん》な顔を
して「どうしたの？」と尋ねる。
「お父さんが交通事故だって……」
現実感のないまま、受話器を耳元から離して言うと、母の顔色が変わった。力の手から
受話器を奪い、電話を替わる。
もしもし、お電話替わりました。どういうことですか。はい、はい、……ええ、ええ、
はい……。ええっ⁉
受話器を持つ母の眉間に皺《しわ》が刻まれる。顔からみるみる色が抜けていく。
力は力で、茫然《ぼうぜん》と母の横に立ち尽くしていた。
父は俳優をしていて、このところずっと、次の舞台の稽古があって帰りが遅かった。
朝になってやっと帰ってくることもあったし、日によっては、帰ってこないまま、次の
日の稽古に出ているようなこともあった。これまでも稽古は忙しそうだったけれど、ここ

まで遅くなるのは、あの舞台にかかわるようになってからが初めてだった。

父は、剣会という劇団に所属していて、母ともそこで知り合った。母はもう劇団をやめていて、近所のお惣菜《そうざい》屋さんでパート勤めをしていた。

父は、ここ数年は、剣会以外の舞台に立つことも増えていた。そうすることを、客演というのだそうだ。

剣会のお芝居は、決まった小さな会場でやることがほとんどで、演じるのもここでしか見ない、という父や母の友達ばかりだったが、客演の時のお芝居は、席数の多い、大きな会場のことも多かった。

そういう客演の舞台には、テレビで観たことがあるような芸能人が出ていることもよくあった。父を訪ねた楽屋で、ドラマや雑誌で見たばかりの俳優さんから「これ、拳ちゃんの息子？」と話しかけられたことがあって、どぎまぎしながらもとても嬉しかった。

父の次の舞台は客演で、主演は、テレビや雑誌で多く顔を見る、力も知っている有名女優だ。

場所は、渋谷にあるシアターメテオ。

七百席近くある劇場は、これまで父が立った中では一番大きな規模だと父も母も喜んでいた。うちに来る父の友人たちも「そんな大舞台に立つなんて、どうしちゃったの、拳ちゃん」とふざけ調子に父に絡んでいた。

剣会が毎回定期公演をするのは、新宿にある劇団事務所に隣接した小さな劇場だ。百人も入ればいっぱいだろうし、座席も、二時間座るとお尻が痛くなるようなパイプ椅子だ。けれど、力はその小さな劇場が好きだった。毎回、夜の公演が終わった後で、関係者や常連のお客さんが残って、そのまま車座になって宴会が始まるのも楽しかった。差し入れにもらったビーフジャーキーや枝豆を皿に出して運ぶのを手伝うと、劇団のお姉さん、お兄さんから「お疲れさん」と褒《ほ》めてもらえた。

すでに劇団をやめた母も、彼らにまじると、普段自分に接する時よりも若く見え、大人や親というより、友達同士ではしゃいでいる感じになって、そんな雰囲気《ふんいき》の中で力もいろんな大人にかまってもらえるのが嬉しかった。

大きな舞台に父が立つことで、誇らしい気持ちがしていたのは事実だ。けれど、父がそのために無理をして事故に遭ったのだとしたら――。

考えると、足が竦《すく》む。

父はどれくらいひどい怪我《けが》をしたのだろう。深夜、帰りを急いで、それで事故に遭ったのだろうか。最近、帰りが遅くて、自分とろくに話をする時間も取れなかった父に、昨夜《ゆうべ》、力は「もっと早く帰ってこられないの」と言ってしまった。

「今の舞台が終わったら」と話す父に、「じゃあ、それはいつ終わるの」と聞いてしまった。

――母だって、父を応援しながらも、本当は早く帰ってきてほしそうだった。自分たちのそんな願いが、父を事故に遭わせてしまったのだったらどうしよう――。胸がつぶれそうになる。大丈夫、大丈夫、父は戻ってくる。無事でいる。必死に自分に言い聞かせる力に、電話を終えた母が言った。

「力、一緒に病院行ける？」

「行ける」

力は頷いた。母と一緒に急いで着替え、顔も洗わずに外に出る。母が電話して呼んだタクシーは、すでにアパートの下で待っていた。力の頭の中は、どうか父が無事でありますように、ひどい怪我ではありませんように、ということでいっぱいだった。

「大丈夫」

母がタクシーの後部座席で、力の手をぎゅっと握る。

「さっきの電話の様子だと、お父さんは意識があるみたいだし、大丈夫。きっと、大丈夫」

言いながら、母が両手で力の手をくるむようにする。母もまた、力と同じで怖いのだと思った。軽い怪我なら、自分たちがこんな時間に病院に呼ばれることはないはずだ。しかし、意識がある、という言葉を聞いて、力もどうにか「うん」と答える。二人で、父のいる病院を目指す。

——この時まだ、力も母も、知らなかったのだ。

交通事故に遭った父が、誰の運転する車に乗っていたのか。

父は、一人ではなかった。シアターメテオを満員にする舞台の主演女優と、父はその夜、一緒にいた。

4

車窓を、四万十川が流れていく。

早苗は静かに息を呑み、力の方を懸命に見ないようにしてエビを嚙みしめる。よく塩の利いたエビからは、磯の薫りも一緒にした。

気を抜くと、涙が出てきそうだった。

車窓を流れる田園の向こうに川が見える。夕焼けに美しく輝く四万十川は、空を映して広々と、豊かにオレンジ色に光り、佇《たたず》んでいる。

この場所から強引に力を離してしまったことが悔やまれた。こうするしかなかったとはいえ、本当にこれでよかったのかという後悔と迷いが胸に込み上げてくる。早苗もまた、この場所とこんな形で別れることになるとは思っていなかった。

——早苗、逃げなよ。

食堂で自分の手を取った聖子の言葉が耳の奥にまだ残っている。早苗の手をぎゅっと握り、そう提案する彼女の顔が青ざめていた。しかし、口調と、手にこもる力は強かった。

エルシープロの者です、と、食堂に来て名乗ったあの男を前に、早苗は動けなかった。足が竦んだようになったまま、どう返せばいいのかわからない。自分を見下ろす男の目は容赦《ようしゃ》なく冷たかった。

「高知には、旦那さんは一緒に来ていないんですか？」

言葉遣いこそ丁寧《ていねい》だったが、男の声は凄《すご》むような響きがあった。早苗の口から「あ……」という間抜けな声が洩《も》れた。

「一緒ではないんですか」

男が畳みかけるように尋ねる。目の奥が何かを探るように光り、早苗を射抜くように見る。

高知には、夫は一緒に来ていない。

それは本当にその通りのはずなのに、たったそれだけの返事すら、この男の前で口にしていいのかどうかわからなかった。早苗がそう言ったところで信じないのではないか。東京でもそうだった。行方をくらませた夫を捜して、この人たちは、早苗の住むアパートに何度も何度もやってきた。

夫の行方なんて知らない。どこに行ったか、心当たりもない。

自分でも情けないが、そう答えるほかなかった。同じ家で一緒に暮らしていたはずの家族のことが――他でもない、自分の夫のことが早苗には、本当にわからないのだ。

しかし、彼らは諦めなかった。

改めてぞっとする。震えながら気づく。

諦めるどころか、こんなところまで自分たちを追ってきた。

力の夏休みの間、四万十に行くことは、実家の両親とごく一部の親しい友人たちにしか話していない。

パート勤めをしていた惣菜屋にも、しばらく休暇をもらいたい、と伝えただけだ。夫の事故以来、週刊誌の記者やエルシープロの関係者は早苗の勤め先にも来ていた。店にも迷惑をかけてしまったから、雇い主の店主夫婦も夏の間の休暇を認めてくれた。

一体この男は、どこから早苗たちの行方を知ったのか。

自分たちを心配する友人たちの、あの中の誰かが教えたのか。

混乱しながら、早苗はどうにか返事をする。

「……夫は、いません。ここにも、来ていません」

喉の奥で、声が萎縮《いしゅく》したようになって掠れた。男の目がわずかに歪み、早苗を試すように見る。

するとその時だった。

「ちょっと！　本条さん。勤務中だよ、知り合いなら後にしな」

背後から声が飛んできて、その一言に背筋がしゃんと伸びる。振り返ると、聖子だった。厨房の前でお盆を縦に持ち、苛立《いらだ》ったようにこっちを見ている。

「あ……」

「勤務中。あんたももうすぐ休憩でしょ、それまではちゃんとせんと」

「はい——」

近所の人たちが出入りすることも多いこの食堂で、初めて聞く厳しい声だった。一瞬、びっくりして本当に身が竦んだ。聖子からはこれまでこんな尖《とが》った声を聞いたことはなかったし、まして彼女から「本条さん」なんて呼ばれ方をしたのも初めてだ。

早苗はおずおずと男を見上げる。目を直接覗き込むのは勇気がいった。

「すいません。仕事中ですので、続きの話があるなら、後でいいですか。もうすぐ休憩になるので」

早苗の言葉に、男が明らかに不機嫌そうな表情を見せる。ややあってから、彼が言った。

「……わかりました」

「すいません」

男が不承不承《ふしょうぶしょう》といった様子で頷くのを待って、ぱっと目を逸らし、顔を俯ける。対峙《たいじ》していたのはほんの数分だったはずなのに、身体が汗でびっしょりだ。

厨房に戻る途中、聖子から大きな声で、「ほら、早く厨房入って。もたもたしないで」と促された。これもフロア担当の自分にはこれまでないことだった。早苗は、なるべく大きく「はいっ」と声を張る。

厨房を通り、食堂の席からは見えない、奥の冷蔵庫の前まで聖子が早苗を先導していく。その迷いのない歩き方は、聖子は本当に早苗に対して怒っているのではないかと思わされるほどだった。けれど、あの男の不穏な雰囲気は彼女にも十分伝わっていたらしい。

早苗を振り返り、さっきまでの厳しい表情を一変させて、彼女が尋ねた。

「あれ、誰？　東京から来た人？　知り合い？」

「知り合いじゃない。初めて会うけど、エルシープロの人みたい」

「エルシープロって」

「……遥山真輝《はるやままさき》さんの事務所」

名前を聞いて、聖子の表情が凍りついた。

早苗も早苗で、彼女の名前を口にするのはつらくてたまらない。自分もつらいけど聞く方だって気まずいだろう。

しかし、それでも呼び捨てにできずに「さん」とつけてしまう。なぜなら、彼女はもういない。必要以上に貶《おとし》めるようなことはしたくなかった。

聖子が険しい顔をしてフロアの方に目を向ける。あまり時間がなかった。奥に引っ込んだまま顔を見せなければ、男の方だって様子がおかしいことにはすぐに気づくだろう。眩暈《めまい》がしそうだ。

東京に置いてきた生活について、ひさしぶりに思いを馳《は》せる。

実を言えば、力の夏休みの終わりが近づくにつれ、心の中で不安は増大していた。

あの深夜の事故からしばらくして姿をくらました夫の行方を、早苗は知らない。知りたいとも、あの当時は思わなかった。しかし、それでも夫を捜す人たちはその痕跡《こんせき》を早苗と力が暮らす家に求めた。連日、ピンポン、ピンポン、とチャイムが鳴らされ、出かけようと外に出れば、見知らぬ相手から「お話を聞かせてください」と急に声をかけられる。

暮らしていたアパートの他の部屋の住人たちにも、だいぶ迷惑をかけた。力と同学年の子を持つ顔見知りのお母さんから声をかけられ、「うちにも週刊誌の人が来たよ」と教えられた。最初にチャイムが鳴らされた時点で、相手がご丁寧にも「二〇七号室の本条拳さんが女優の遥山真輝さんと事故を起こされた件で、お話を」と言ったと聞いて、怒りと恥ずかしさで顔が真っ赤になった。それでは全戸に事情を触れて回られたも同然だ。

引っ越しを考えなくてはならないだろうと思ったが、それにしたって、すぐに準備できるという雰囲気でもなかった。

どこでうちのことを知ったのか、遥山真輝のファンを名乗る人たちからの嫌がらせの電話や手紙も随分あった。

本格的に状況をどうにかしなければ――と思ったのは、エルシープロの人間がうちを訪ねてくるようになってからだ。

シアターメテオで、夫が遥山真輝の相手役を務めることが決まったばかりの頃。まだ無邪気に夫の大舞台での活躍を喜んでいた早苗は、夫にこう聞いたことがある。「遥山さんって、きれいでしょう？　どんな感じ？」と。

その時、夫が答えた言葉を思い出す。

「きれいだし、勉強熱心な人だけど、事務所が強くてね。怖いお兄さんたちもたくさんついてるから、一緒にやるのには周りも気を遣《つか》うよ」

四十を超える夫が、あえて使ったであろう「怖いお兄さん」という言葉を、早苗はただ「ふうん」とだけ言って、意味を深く考えず聞き流した。

まさか、夫がいなくなってから、一人でその人たちと対峙することになるとは思ってもみなかった。

夫を捜すエルシープロの人たちは、早苗や力に暴力をふるうわけではない。彼らが捜しているのはあくまで夫だ。しかし、彼と必ず連絡を取るだろうと思われ、毎日家を訪ねてきて、時には声を荒らげ、「旦那さんの責任はご家族の責任だとは思いませんか」と凄むような口調で言われると、返せる言葉がなかった。常に見張られるような生活は精神的にも限界だったし、「連絡があったら、必ず伝えますから」と話して引き取ってもらっても、次の日はまた義務のように誰かが家を訪ねてくる。

「ボクは何も知らないの？」と、学校帰りの力が待ち伏せされて聞かれたことがあって、自分がいない時に子どもに何かを言われたら、と思うと、ぞっとした。

力には、「お父さんのことは、後でちゃんと話すから」と伝えたまま、四万十に来ても何も伝えていない。どんな言葉で説明すればいいかわからない。父親のことが好きで、稽古場にも何度も出入りしていた息子に、どうすれば大きなショックを与えずに済むのか、答えが出ないままでいる。

そして力も早苗に何も聞かない。——聞かれるのが嫌だからこそ、自分は先回りして「後で話す」と伝えたのかもしれなかった。

聖子から連絡があったのは、そんな時だ。

事故があって、週刊誌やスポーツ新聞に遥山真輝の名前が大きく掲載された記事には、彼女が運転していた車の同乗者だった本条拳の顔と名前も出ていた。最初の報道で、友人たちの反応は二通りだった。まずは、腫れ物に触るような扱いで、あえて何も連絡をしてこない——してきても、不自然なほど夫のことを話題にしない。こちらを気遣ってのことなのだろうが、早苗には息苦しかった。

そして、もう一つが、「大丈夫？　何かできることがあったら言って」という励まし。聖子から、「迷ったけど、メールするよ。早苗と力くんは大丈夫？」と連絡があったように。

「夏休みの間、よかったら、うちに来ない？」

自分の嫁ぎ先である四万十に、そんなふうに誘ってくれた。

その誘いに甘えるのが図々しいことであるのは重々承知していた。東京に剣会の舞台を観に来てくれる聖子と会うたび、「今度は私が四万十に行くね」と社交辞令のように繰り返してきた。その約束をこんなタイミングで実行するのは虫がよすぎる。

自宅を離れてどこかに身を寄せることができたら、とこれまでも考えてきた。真っ先に思いついたのは早苗の実家だったが、実家の周辺にもマスコミの姿があったと聞いて、頼ることはできないと思った。そんな折、「うちは子どもがいないから、夫もおばあちゃんも大歓迎」と話す聖子の声は明るく、結局、早苗は彼らの厚意に甘えた。

エルシープロやマスコミから逃げるようにして力の手を引き、無事、飛行機に乗れた時には全身でため息を吐いた。

逃げたところで状況は変わらない。

しかし、夏休みの一ヵ月が何かを変えてくれるのではないかと思っていた。――もっと言えば、願っていた。

それだけの時間があれば、ほとぼりが冷め、何かが許されるような気がした。早苗と力が何をしたというわけではないのに、それでも、誰かに見張られ、追いかけられていると、それだけで責められている気持ちになる。「許されたい」という感覚に、なってしまう。

四万十には、東京とはまるで違う、穏やかでおおらかな時間が流れていた。

聖子は自分が働くドライブインの食堂の仕事にも早苗を誘ってくれた。短期間だけの仕事にはなるけれど、夏は観光のかきいれ時だからきっと雇ってもらえるよ、と。東京の惣菜屋を休み、収入が途絶えていた身には、ありがたい申し出だった。

食堂で働き、力が毎日、夕飯時に川であったことを報告してくるこの生活が、ずっと続くわけでないことはわかっていた。夏休みが終わったら、東京に戻る。その時はもう聖子も助けてはくれない。

八月が終わりに近づけば近づくほど、気が重くなった。それでも、きっとどうにかなるだろうと自分に言い聞かせ、考えるのを先送りすることで、四万十の残りの日々を少しでも楽しんで過ごそうとしていた。

それなのに、まさか、東京から自分たちを追ってくる相手がいたとは――。

早苗が立ち竦むのは、やってきた男の存在そのものというよりは、彼らが諦めていないという事実の方だった。

ここにやってきたということは、夫は、まだ見つかっていないのだろう。夏休みが終わって東京に戻っても、早苗と力に平穏な日々が戻ることはないのだ。

衝撃に固まる早苗に、聖子が顔を向ける。

「早苗、逃げなよ」

早苗の手を取り、彼女が言う。その声に、早苗ははっとして彼女を見た。

聖子の顔が青ざめていた。けれど、口調と、手にこもる力は揺らがない。

「このままあの人と話しても、東京にいた時の繰り返しになるんでしょ？」

「……毎日、この食堂に来るかもしれない」

考えると怖かった。前の勤め先の惣菜店にも、彼らは嫌がらせなのかプレッシャーをかけるように毎日やってきた。何も知らないお客さんたちにまで余計なことを言われたら、と気が気じゃなかった。

「そうやったら」と聖子が言う。

「このまま家に戻って、力くんを連れて逃げなよ。大丈夫。あの人には、休憩中に急におらんなったとか、適当にごまかすから」

「でも……」

言葉がそこで止まった。

聖子の額にうっすら汗が滲んでいるのが見えたからだ。

彼女もまた怖いのかもしれない。東京にいた頃にどんな目に遭ったのかを、早苗は聖子に話してあった。

「もし、ここでもそんなことになったら、迷惑をかけないうちに出ていくから」と軽い口調で伝えていた。聖子は「こんな田舎でそんなことはないでしょ」と笑っていたけれど、本心では不安にも思ったはずだ。聖子の夫もおばあちゃんも、気のいい人たちで早苗と力によくしてくれたが、それでもあの家の中で聖子の立場は「お嫁さん」だ。自分たち親子を受け入れるにあたって、彼女だって気を遣っていただろう。

ここで逃げることは、彼女たちにかける迷惑を減らすことでもあるのだ。

「わかった」

早苗は頷いた。

こんな形でこの場所を去ることになるとは思わなかった。早苗が頷くのを待っていたように、それまで厨房の奥にいた調理長の窪内が、「おい」と話しかけてきた。

早苗はびくっと肩に力を入れて、彼の顔を見る。話が聞こえていたかもしれないし、フロア係二人が持ち場を離れていることを注意されるのかもしれないと思った。しかし、窪内がすぐに厨房の奥を、顎で示す。

「行くなら、正面の階段じゃなしに、調理場からの方を使うたや。裏口にある自転車、後で返してくれるがやったら使《つこ》うてえいけん」

びっくりして窪内を見る。四万十に来た事情について、彼には一切話していないはずだ。

しかし、一緒にいる聖子が少しも驚いた様子を見せず、早苗の顔を見たまま、「自転車、借りていきな」と言ったので、どういうことか、わかった気がした。

「うちに停めといてくれたら、私が後で返しておく」

聖子は、ここの人たちにも、早苗の事情をある程度は話していたのだろう。雇ってもらえるように、その上で掛け合ってくれた。

早苗は無言で頷いた。窪内から自転車の鍵を受け取り、更衣室で割烹着を脱いで、ロッカーの中の荷物をかき集める。鞄を手に取り、大急ぎで厨房の裏を抜け、階段を駆け下りる。最後、聖子と握り合った手のあたたかさがまだ残っていた。

自転車に乗る直前に、自分がまだ食堂のサンダル履きのままであることにようやく気づいた。

今朝履いてきたスニーカーを更衣室に置いてきたことが惜しい気がしたが、戻るのが怖くて、そのまま自転車にまたがった。

聖子の家まで夢中でペダルをこぐ間、頭の片隅で、今日までの給料はどうなるのだろう、という疑問がふと湧いた。こんなふうに逃げるように消えた自分に給料は払われるのだろうか。

こんな時なのに――これまで守られ、よくしてもらってきたというのに、そんなことを考える自分に嫌気が差す。けれど、これから先、自分たちがどうなるのかわからないからこそ、考えると、不安で息が詰まりそうになる。

聖子の家に着くと、力はまだ帰ってきていなかった。早く、早く、とせかされる気持ちで、家を飛び出し、早苗は川の方向に駆けていく。

頭上で、夏の太陽が輝いていた。

陽光を反射して光る田んぼの道の間を、ゆったりとした足取りで歩いてくる力と遼の姿が見えた時、足先から崩れて、力が抜けていきそうだった。

ごめんね、と心の中で力に詫びる。

こんないい天気の日に息子をこの場所から引き離す理不尽に、情けなくて、涙が出そうだった。

第二章

坂道と路地の島

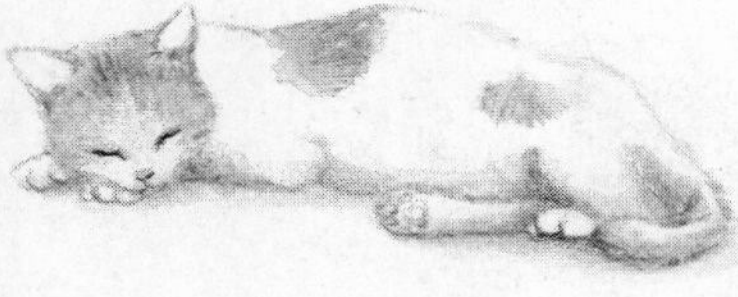

1

ざざざざざざ、と耳をくすぐるような音がしている。

ざざざざざざ、ざざざざざざ、という穏やかな音と、潮の匂い。

青い畳の匂いがする部屋の布団の上で、力は目を覚ます。昨日もそうであったように、寝る前はかけたはずのタオルケットが、夜の間に蹴飛《けと》ばしたのかいつの間にかない。そのせいで、腕がうっすらと冷たかった。

窓から、黄色い朝日と風が入ってくる。

きっと、クーラー嫌いの母が夜のうちに窓を開けたのだ。日に焼けて色あせた様子の薄いカーテンが、その風に微かに揺れた。

外から、誰かが話す声が聞こえた。

雑談のような声は、自分より年上の――中学生か、高校生のもののように聞こえる。ざわざわした声の合間に、ホイッスルがヒューと鳴る。

ファイオー、ファイオー、という掛け声が、少し遅れて、揃って聞こえてくる。たぶん、ファイト、オー、と言っているのだろう。

身体を起こすと、母はすでにいなかった。

力の横に敷いてあった布団が畳まれている。力は黙って、窓辺に近づいた。

体操服姿の、中学生らしい一団が、海辺を走っていた。砂浜には、他に、二人一組で柔軟体操をしているようなグループの姿もある。何かの部活なのかもしれない——、と思っていると、砂浜に置かれたベンチの上に剣道の竹刀《しない》が立てかけられているのが見えた。みんなが着ているシャツの右胸に学校のものらしい、「家中」と書かれたマークが入っている。読み方は「いえちゅう」だろうか。

砂浜の向こうは、見渡す限り青い海だ。太陽の光を弾いて、海面が揺れ、その向こうに別の島の影が霞《かす》んでいる。

時計を見上げると、八時だった。

することもないから、力はただぼんやり、中学生たちの朝練の様子をそのまま見ていた。ランニングを終えたグループが戻ってきて、それぞれ竹刀を手に取る。日陰のない砂浜は、運動靴でもよほどふんばらないと、みんな立ちにくそうだった。力のところから見ていても、砂がさらさらで柔らかいのがわかる。

背後で襖《ふすま》が開き、母が戻ってきた。

「ああ、おはよう」

声をかけられ、振り返る。力も「おはよう」と呟くように言った。

「よく眠れた？　昨夜はまだ砂浜の方で遅くまで盛り上がってる人たちもいたみたいだから、ちょっとうるさかったよね」

「大丈夫」

母が窓辺まで近づいてくる。中学生たちが砂浜で竹刀の素振りを始めた様子を見て「あぁ」と頷いた。

「剣道部だね」

母が言う。

「うん」

それだけで会話が途切れた。力は母の横顔を見上げる。

「どこ行ってたの」

「お風呂場の横にコインランドリーがあったでしょ？　使わせてもらったの」

砂浜では、部活中の中学生の他に、力と年が変わらない小学生らしき子どもや、それよりずっと小さな、まだ二、三歳といった様子の子どもを連れた親子の姿も見える。皆、使い込んだおもちゃの砂場セットを提げていたり、自転車を地面に横倒しにしていたりするから、観光客ではなくて、この島に住む人たちなんだろう。

「朝ごはん、食べに行こうか。一階で、もういつでも食べに来ていいって」

「うん」

「力が昨日気に入ってた海苔《のり》の佃煮《つくだに》、また出るといいね」

「出るんじゃない、普通に」

母にかける言葉のひとつひとつが、四万十にいた時よりも、短くぶつ切りのようになってしまう。母が黙ったことに気づいたけれど、顔を見るのが気まずくて、力はそのまま窓辺を離れた。

少しして、母が、「着替え」と言った。新しいTシャツと短パンを、自分のボストンバッグから、力に出してくれる。

外では、部活中の声の向こうに、ざざざざざざ、という穏やかな波の音がずっとしていた。同じ水でも、川と海とでは匂いも音も色も、全然違う。たった数日でまったく違う場所に来たことが、力には不思議だった。

兵庫県姫路《ひめじ》市にある、家島《いえしま》。

姫路港から高速船で三十五分の距離にある、瀬戸内海に浮かぶ小さな島の海辺の民宿に、力は昨日から母と泊まっている。

島、という場所に来たのは、力にとって初めての経験だった。

東京育ちの母も、それはきっとそうだ。力の母方のおばあちゃんの家は西東京市だし、父方のおばあちゃんも埼玉県で、海はない。

幼い頃から、力にとって「田舎《いなか》」は父方の、埼玉のおばあちゃんの家を意味した。

これまで海に行ったことも、全部で三回くらいしか記憶にない。父の劇団の人たちが千葉の房総《ぼうそう》で合宿をするのについていって、ついでに母と海水浴をした。

四方を海に囲まれて暮らす、島という環境は、自分から最も遠いことのように思っていた。

だから、四万十を離れ、高知駅にもうすぐ着く、という頃になって、列車の中で母から急に「力、島ってどう思う？」と聞かれた時にはとても驚いた。

「島？」

長時間の鉄道の旅で、遼からもらったエビの重箱は、ほとんど空になっていた。母がその箱をしまいながら「島」ともう一度、呟くように言った。

そして、それまでの沈黙を破って、妙に改まった顔つきで力に向き直った。

「ごめんね。戻るって言ったけど、まだ東京には戻れない」

背中をひやっとしたものに撫でられたように思った。これまで、薄々感じてはいたことだったけれど、はっきり言われたら何も言えなくなった。

母が、ちゃんと自分に何かを話してくれるのは、初めてのような気がした。

父が乗った車が事故を起こした後も、週刊誌やテレビの人たちがうちに来た時も、母は力に「後で話すから」と言ったまま、何も話してくれなかった。そのまま、ある日突然「行くよ」と言われて、聖子の住む高知県まで一緒に行った。それだって、高知に行くことは相談もされなかった。

こんなにいろんなことが周りで起こって、いろんなことが変わったのに、母は力にはいつも気まずそうな顔をするだけで、ちゃんと言葉で事情を話したことがなかったのだ。

しかし、力にはまず、謝ってほしい、という気持ちが強かった。

「嘘《うそ》ついたってこと？」

「え？」

「遼兄ちゃんや、おじさんに。嘘、ついたってこと？」

遼や遼の父に東京に戻る、と言ったけれど、戻らないなら、それは嘘だ。

嘘はいけないと、力には、昔からずっとそう注意してきたのに、自分が嘘をつくのはいいのか。

力が言うと、それまで疲れたような目をしていた母が微かにうろたえたように見えた。

「嘘っていうか……」

母が言う。何かを言い訳するように唇を開きかけ――、閉じる。そして、認めた。

「……そうだね。嘘だ」

力は黙っていた。遼や、遼のお父さんたちはひょっとすると自分たちの事情を知っていた上で親切だったのかもしれない。母もそれを力と同じで感じ取っていたかもしれない。けれど、だからと言って、それと母が嘘をついたことは別問題だ。

力は怒っていた。

母だけが悪いわけではないことはわかっている。だけど、どうしようもなかった。胸の怒りをぶちまける代わりに、聞いた。

「エルシープロの人、来たの？」

今聞かなければ、母はまた何も言わない状態に逆戻りしてしまう気がした。尋ねる力に、母が観念したように頷いた。

「そう。お母さんと聖子おばちゃんの食堂に来た。お父さんは一緒じゃないのかって聞かれたよ」

力が黙ると、母が続けた。

「今、東京に戻っても、四万十に行く前とまだ何も変わってないんだと思う」

力、と母が呼んだ。

「夏休みが終わるまで、あと、もう少しだけだけど、時間があるよね。──あの人たちが見つけられない場所まで行ってみてもいいかな。そこで、少し、これからのことを考えよう」

「……だから、島？」

自分と同じく、島になどおそらくこれまで一度も行ったことがないであろう母が頷く。
「うん」
「単純かな」と呟いた。
島。
テレビや雑誌で何度か見た印象を頭の中でつなげる。
どこが何県の何という島、とちゃんと理解して見ていたわけではないから、漠然《ばくぜん》とした
イメージしかない。
けれど、本州と海で隔てられ、買い物ができるのは週に数回、本州からフェリーが来た
時だけ——というような情報をおぼろげながら記憶している。住んでいる人も少なくて、
静かな環境だということは想像がついた。そういう場所なら、確かに追いかけてくる人も
いないかもしれない。
二学期の始業式は、八月二十七日。
まだ、あと五日あるけれど、宿題が終わっていなかった。読書感想文用の作文用紙を清
書のため追加で買ってほしいと、四万十にいるうちに母に頼もうとしてずっと忘れていた。
東京に戻りたい気持ちも、ある。
けれど、あと少しならいいんじゃないか、という気もした。何より、東京に戻っても、
四万十に行く前とまだ何も変わってない、という母の言葉は少なからず力にもショック

だった。すぐに戻りたくないのは、力も母と一緒だ。

「いいんじゃない」

力が答えると、母の顔が少しほっとしたように見えた。だから、続けて言ってしまった。

「一度くらい行ってみたい、島」

そう口にしてみたけれど、自分が本当にそんなことを思っていたのかどうかは力にもよくわからなかった。夏休みもあと少しだし、戻らないならどこでもいい、というくらいの気持ちだった。

高知駅に着くと、もうすっかり暗くなっていた。

今日はこのままここで降りて、夕ご飯でも食べるのだろうと思っていたら、母がすぐにまた別の列車に乗るというので驚いた。

「今日のうちに四国を出ようと思って」と言われ、なおのこと驚く。

島、というのがどの県にあるものなのかわからないが、四国ならば、どの県も海に面していて、きっと島がある。だから母もそんな発想をしたのだろうと思ったのに、もっと遠くにいくのか。本州に戻るのか。

「島って、どこにある島に行くの」

「まだ決めてないけど」

「本州に戻ってからも、島、あるの」

「それはあるよ。桃太郎に出てくる鬼ヶ島は岡山県にある島がモデルらしいよ」

「へえ……」

切符を買う券売機の列に並びながら、母が答える。駅は、仕事や学校の帰りらしいサラリーマンや学生たちであわただしい時間帯のようで、その中に立っている自分たち親子は周りから相当浮き上がっている気がした。

岡山行きと書かれた切符をもらう。自分たちは、ではこれから鬼ヶ島に行くのだろうか。顔を上げると、力が考えていることがわかったのか、母がなぜか照れたような笑い方をした。

「今、力と話して決めた。とりあえず、今日は岡山まで行こう」

「四国から本州までって、飛行機じゃなくても行けるんだ」

「え？」

「間に、海、あるのに」

力が素朴な疑問を口にすると、母が頷いた。

「四国にも、九州にも、飛行機を使わなくても行けるよ。考えてみればすごいことだね」

移動中に食べるから、と売店でお弁当を買うように言われたが、まだおなかが空いていなかった。遼にもらったエビをずっと食べていたせいもある。

「いらない」と答えると、母は「おなか空くよ」と顔をしかめたが、自分もまたそこまでおなかが空いていないのだろう。「列車の中でも売ってるか」と独り言のように言って、それ以上は力にも何も言わなかった。

　高知から岡山に向かう列車の中、力は、列車が海を渡る瞬間を楽しみにしていた。しかし、それを見届ける前に、ゲームをやりながら、いつの間にか寝てしまった。

　次に目を覚ましたのは、岡山駅に着く直前だった。

　母が「力、着くよ」と肩を揺り動かす。

「もう、海、越えたの?」

　どうして起こしてくれなかったのか、と母を責める口調で言うが、母は動じない。

「暗くてほとんど何も見えなかったよ」

　それだけ言って、降りる準備を始める。

　岡山駅から外に出ると、駅前の通りに『一泊4500円』という看板が大きくかかったホテルがあって、母はそこに向かって歩いていった。ロビーの椅子で待っているように言われ、フロントでやり取りしている母の背中をぼんやりと見つめる。予約はしていないし、もう夜だけど、泊めてもらえるようだった。

　うっすら煙草《たばこ》の匂いがする小さな部屋に荷物を置きに行ってすぐ、ベッドが一つしかないことに気がついた。もう小五なのに——と、思わず母を見る。不満を口にしたわけではなかったが、母の方でも気にしていたのか、「ダブルベッドの部屋しかなかったの」と言い訳のように口にする。

「まだ夏休みで観光シーズンだから。一晩だけなんだし、これで我慢して」

「……わかった」

本当は嫌だった。けれど、大声で抗議して喧嘩《けんか》するほどに嫌だというわけでもない。力が頷くと、母の顔に露骨に安堵《あんど》した表情が浮かんだ。

「その代わり、おいしいもの食べよう」と連れていかれた駅前通りは、ラーメン屋さんくらいしか開いていなかった。

その店のラーメンはスープが濃くて、チャーシューがやたらに固かった。餃子《ギョーザ》もしょっぱすぎる気がした。店の床も、靴の底が張りつくように思えるほど油っぽい。けれど、力は黙ったままラーメンをすすった。店内はラーメンと一緒にビールを注文しているサラリーマンのような人たちばかりで、そこでも自分と母は場違いな存在に感じた。

母が携帯電話で何かしていた。最初はメールを見ているのかと思ったけれど、どうやら、ネットを見ているようだった。

ラーメン屋を出ると、今度は「本屋さんに寄っていい？」と言われた。

遅くまでやっている駅ビルの中に入ると、本屋さんがあった。漫画を立ち読みしたかったけど、ほとんどがビニールで覆われていて無理だった。仕方なく、好きな漫画の表紙だけを端から眺める。母が買ってくれることを期待したが、母は旅行雑誌や地図のコーナーで本を開いて立ち読みしていて、力の様子には気づかなかった。

母は何も買わず、そのまま、力と一緒に書店を出た。

ホテルに戻ってから、今度はロビーに置かれたパソコンを使ってまたネットを始める。力は先に部屋に行っているように言われたが、「いやだ」と言って、母の様子を横で見ていた。

母は、これから行く場所を探しているのだと、さすがにわかった。パソコン画面を見つめる母が、自分の手帳に何かを書き込んでいく。

「どこに行くか、決めた？」

力が尋ねると、その声には応えず、ただ「もう、大丈夫」と言う。「行こう」と、力を部屋に連れていく。

母が決めた行き先を聞いたのは、部屋に入ってからだった。

「家島っていうところに行ってみようと思う」

初めて聞く島の名前だった。

「何県？」と尋ねた声に「兵庫県」という答えが返ってきて驚く。

「鬼ヶ島じゃないの？　兵庫県に島ってあるの？」

「うん。兵庫も瀬戸内海に面してるから、島はあるよ」

母が説明する。

「調べたら、岡山にある鬼ヶ島のモデルになったかもしれない場所は島じゃないんだって。いろいろ説があって島でモデルになったって言われてるのは香川県。しかもその島は小さすぎて、しばらくいるにはあんまり向いてないかもしれない。その点、家島は小さすぎなくて、人口もそれなりにあるところみたいだから、とりあえず行ってみよう。観光に来る人たちも結構いるみたい」

「人、たくさんいるの？」

島というと、とにかく不便で人が少ない、というイメージがある。母が頷いた。

「うん。他の島は小学校しかないところも多いんだけど、家島は、学校も高校まであるみたい」

「ふうん」

力はしばらく考える。それから聞いた。

「家がたくさんあるから、家島っていうの？」

すると、母が吹き出した。「ええー？」と笑って首を振る。

「違うよ。お母さんも初めて知ったけど、さっき見たネットに、おもしろいことが書いてあった。――昔、神武《じんむ》天皇が遠出した時に、海で嵐に遭ったらしいんだけど、家島の周りの湾に入ったら、その嵐が嘘みたいにやんだんだって。で、その時に、『まるで家の中にいるようだ』って言ったことから家島って名前になったって言われてるらしいよ」

「神武天皇ってどれくらい昔の時代？」

「それは……ちょっとわからないけど」

もっとも母が覚えていたところで、聞いても力にはわからないかもしれない。歴史は六年生の社会でやる勉強だ。

けれど、〝行くと、嵐がやむ島〟というのはなんだかおもしろい気がした。嵐がやんで、まるで守られているような気持ちになったのだろう。その感覚が「家」という名前に残ったことも、力には少しわかる気がした。

遠い場所に来て、嵐に遭って、自分の「家」に帰りたいと思っていたから、神武天皇も自然とそんな言い方になったのかもしれない。

「行ってみてもいいかな？」

母が力に聞いた。

もうそうすると決めているくせに今更自分に尋ねるのはズルい気もしたが、それでも聞くだけ、これまでよりはマシな気もした。

「いいよ」と力は答えた。

その晩、力の方が先にベッドに入ったけれど、目の奥が、まだ昼間の四万十の太陽の光を引きずっているように明るくて、なかなか寝付くことができなかった。あの場所を、まだ今日離れたばかりなのだということが信じられない。

遼はどうしているだろう。

力がいなくなっても、今頃、自分の家で食事して、お風呂に入って、寝ているのだろうか。明日からも、なにも変わらず、また川に漁の舟を出すのだろうか。考えると、胸の奥がぎゅーっと引き絞られるような感覚に襲われる。

目を閉じたままでいると、力に少し遅れて、歯磨きを終えた母がベッドに入る気配がした。

母と同じベッドで寝るのは、両親の寝室で一緒に寝ていた小学校二年の時以来だった。母はもう力が寝ていると思っているのかもしれないが、それでも、「おやすみ」という小さな声が横でした。

背中の向こう側にいる母の存在が気になって、寝返りを打つふりをして、母の方に体を向ける。

ホテルの窓の向こうは、駅前だけあってまだ明るいネオンの光がカーテン越しに感じられた。酔っ払いが騒ぐような、誰かが何かを大声で話すのも時々聞こえて、落ち着かない。

うっすらと目を開けてみると、母は、力の方に背を向けていた。

小さく鼻をすする音が聞こえた気がして、力はあわてて、体の向きを変えた。狭い部屋の中でぎゅっと目を閉じ、懸命に寝たふりを続けた。

2

「あんたも水泳大会に来たん?」

漁港の近くにある魚屋で、軒先に出されたバケツの中を覗き込んでいると、ふいにそう声をかけられた。

話しかけられると思わなかった早苗は、一瞬自分に向けられた声だと気づかず「え?」と顔を上げる。

店の奥から、肩に手ぬぐいをかけた女性がこっちに向かって出てくる。六十代前半といった様子の、おばちゃんとおばあちゃんの間くらいの人だ。花柄でちりめん素材のおしゃれな割烹着を着ていたが、足元だけが魚屋らしくゴム長靴を履いている。

小さな魚屋は、さすが海に囲まれた場所だけあって、魚を入れたバケツや水槽が店をはみ出してたくさん置かれていた。見たこともないほど大きなアジが無造作《むぞうさ》に置かれたバケツの中にたくさんいる。

早苗がすぐに答えられなかったことで、聞こえていないと思ったのか、おばちゃんがもう一度言う。

「水泳大会。泳ぎにきたん?」

「あ。違うんです。ちょうど昨日までやってたみたいですね」

昨日、力と早苗が岡山から姫路駅を経て連絡バスで姫路港に着いた時、意外にも港は混み合っていた。

週に数回しか船が来ない、というような島もあるようだけど、家島は人口も多く活気のある島のようだったし、姫路港と島をつなぐ高速船も朝の七時台から夜九時台まで、だいたい一時間に一本はある。

そう調べてはいたものの、港に島民ではなさそうな若い人の数があまりにも多い気がして、つい、港の職員に「今日、何かあるんですか」と声をかけた。その時に返ってきた答えが、今、おばちゃんが言った水泳大会だ。島から島へ泳ぐコースの、日本で唯一の大会なのだという。

その参加者に囲まれ、人の多さに圧倒されながらも、その気安い雰囲気には、逆に島に渡る勇気のようなものを一緒にもらえた気がした。

水槽の中をゆうゆうと泳ぐ魚たちを横目に見ながら、早苗は自分が島から島へ、何キロもの距離を泳げるように見えるのだろうか、と苦笑する。

「私、泳げるように見えますか？」

尋ねると、おばちゃんがぶっきらぼうに頷いた。

「確かにあんたは細いけど、最近の女の人は元気がええから」

「水泳大会、確かに子どもやお年寄りも参加してるみたいでしたね。短いコースもあるとかで」

「大会も終わったのに、ほんなら、あんたはどうして来たん？　親戚でもおるんか？」

魚屋のおばちゃんからの問いかけに、早苗はゆっくり息を吸い込む。

島への観光客もいる、と聞いてやってきた家島だったけれど、水泳大会のような特別な行事でもない限り、島に来るには何か理由がなければおかしいと思われているようだった。

人口が多い島だと調べてきた通り、家島はあまり過疎地《かそち》という感じはしない。しかし、それでも一歩島を歩けば、早苗が島の外の人間だということは一目でわかってしまうのだ。おばちゃんが、初対面の自分を遠慮のない口調で「あんた」と呼ぶのには、親しみとよそ者への距離感の両方が感じられた。

「息子と二人で遊びに来てるんです。夏休み中、どこにも連れて行ってやれていなかったので、休みの最後の思い出作りに」

「へえ。どこから？」

「あ、大阪から」

東京から、と言うと、そんなに遠くからとまた驚かれてしまいそうな気がして、つい出まかせを言ってしまう。口にしてしまってから、自分には関西弁の訛《なま》りもないし、大阪のさらにどこなのか、地名を突っ込まれても返せる言葉がないことに気づいたが、おばちゃんは興味があるのかないのかわからない様子で「ふうん」と言ったきりだった。

力は今日、朝食を食べた後で、「出かけていい？」と聞いてきて、早苗とは別行動だった。

あの子もあの子なりに、一人になりたいこともあるのかもしれない。小さな島だし、迷ったとしても民宿の名前を出して道を聞くことくらいはできるだろうと思って送り出したが、今頃、早苗のように島に住む人たちから何か聞かれたりしているのかもしれない。あまり遠くには行かないようにと言ったが、急に心配になってくる。

「魚、買うか？　どうする？」

「おいしそうですよね。買いたいんですけど……」

鮮度がよさそうな売り物の魚を見つめる。

泊まっている民宿は、決して高いわけではないが、食事なしならばさらに安い値段で泊まれる。昨夜出してもらった夕飯の料理は、刺身と、海苔やわかめの味噌汁がとてもおいしかった。

宿の主人からは、出がけに、もし今夜も宿で食事にするなら内容に少し変化をつけるがどうするか、と尋ねられていた。

夫婦二人でやっている小さな宿で、調理を担当する奥さんが、力のことを気にかけてくれたようだった。ハンバーグやカレーもできる、と言ってくれて、その気遣いはありがたかったが、そんな贅沢《ぜいたく》をしていいのだろうか、という気もする。

島内で他に食事ができる場所がないか尋ねると、宿の主人から島の観光用の地図をもらった。食堂などの位置が書かれた手作りふうの地図には、割烹や寿司《すし》という文字が多く並んでいた。なるべく安く食べられそうなうどんや蕎麦《そば》の店を探したが、特に表示がなく、食事処《どころ》、と書いてあるところでは麺類も食べられるのかもしれないが、いきなり飛びこむのは少し勇気がいる。もちろん、本州にあるようなファストフードのチェーン店の名前など一つもない。

雑貨店などの場所も出ていたが、コンビニのようにお弁当やおにぎりがすぐに買えるという雰囲気ではないかもしれない。民宿とは反対側の地区まで行けばスーパーマーケットがあるようだった。

港近くのこの魚屋も、地図に出ていた。民宿と近かったので、魚の他にも何か売っているかもしれないと来てみたが、どうやら期待は裏切られたようだ。

大きなアジが泳ぐバケツを未練がましく覗き込む。

本当は自分で材料を買って炊事できたらそれが一番いい。しかし、そうするには、ここに家を借りなければならないだろう。短い滞在では無理だ。

「どこに泊まってるん?」

「『海の花』です。浜辺にある」

「ああ。あそこなら、魚持ち込んだら料理してくれるわ。そないしたら？」

おばちゃんがひさしの外に出て、太陽を浴びて光るバケツのいくつかを指さす。

「こっちのサバかて、安うしたるけど」

陽光の下に彼女が出てくる。その顔を見て、あっと気づくことがあった。おばちゃんの顔が、ピカピカに輝いていたのだ。

額も頬も、瞼《まぶた》の上も、さながらラメが入ったファンデーションで化粧をしているようだ。しかし、おばちゃんはその他は化粧っ気もなく、顔も日焼けした肌色がそのまま見えている。

顔の上の小さな光の粒たちに見入って、しばらくして気づいた。おそらくこれは魚のウロコだ。

キラキラ輝くウロコをくっつけたままのおばちゃんが、早苗が見惚《みと》れているのにも気づかず、「うちのサバは一年中が旬」と教えてくれる。店の奥に顔を向けた。

「うちの人が漁師なんやけど、獲ってきた小ぶりのサバを店の奥の水槽で養殖して大きいしてるの。あたしが研究に研究を重ねた餌《えさ》で育っとるからおいしいで」

それまで淡々と話していたおばちゃんが、そこで初めて早苗に笑顔を見せた。それまで表情が変わらなかったせいで、自分が歓迎されていないのではないかと思っていたが、どうやら違ったらしい。

店の奥に案内され、入ると、魚を加工したりするのに使うのか、大きなまな板と包丁がある。魚の匂いがより濃くなった。

大きな水槽の中で泳ぐサバが、おばちゃんがやってくるのに合わせてくるりと向きを変える。餌がもらえると思っているのか、横向きに泳いでいた魚が急にそろって正面を向いたので、早苗は度胆を抜かれた。魚もこんなふうに人に懐《なつ》くことがあるのか。

「はい、よしよし。餌ね」

おばちゃんが水槽に向けて言うのを聞いた瞬間、「サバ、ください」と言っていた。

「今日の午後か明日、また、来てもいいですか？」

「ええよ」

おばちゃんが軽い調子で答える。

今の、サバがくるっと向きを変える様子を力にも見せたい。そう強く思った。

「魚のウロコって、こんなにキラキラ輝くものなんですね」

おばちゃんがサバを締め、袋に入れて渡してくれる。再び太陽の下に来ると、彼女の顔と腕が改めて輝いた。

おばちゃんが間延びした声で「んー？」と聞いた。早苗は続ける。

「おばさんの手も顔も、ウロコがキラキラしてるから、きれいだなって」

あんた、と呼ばれる気安さから、早苗の方もつい相手を「おばさん」と呼んでしまう。

東京だったらありえないことだ。しかし、おばちゃんは気にする様子もなく「あー」と頷いた。

「働き者やから」と呟くように言う。

「私らみんな、島の女は働き者やからね。漁を手伝ったり、魚をさばいたり、働けば働くほど、島の女は顔や手がウロコだらけになってピカピカにきれいになる」

おばちゃんが言って、にやっと笑った。

「だからあたしなんかえらい美人やわ。毎度あり。また来てな」

そう言って、さっさと店の中に戻っていく。

魚屋から出て、サバの入った袋を提げ、海を見る。濃い青色をした海の向こうに、来る時に目にした家島諸島の他の島影が見える。たくさんの漁船が並んだ港の様子をぼんやり眺めていると、ふいに、ポケットの中の携帯電話が震えた。

確認すると、聖子からのメールだった。早苗は急いでボタンを押す。

あの後どうなっただろうと不安に思って、昨夜も電話とメールをしたけれど、聖子は電話に出ず、連絡も何もない状態だった。ずっと気にしていた。

聖子からのメールは短く、しかし、必要なことがぜんぶちゃんと書いてあった。

『連絡遅くなってごめん。エルシープロの男の人は、次の日も食堂に来たけど、後はもう来なくなりました。

こちらは大丈夫。力くんは元気？　早苗のお給料は、来月の十日には振り込みで払ってもらえそうです。口座を聞いてもいいかな？』

胸の奥が、ぎゅっと引き絞られるような思いがした。

あの後で、男がすんなりと引き下がったとは思えなかった。聖子やその家族、食堂のみんなに迷惑をかけてしまったのではないか。文面が短く、聖子が余計なことを一切書かなかったのが、何より、暗にそのことを物語っているようでつらい。『こちらは大丈夫』という言葉だけをくれた聖子の気遣いに感謝する。

——お給料のことも、ちゃんと覚えていてもらえた。

携帯電話を、力を込めて胸に抱く。容赦なく照り付ける太陽の下で、そのまま座り込んでしまいたいほど、早苗の安堵は大きかった。

3

坂道と、路地の街だ——。

目の前に広がる光景を眺め、力は大きく息を吸い込む。

浜辺の民宿から、とにかく遠くまで行ってみようと、島の奥へ奥へと進むと、坂道に沿って家々が立ち並ぶ道は、たちまち〝歩く〟というより〝登る〟という感じになった。狭い範囲にみっしりと家が立ち並んでいて、全部の建物が斜面にあるようだ。路地と路地の間の隙間に、野良猫が日陰を見つけて寝そべっているようなことも多くて、途中、何度か猫の背に手を伸ばすと、人に慣れているのか、逃げずに体を触らせてくれた。

こんなに道が狭いのに、家の横に車が停まっているところもあって、この車はどうやって入ってきたんだろう、出ていくんだろう、と不思議に思う。相当運転がうまくないと無理だ。

狭い道は、アスファルトや砂が白っぽく日に焼けていた。住宅街を抜けると、ガードレールのついた少し広い道に出た。

ガードレールに身体をもたせかけて下を見ると、島の様子が一望できた。

朝、力が見ていた砂浜も、昨日自分たちが着いたフェリー乗り場のある港も、全部見える。

海の深い青を背景に急斜面にぎっしり家が立ち並ぶ様子は、まるで、テレビで観たことがある地中海の観光地のようだった。

海を丸く抱くような形に作られた堤防に、島の子どもたちが描いたのか、アニメのキャラクターの絵が描かれているのがかろうじて確認できる。

堤防の向こうに並んだ船は、漁のものがほとんどのようだったが、お祭りでもあるのか、中には朱色と金色でできたお神輿《みこし》みたいな船もあった。あんな形の船は初めて見る。

するとその時だった。

力が登ってきたばかりの路地と路地の間の道から、女の子がやってきた。——体操着姿で、胸に、今朝砂浜で見た子たちと同じ「家中」のマークがある。

力とその子の目が合った。なんとなく気詰まりに感じて、力は反射的に自分が泊まっている民宿と、その近くの砂浜の方を見た。

そのまま彼女が行き過ぎるのを待つ。女の子の方でも、力に目は留めたが、特に話しかけてくる気配はなかった。

その子は、大きな道までやってくると、力と同じようにガードレールに手をついた。彼女もまた、自分の近くで島を見下ろす気配がした。力はますます気まずくなって、今度は下を向いた。早く行ってしまわないかなぁと思っていると、いきなり「ねえ」と声がした。

「水泳大会に来た子？」

聞かれて、思わず反射的に彼女の方を見てしまう。

耳のあたりで髪を切りそろえた、活発そうな子だった。顔が小さくて、目が大きい。女の子の、少し茶色がかった丸い瞳が力をじっと見つめていた。

「違う」

短く答える。

年上の、これぐらいの年の女子と話すことは普段あまりなかった。昔は父の劇団で他の大人が連れてきた子たちとよく遊んだが、中学生になったりすると急に近寄りがたい雰囲気になって、集まっても互いの親にくっついたまま、言葉を交わすことが少なくなった。

いきなり現れたその子が、「そうなんだ」と頷く。

「じゃ、どうして来たの？　誰かの親戚？」

「違う」

「引っ越してきたとか？」

「違う」

同じ言葉で返事をするのが続くと、彼女が勝手に小さく頷いた。

「どこに泊まってるの？」と聞かれて、「『海の花』」とようやく違う返事をする。彼女が「あー」となぜか顔をしかめた。

「よかったね。もう一軒近くにある民宿の方だと、料理があんまりおいしくないんだよね」

「え、そうなの？」

「うん。うちのおばあちゃんが、奥さんの腕は悪くないけど醬油《しょうゆ》がいまいちって言ってた」

「へえ……」

昨日の夕食に出された刺身は、一人でこれだけ食べてもいいのか、と驚いてしまうほど種類も量も多かったし、ごはんに添えて出された海苔の佃煮もおいしかった。島のおばちゃんたちが定期的に作っている商品なのだそうだ。

女の子の言う、もう一軒の民宿も、どこのことか、なんとなくわかった。見た目は力たちが泊まっている「海の花」よりきれいだったのに、と、力は少しばかり驚き、ショックを受けていた。お店や宿のようなところはプロが仕事をしているのだからおいしくて当たり前だし、それを自分の家の料理と比べてどうこう言うような発想がそもそもない。

それに――。

「醤油なんてどれも一緒じゃないの？」

「そんなことないよ。何週かにいっぺん、小豆島《しょうどしま》から蔵元が醤油売りに来るんだけど、それで作らないとちゃんとした味が出ないっておばあちゃんもお母さんも言ってる」

「……へえ」

蔵元、というのは醤油を売っている店のことだろうか。力にとって、醤油はスーパーで並んでいるのを母親が買ってくるものだ。それと蔵元の何が違うのか、わからないけれど、力は黙っていた。すると、彼女がまたちらりと力を見る。

女の子が聞いた。

「どっから来たの？」

「……東京」

四万十、と答えるべきかどうか、一瞬迷った。直前、という意味なら間違いなく四万十だけど、彼女が聞いているのはそういう意味ではないのだろう。ひょっとすると、「東京」なんていうとすごく都会から来たと思われて、驚かれてしまうかと思ったが、彼女がそのまま「ふうん」と頷く。

「そうなんだ。結構いるよ。東京に親戚いる人」

「うん」

「名前は？　私、ユメ。優しいに、植物の芽で、優芽」

「……力」

「力か」

いきなり呼び捨てにされたことで、さすがにちょっとむっとした。しかし、優芽は気づかないらしく、「いつまでいるの？」とさらに聞いてくる。

「わかんない。夏休みの間くらい、かも」

「そっかぁ。ねえ、暇《ひま》つぶしに付き合ってくんない？」

「は？」

「実はサボってるんだよね、部活」

優芽が砂浜の方を指さす。力が見た朝練の剣道部らしき姿がまだそこに集団で残っているのが見える。

「剣道部なの？」

思わず聞いてしまうと、優芽が初めて言葉を止めた。力をきょとんとした顔で見つめ、

「うん」と頷いた。

「どうしてわかったの？」

「朝、練習してるの、見て」

「あー、みんな朝早くからやるからなぁ」

優芽が首を傾け、ふーっとため息を吐く。

「強くてさ、うちの剣道部」

「うん」

「熱心なことに、お昼もお弁当持参で、午後からは体育館で練習するの。おばあちゃんには部活行くって出てきちゃったから、家にも戻れなくて」

優芽が言い、力の顔を覗き込んだ。

「だからどこにも行くとこがないの。一緒にあの人たちから隠れてくれない？」

このままじゃ試合に出られないと思うんだ——と、優芽は言った。

彼女が力を連れて行ったのは、島の奥にさらに進んだところにある神社だった。

民家のある場所から離れ少し歩くと、急に静かな場所が現れた。石でできた橋が道の向こうにかかっていて、その先に大きな鳥居がある。鳥居の向こうは小山のような森が広がり、入道雲がその緑色から煙のように湧き上がって見えた。

「試合？」

「二学期に入ってすぐにある、姫路の、本土の子たちとやる練習試合。学年対抗」

本土というのは本州のことだろう。

「剣道って、個人で戦うんじゃないの？」

力はまだ小学生で、中学校の部活の様子などわからない。剣道のこともまったく知らない。

試合に出られないというのは野球やサッカーのような集団スポーツで選手に選ばれない時だというイメージがある。

しかし、優芽は首を振り、「団体戦」と答えた。

「知らない？　先鋒《せんぽう》、次鋒、とか呼ばれて戦うの。一番強い人が一般的に大将」

「それに出たいの？」

「出たいっていうか」

優芽が、力の一歩先に立って森の中にぐんぐん、ぐんぐん歩いていく。

「出られないのに練習続けることがむなしいなって話。どうせ練習するなら、出られた方がいいよ。夏休み、毎日やってるのに」

そして独り言のように付け加える。

「前の学校だと、ちゃんと団体戦も出してもらえたのに」

前の学校、ということは、家島には転校してきたということだろうか。力が黙っていると、歩きながら優芽が振り返った。

「力は？　東京で何の部活やってるの？」

「オレまだ部活ないよ。部活やるの、中学からだから」

言うと、優芽が驚いたように目を見開いた。

「そうなんだ。意外。年、同じくらいかと思った。学年は？」

「――小五」

優芽に自分の学年を告げる前に、一瞬、小六、と答えたくなった。一年の差だが、なぜか少しでも上の年を答えたくなったのだ。しかし、結局、本当のことを言ってしまった。

「私、中一」

優芽も言った。

それきりしばらく会話が途切れた。森の中に階段が現れ、それを登ると、きれいな石畳の道が境内まで長く続いていた。

蟬《せみ》の鳴き声がしている。

民家のあるあたりや浜辺の周りとはなんだか空気が違う。涼しく、静かな時間が流れている気がする。

ふいに、優芽が言った。

「家島神社は、パワースポットだって言って、わざわざ本土から訪ねてくる人たちもいるんだって。特に、若い女の人が」

「うん」

「おばあちゃんは、わざわざ来るほどかねって言ってるけど、うちの氏神様《うじがみ》だから、そう言われると嬉しそうだった」

氏神様、という言葉の意味がわからなかったが、それを口にする優芽はなんだかここに暮らす島の人という感じがして、妙に大人っぽかった。

「練習、ここでいつもサボってるの？」

力が聞いた。

神社はとても静かで、境内には誰の姿もなかった。優芽が軽やかな口調で「いつもじゃないよ」と答えた。

「たまに。本当にたまに来る。誰もいないし、日陰で涼しいし」

幹の太い、立派な木と木の間から、民家の屋根が覗いている。マッチ箱で作ったジオラマの町のようだ。その町が途切れたすぐ先に低い堤防と海が広がり、漁船がたくさん停まっている。

「部活って、何時に終わるの？」

今が何時かも時計がないからわからないが、聞いてみる。優芽は「んー？」と間延びした声を出して、少しして「三時くらい」と答えた。

「みんな、熱心なんだよね。三時、越えることもある」

私さ、と優芽が唐突に言った。

「私、家島、今年の四月に来たばっかりなんだ」

「うん」

さっき、彼女が「前の学校」という言い方をしたからある程度は想像がついていた。優芽がそのまま一息に続ける。

「去年、うちのお父さんとお母さんが離婚して、お母さんと一緒におばあちゃんの家に来たの。家島は、だから、お母さんが生まれて育った場所なんだ」

離婚、という言葉の強さに、力は息を止めた。黙ったまま、優芽を見つめる。

どうして会ったばかりの自分にいきなりそんな話を始めたのか――、そう思って彼女を見るが、優芽は秘密を打ち明けたという様子でもなく、ただ平然とそこに立っていた。じっと、ただ力にまっすぐな眼差《まなざ》しを向けていた。

4

お昼を過ぎても、力が宿に戻ってこない。

民宿の前、浜辺に向けて置かれたベンチに腰掛けて、早苗はさっきから自分の携帯電話に視線を落としていた。

力には携帯電話を持たせていない。それは東京にいた頃からそうだった。早苗の番号は知っていると思うが、島内に公衆電話があるかどうかわからない。あの子からかかってくる可能性は低い。それでも、道に迷ったのではないか。あの子に何かあったのではないか、と考えると、いてもたってもいられない気持ちになる。

携帯に表示された時間が、十三時を過ぎる。

朝、あの子と別れる時にちゃんと「十二時までに帰ってこい」と伝えるべきだった。しかし、力はお金を持っていないし、お昼になればおなかが空いて当然のように宿に戻ってくると思っていた。――もう小学五年生なのだし、言わなくてもそれぐらいわかるでしょうに――と、心配を通り越して、息子に対する苛立ちが込み上げてくる。

携帯電話の着信はない。

早苗の待ち受け画面は、去年あった力の運動会の時の写真だ。

携帯の画面の中、鉢巻姿でカメラに向けてピースをしている息子の笑顔を見つめる。

今すぐ島のどこかに捜しに行かなければならないのではないかという気持ちに駆られ、それを、しかし、今ここを動くべきではない、力が戻ってきた時に会えなくなってしまう、という気持ちが押しとどめる。二つの気持ちの間で、もどかしさばかりが募っていく。

携帯電話を見ていると、忘れていた別のもどかしさとやるせなさが、唐突に思い出された。

それは、夫から電話がないか、ということだった。

少し前——少なくとも、四万十に身を寄せた最初の頃までは、早苗は夫からの連絡を、心のどこかで待っていたのだと今にすれば思う。

あれからだいぶ時間が経った。今では、もう、自分に連絡などないだろうと思ってはいる。頭ではそうわかって——そして、安堵している。

実際に電話がかかってくれば困惑することは目に見えている。それでも時折、一人になると早苗は自問自答する。自分は、夫からの連絡を待っているのかどうか、と。

唇をぎゅっと噛みしめる。

すると——その時だった。

港の反対側の方向から、力がやってくるのが見えた。早苗は弾かれたように顔を上げる。

「力」と名前を呼びかけた。心配かけて、と喉から怒鳴り声が出掛かる。

しかし、息子の後ろにもう一人、見知らぬ女の子の姿を見つけて、その声を飲み込んだ。

最初は、たまたま同じ方向から歩いてきただけかと思った。しかし、それにしてはどうも距離が近い。並んで歩いている、と言えるほど親密な距離感ではないが、見知らぬ者同士というほど遠くもない。

「力……」

やってきた息子に向けて、気が抜けた声が出る。母親を心配させた自覚があるのかないのか。どちらともわからない顔をした力が、平然と早苗を見た。そして聞いた。

「ねえ、母さん。午後も遊びに行っていい？」

「遊びにって……」

力の後ろで離れて立っている女の子のことが気になってたまらない。家中、というマークが入った体操着を着ているから、きっとこのあたりの子だろう。

普段、「お母さん」と呼ぶのに、「お」が取れている。「母さん」なんて、初めて呼ばれた。

それに、力は昔から大人相手には人懐こく、好かれる子どもだったが、同世代の子どもに自分から積極的に話しかけるようなタイプではないと思っていた。短い時間に見知らぬ島の子と仲良くなるなんて、そんなことは――。

予期せぬ事態に戸惑っていると、知らず知らずのうちに目線が女の子の方に向いていたらしい。女の子の方が先に、早苗に向けてぺこりと頭を下げた。

「こんにちは。藤井《ふじい》優芽と言います」

「あ、こんにちは」

堂々と挨拶されると、早苗の方がたじろいだ。力を怒る気力も失《う》せて、ただ息子を見る。

「でも、お昼ごはんはどうするの」

「弁当、分けてもらった。この人の」

そう言って、優芽を指さす。力が女の子を「この人」と呼んだことにも驚いて言葉が継げないでいると、「遅くならないうちに戻るから」とさらに言われた。

「何時までに戻ればいい？　夕ごはんまでに帰る」

「――宿の人に六時くらいでお願いしようと思ってるけど、そんなにならないうちに帰ってきなさい」

「六時になんてならないよ」

力がぶっきらぼうに答える。優芽の前だからかもしれないけれど、いつも以上に早苗の顔から視線を逸らしがちにして、声も低い。港近くの魚屋でおいしそうなサバを買ったことを伝えようと思ったが、その気持ちがみるみる小さくなった。

力が「じゃ、行ってくる」と身体の向きを変えようとする。早苗はあわてて「あ、ちょっと待って」と息子を呼び止めた。

力が振り返る。その手に、持っていたビニール袋の包みを持たせた。

「お昼に食べようと思ってたの。島のお土産屋さんで買ったおまんじゅう。――一緒に、分けて食べなさい」

「わかった」

力が言って、優芽と一緒に来た道を戻っていく。

早苗は「遅くならないようにね」ともう一度、彼らの後ろ姿に向けて呼びかけたが、今度は二人とももうこっちを振り向かず、返事もなかった。

まるで狐《きつね》につままれたような心持ちで、早苗は二人を見送る。忘れていたように、自分のおなかが空腹にくーっと小さく鳴った。

おいしそうなおまんじゅうだったけれど、力と優芽を見たら、無性に何かを持たせたくなってしまった。

あの女の子に、分けてもらったというお弁当のお礼を言うのを忘れた。そう気づいた頃には、二人とも、すでに道の先まで行ってしまって、姿が見えなくなっていた。

5

「あそこ見て。あの枝」

神社の境内に向かう参道の途中で、優芽がふいに横の木々を指さす。咄嗟にどこかわからなかった力が「どこ？」と尋ねると、優芽が背伸びするようにつま先立ちになる。

「あそこだよー。あの、枝がくっついて見えるとこ」

言われると、今度は力にもちゃんとわかった。入り組んだ枝の一部を支えるように、それより太い枝が下に伸びている。枝同士は優芽が言うようにくっついて見えた。

木漏れ日の下で、蟬が鳴いている。家島の太陽は、四万十の太陽より眩《まぶ》しく感じた。島には家もあるし、建物もある。神社の参道の横にも立派な瓦《かわら》が載った塀があったけれど、それでも、太陽から隠れる場所が四万十よりずっと少なくなったように感じる。そんな中で神社の背の高い木々の下に立っていると、守られているような気持ちになった。

「あそこの二つの枝、それぞれ別の木なんだよ」

「そうなの？」

「うん。上の方にある枝は、本当は自分の重さに耐えられなくて折れちゃうところだったんだけど、それを下にある枝が隣の木から伸びてきて支えたんだって。――大人たちは、だからあの枝見ると、『人間同士も助け合わなきゃいけない』って思うよね、とかなんとか話してる」

くっついて見えるほど密着している枝と枝は、ぱっと見には同じ木のようにも見える。力が見ていると、ふっと優芽が笑った。「何それって、私は思った」と。

「そんなの、単なる偶然なのにね。下の支えてる枝にしてみたら、自由に伸びてるところに急に上から重たいものが伸《の》し掛かってきて、一体なんだって混乱したと思う。かわいそう」

「『助け合わなきゃいけない』って言ってた大人って島の人？」

力が尋ねると、優芽がこっちを見た。こくりと頷く。

「先生。担任の。一学期に美術の授業でここまで写生に来て、その時にみんなを集めて説明してた」

「そっか」

頷きながら、本当は少し驚いていた。大人はいつだってそういう〝いい話〟をするものだし、力だったら、そんな話は興味なく無視して終わりだろうに、優芽がそうしないで、ちゃんとそのことについて考えたことが意外に思えた。

見晴らしのいい参道からは、海がきらきら輝いて見えた。海がこんなに、まるで一枚の鏡のように見えるなんて知らなかった。

くるりと身を翻し、優芽がそのまま境内の方に歩いていく。

膝丈の体操着の下から見える優芽の脚が長くて細かった。東京の同級生の女子たちより優芽はやはり大人っぽい。ただ中学生だからということではなくて、ひょっとすると、その中でも特に大人っぽいのではないかと思う。

「まんじゅう、食べる?」

「食べる!」

力が尋ねると、こっちを振り向かないまま、優芽が声を張り上げた。彼女の後ろにくっついて、力も一緒に神社の方まで歩いていく。

優芽にさっき分けてもらった弁当はおいしかった。から揚げと、中にほうれんそうが巻かれた卵焼き。ごはんは上に細かくちぎった海苔が半分載っていて、残りの半分はふりかけがかかっていた。入っていたミニトマトを、優芽が嫌そうに「生暖かくなるからお弁当のトマト嫌いなのに」と言って、それも力にくれた。

女子と弁当を分け合うなんて初めての経験で、これが東京のクラスメート相手だったら断ったろうと思う。けれど、今日は不思議とそんなことができた。優芽は自分の分のから揚げと卵焼きだけを弁当箱の蓋《ふた》に載せて食べて、残りをすべて力にくれた。

「いいの?」と尋ねると、「残すと怒られるから、むしろ食べて」と答えた。

自分の家で作ったものではない弁当は、食べていて、なんだか落ち着かなかった。おいしくても、うちの味じゃない、という気持ちが強い。そのせいもあってか、大部分をもらってもまだ微妙におなかが空いている気分だった。もともと女の子用のお弁当箱は、力が普段、何か行事があって母にしたくしてもらう弁当よりサイズも小さかった。

境内には誰の姿もなかった。

木陰にあるベンチに座ると、日陰だったはずなのに、尻に触れる部分が熱かった。間に一人分のスペースをあけて、優芽と力が離れて座る。知り合いなど誰もいない島だけど、隣り合って座っているように見えたらどうしよう。――優芽は、同級生や友達に見られるのが嫌じゃないのだろうか。

母からもらったまんじゅうの包みを取り出し、間に置くと、優芽が黙ってひとつ手に取った。力もひとつ、手に取る。

「力、家島にはお母さんと二人で来てるの？　お父さんは？」

「来てない」

「どうして二人なの？」

食べようと思ったまんじゅうを口に運ぶタイミングを失った。

どう答えるべきか、一瞬迷った。

「仕事」とか「東京にいる」とか、父について答えられる言葉はいくつもあったはずなのに、考えるより先に口から言葉が出てしまう。

「今、いない」

正直すぎる力の答えは、言われた相手にとっては意味不明か意味深に聞こえたかもしれない。優芽が怪訝な目でこっちを見るのではないかと思ったが、意外なことに、彼女はまんじゅうを手にしたまま「そっか」とあっさり頷いた。そしてこう言った。

「うん。――ねえ、どうして私が部活に出たくないか、理由、話してもいい？」

「そうなの？」

「レベル高くて試合に出られないからじゃないの？」

「それもあるけど、夏休みのはじめに、私、ちょっとやらかしちゃって」

優芽の声は淡々としていた。まんじゅうを一口食べて、顔をしかめる。「甘っ」と呟いてから力を見た。目が合うと、少し笑った。

「部の中に、ムカつく子がいてさ。私のこと、なんか気に食わないみたいでしょっちゅう絡んできて」

「うん」

「で、部活の後片付けをした、してないで喧嘩になった時に、言っちゃったんだよね。二人きりだったし、その子も部内では浮いてる方だったから、この子相手にならいってもいいかなって。私のことを悪く言いたいなら、もっと、うちが離婚してて、お父さんがいないこととか言えばいいじゃんって」

力は黙って、優芽を見た。優芽がベンチから長い脚を前に伸ばし、空を見る。

「で、ダメ押しに、喧嘩の後、部活の他の子たちにも言っちゃった。――サカイから、お父さんがいないことでいろいろ言われたって。そしたら、正義感が強い女子の何人かが、

「なら、私と一緒だ」

その子のとこに抗議しに行っちゃってさ。『ひどい』とか『謝りなよ』とか。そしたら、その子がみんなに言っちゃったんだよね。そんなこと言ってない、言ってきたのは優芽の方だって」

「なんでそんなこと言ったの？」

サカイ、というのが喧嘩相手の女子の名なのだろう。力が聞くと、それまで独白のように話していた優芽が口を噤《つぐ》んだ。まんじゅうをもう一口食べて、呑み込むまで、たっぷり間をあけてから、「たぶん、いやらしい計算」と答えた。

「自分でもよくわかんないけど、周りの子とうまくいかないの、イライラしてた。うまくいかない理由もわかんないし。だから、みんなが私を排除する理由が、親の離婚とかそういうことならいいなって思ったの。ほら、よくドラマの中とかだと、親が片方いないって理由でいじめにあったとかってパターンよく見るでしょ？　でもさ――」

優芽がふいに力の顔を覗き込む。大きな存在感のある目にそうされると、少しドキッとする。小鹿みたいなヘンな顔だ。妙に目を惹《ひ》く、印象に残る顔立ちをしている。

「現実って、そんなわかりやすい理由でいじめてくれないんだよね。みんな、ドラマの中よりずっといい人だし、本人に責任のないことで相手をいじめるなんてイケてないってわかってる。そんな理由じゃ、みんな動かなくて、大事なのは、部活ちゃんとしなかった、とか、話してて楽しくないとか空気読めないとか、そういう、本人に責任あること」

「その時の部活の片付けってちゃんとやったの？」

「え？」

「そもそもの喧嘩の理由」

「……やってない」

優芽が答えて、力は呆《あき》れる。「やってないのかよ」と答えると、思わず力が抜けて、笑ってしまった。優芽が「うん」と頷いた。

「だから、私が悪い。なのに、みんなを味方につけようとして、親の離婚とか、そういうのに逃げようとしたの。今は、後悔してる。それからずっと、部活、行きたくないんだ」

「謝れば？」

「無理。謝るとこ想像すると、気まずくて死にそう。だから力に、代わりにザンゲしてる」

そんなことを言われても、力にはどうしようもない。

自分から、後悔してる、なんてことに自覚があるのも相当変わってると思うけれど、それはこの夏休み中、ずっと考え続けた結果、今になってようやく達した境地なのかもしれない。喧嘩したばかりの頃は素直に認められなかったものを、今、どうしていいかわからなくなっている。

「力のとこは、お父さん、今だけいないの？」

優芽が唐突に聞いた。

力は無言のまま優芽を見た。手の中では食べるタイミングを失ったままのまんじゅうが、指の形につぶれて、手が触れた場所が少し硬くなったように感じた。まんじゅうの表面についた白い粉が、指の間でざらつく。

答えようという気になったのは、優芽があまりに正直だったからかもしれない。ザンゲ、という言葉を彼女は使ったけれど、見ず知らずの力にだからこそ言えることもあるのだろう。その気持ちは、力にも少しわかった。

「……離婚、しないでほしいって、オレが母さんに言ったんだ」

それは、この一ヵ月、ずっと力が気にしてきたことだった。考えないようにしよう、考えないようにしよう、と思いながら、そう告げたあの日以来、母との間でも話題にするのを避けてきた。

東京でマスコミの記者たちが訪ねてきた時、鳴りやまない電話の線を母が抜く時、ふとした瞬間に思い悩んだ様子で母が俯いている時、四万十から逃げるようにして出ていく時――。

ひょっとしたら、父と離婚さえすれば、母は――そして力も、誰かから追いかけられることもなくなるのかもしれない、と考えたことはあった。けれど、力が自分の口で母に頼んでしまったのだ。

父と絶対に離婚しないでほしい。

絶対に、それだけは嫌だ。

テレビドラマや本の中で、子どもが離婚する親のどちらについていくかを選ばされる場面を何度か見たことがある。

そういう時、力は漠然と自分はどっちだろう、と考えることがあった。母についていくとしたら、それは母の実家とか、どこかに引っ越すイメージが漠然とだけどあったから、学校をかわりたくないとしたら父に引き取られるのがいいのだろうか。

平和だった頃に現実感薄く考えていたことが、今現実にそうなろうとしている。父の名前がスポーツ新聞やワイドショーで報じられるようになって、家にもさまざまな人が訪ねてくるようになって——。

ひっきりなしに押される玄関のチャイムの音に怯え、母と二人でいた時のことだった。「窓に影が映るといけないから」と、嵐が過ぎるのを待つように、母と奥の寝室で息を殺していた。

その時、力は言ってしまった。父が病院に運ばれたと聞いたあの夜以来、初めて気持ちが高ぶっていた。

離婚しないで。

口にする時、唇が震えて、涙が出た。

母の前で泣くなんて、何年もないことだった。けれど、一度口にしてしまうと止まらなくなった。なんでその言葉だったのかわからない。聞きたいこと、言いたいことがいっぱいあったはずなのに、まず真っ先に、そう言ってしまった。

母が目を見開き、びっくりした顔をして力を見ていた。

力は繰り返した。嫌だ、嫌だ、嫌だ。お父さんかお母さんか、選ばなきゃいけなくなるなんて、絶対に嫌だ――。はじめは涙だけだったのに、次第に声まではっきりと叫ぶような泣き声になっていく。

「しないよ」と母が言った。

唇を引き結び、力を抱き寄せる。母にそんなふうにされるのもひさしぶりだった。母の方でも、それは、咄嗟に出た言葉のような気がした。

「しないよ。大丈夫、絶対に力を悲しませたりしない」

力をその時安堵させたあの一言を、母は今になって後悔しているかもしれない。

四万十で、男が追ってきた、と逃げる時の母の顔は青ざめ、はっきりと恐怖が浮かんでいた。鉄道を乗り継ぎながら、誰かがまだ追ってくるのではないかとその影に怯えていた。

「――本当は、母さんはもう離婚したいかもしれない。だけど、オレがそう言ったから、できないのかもしれない」

優芽が大人っぽい物言いをするのに引きずられたように、そう言ってしまう。こんなことを言われても優芽は困るだけだろう。そう思ったけれど、違った。優芽は、他の話を聞く時と同じように、ただ「そっか」と頷いた。

そして、言った。

「大丈夫だよ」と。

力は顔を上げる。優芽の、力が〝ヘン〟だと思った目の大きい小さな顔がすぐ近くで自分を見ていた。

「力がそう言ったからって、大人は自分が離婚したい時にはするし、子どもの言うことなんか聞かないよ。力がどう言おうと、離婚したい時にはするよ」

力は息を吸い込んで、そのまま止めた。

優芽が言う。

「だって、私も言ったもん」

大きな瞳が、少し歪む。

「離婚しないでほしいって。何度も、何度も、何度も。何度も、言った」

激しかった蟬の声がふいに途切れる瞬間がやってきた。どこに潜んでいたのかと思うような強い風が、ベンチに座る二人の間をひゅうっと吹き抜けていく。

6

立ち寄った雑貨屋で、早苗は、見覚えのあるパッケージの網が立てかけられているのに目を留める。

上からビニールが掛けられた網は、だいぶ前から置かれていた商品のようで、店の隅でうっすらと埃《ほこり》をかぶっていた。ビニールには漫画の『ドラえもん』のキャラクターが描かれていて、柄の部分にも同じ絵が入っている。

思わず手に取ったのは、力が昔持っていた虫捕り網と同じように見えたからだ。

しかし、網に掛けられたビニールに書かれた文字を見て驚いた。そこには、「魚とりあみ」と書かれていて、そういえば、先端の網の形もうちにあった虫捕り網より四角い気がする。

一人きり、思わず「へえー」と感心する声が出た。

海と縁遠い場所で生まれ育った早苗には馴染《なじ》みのない発想だが、この島では網と言ったら魚を捕るものなのだろう。よく似たパッケージの商品が、日本のそれぞれの場所でそこに合った形で売られているのだと思ったらおもしろかった。

力が虫捕り網を振り回していたのは、小学校の低学年の頃だ。

夫が劇団の友人から車を借りてきて、いろんなところに行った。夏休みに都心を離れ、山の、少し標高が高い場所に行っただけで急に涼しく過ごしやすくなるので、これはお金のある人たちが夏の間だけ過ごすために別荘を買ったりするわけだよなぁと思ったりした。どこかのホテルに宿泊するような経済的余裕はなかったし、早苗や夫は、翌日に仕事がある場合がほとんどだったから、日帰りの旅ばかりだったけれど、楽しかった。

——虫捕り網は、あの時期に出かけたどこか旅先で力がほしがって、夫が買ってあげたものだった。カブトムシを捕まえて帰ろうと、暗くなるギリギリまで森の中を二人で歩き回っていた。もう帰ろう、と早苗が止めても、二人して「もうちょっと」といつまでも、帰らなかった。地面に落ちる影の濃い、よく晴れた夏の日の思い出だ。

島の雑貨屋は、駄菓子や生活用品が並んでいたが、あまり繁盛している様子はなかった。客も早苗一人しかおらず、奥の座敷でテレビの音らしきものが聞こえるから、どうやら人はいるようだけど、会計をするには声を張り上げて店員を呼ばなければならないようだ。これでは泥棒に入られてしまってもわからないだろうに、と思うけれど、そういう大雑把《おおざっぱ》なところも島ならではという感じがした。早苗は結局何も買わずに、そのまま外に出た。

宿でもらった島の地図を店の軒先で広げ、これからどこに行こうか、と眺める。

お昼ごはんもまだ食べていない。せっかく海沿いの町に来ているのだから、新鮮なお寿司でも食べようか。けれど、力を連れずに一人だけそんなところに行く、という贅沢に抵抗があった。

容赦なく降り注ぐ太陽の光に目を細めながら、ふと、自分は何をしているのだろうか、と思う。

日帰りの旅行しかできなかったあの頃、いつか、泊まりでどこかでゆっくりしたいね、と夫と話していた。夫がいない今、他に行くあても目的もなく、早苗と力は島でゆっくりする以外に、することがなかった。

7

「遥山真輝って知ってる?」

しばらくして、ベンチに座ったまま力が尋ねる。優芽が頷いた。

「知ってるよ。ちょっと前にテレビでニュース、たくさんやってた」

聞いたのは自分だけれど、そうか、やっぱり知っているのか、と思うと複雑な気持ちだった。東京からこんなに離れている場所であっても、テレビはニュースを届けるのだ。

優芽が首を傾げる。

「あの人だよね、交通事故で死んじゃった」

「……違うよ。交通事故には遭ったけど、死んだのは事故でじゃない」

「そうだっけ？」

「うん。自殺」

ただテレビで無関係にニュースを見ているだけの人にとってみれば、混同されていても仕方ないと思う。事故と自殺は、それくらい、相次いで起こった一塊《ひとかたまり》のスキャンダルだった。

力にとってもまた、遥山真輝は父が共演する前までは、顔を見ればなんとなく見覚えがある、という程度の存在の芸能人でしかなかった。若い時には人気のドラマにたくさん出ていて、大人たちの間では有名だったらしいけど、力が見るようなドラマにはもう出ていなかった。二時間サスペンスとか舞台にはよく出ていたらしいけれど、そう言われても、ふうんという感じだった。

力は一息に言った。

「事故で、顔をぶつけて、骨折したり、傷ができたりして、女優の仕事が無理かもしれないってお医者さんに言われたんだって。それがショックで、病院を抜け出して、自分の家で自殺した」

発見したのは、高校二年生の彼女の息子だったそうだ。

それを知って、力は驚いた。事故が起きてから、遥山真輝の死が報じられるまで、父の名前とともに新聞では「不倫」とか「ダブル不倫」という言葉を多く見て、言葉の意味がわからなかった力は辞書を引いた。読み方さえわからなかったその言葉は「ふりん」と読み、その意味がわかった時には、目の前がぐらぐら、暗く揺れ動くような思いがした。

「ダブル不倫」と書かれたからには、遥山真輝も結婚していたのだろうとは思ったけれど、まさか子どもがいるとは思わなかった。

　優芽が尋ねる。

「自殺って、どうやって？」

「首つりって書いてあった」

　自殺の方法としてよく見る言葉だった。けれど、他のニュースでその文字を目にした時と違って、それからしばらく、力は息苦しい思いを味わった。目を閉じると、具体的な想像が瞼の裏に押し出されるような気がして、怖かった。

　現実に生きていた人が、その方法で命を終わらせたのだと思うと、死ぬ、ということを初めて身近に感じた。遥山真輝とは話したことすら一度もないのに、それでも、苦しくてたまらなくなった。

「――事故の時に、遥山真輝が運転する車に、うちの父さんが一緒に乗ってたんだ」

　優芽が黙ったまま、目を大きく見開いた。

　彼女がどの程度、その頃の報道を見ていたのかはわからない。「不倫」という字を見たかどうか、その意味をもう知っていたかどうかもわからない。

関係者の話としてテレビに出た、首から下しか映らない人たちは「だいぶ前からですよ」と証言していた。

誰が言ったかわからないよう、音声を加工された声が言う。

「有名な話ですよ。真輝ちゃんは本条さんのことを気に入って、演技の相談をしたり、私生活の悩みなんかもよく話していたみたいです。稽古後に二人で消えることも、あの日に限らずよくありました」

それを受け、レポーターの声が入る。「それは今回の公演の前から？」「ええ。知り合いの舞台の打ち上げで会ってから、意気投合したみたいです」「では、ひょっとすると、今回の遥山さん主演の公演で無名の本条さんを指名したのも——？」「ああ、そういうことはあったと思います」

これまでも父はいろいろな舞台に出てきたけれど、シアターメテオでの今回の公演が何か特別そうだということは、力も薄々感じていた。大きな仕事なのだと、母も、周りの人たちも驚き、喜んでいた。父も嬉しそうだった。

最初に病院に駆けつけた時、父は、意識があったけれど、身体を強く打ち、肋骨《ろっこつ》にも何ヵ所かひびが入っているということで、ベッドで寝ていた。身体には包帯が巻かれていた。「よかった、無事で」と母が声を詰まらせ、力も、前の日まで元気だった父の変わり果てた姿に、咄嗟に口が利けなかった。父は自分たちに「ごめん」と謝った。「心配かけてごめん」と繰り返し。

その日は長く話さなかった。

事故の状況など、母は気になるようだったが、それでも、事故に遭ったばかりでベッドの上で横たわる父にそれ以上話をさせたくなさそうだった。目を赤くした母が、父に聞いた。

「公演は、代役の人とか、大丈夫なの？」

その言葉を聞いて、力は、はっとした。ああ、これで父はシアターメテオの舞台に立てなくなったのだ。今日までの稽古が無駄になったのだ。母は父の姿を見て、一瞬でそうわかったんだ、と。悔しそうに、母がぎゅっと歯を食いしばっている。

父の顔にも、その時、はっとした表情が浮かんだ。あれは、力の気のせいではないと思う。父は言った。

「ああ――。大丈夫だ」

あの日のことを思い出すと、もっと話せばよかった、と思う。父さんと母さんは、たとえ事故直後だったとしてももっとちゃんと話すべきだった。とりわけ、父はあそこで、自分の口で母に事情を話すべきだった。遥山真輝とのことも、これから起こるであろうことについても。――それとも力の知らないところで、二人はあれから話したのだろうか。

父に会い、意識があることを知ってほっとして、それから数時間後、母と自分はアパートに戻った。「着替えを取ってくるね」とかなんとか、母は言っていた。

そして、それきり、母と力は病院に行くことがなかった。

朝の七時を過ぎた頃、ピンポン、ピンポン、と玄関のチャイムが鳴らされ、最初のマスコミがやってきた。父と遥山真輝が一緒だったことを、力と母は、彼らの来訪によって初めて知った。

「――大変じゃん」

優芽が目を見開いたまま言う。力も頷いた。

「うん。大変」

「怪我、大丈夫だったの？」

聞かれた言葉に拍子抜けする。不倫のことじゃなくてそっちか、と思うと、顔が自然と少しほころんだ。

「三週間くらい入院したけど、大丈夫。だけど、その後の方が大変だった。……入院していたその三週間で、遥山真輝が自殺して、さらに騒ぎが大きくなったから、かえって病院にいてよかったんじゃないかって、父さんの知り合いの人たちが言ってた」

父が所属し、母も昔所属していたという剣会のリーダー、鶴来さんがうちに心配して様子を見に来てくれた時も、そう言っていた。鶴来さんには力も何度か会ったことがあったけれど、うちに来るのは初めてだった。あれは――、遥山真輝の自殺が報じられた翌日だった。記者とカメラマンがたくさんいるうちの玄関の前を「ちょっとごめんよ」と通り抜ける鶴来さんの姿は、テレビでも何度も流れた。

事態が深刻になっているのは力にだってわかったし、母と力の間では笑顔が出ることも少なくなっていたけれど、鶴来さんはかかっと豪快に笑った。

「俺のとこにまで来るよ、マスコミ。みんな暇だねー」

鶴来さんが言う。

「だいたい、無名の本条さんを指名したのは遥山さんですか、みたいな書き方をあちこちで見るけど、失礼じゃない。誰が無名だっての。キャリアが違うよ」

母があえて話題にすることを避けてきた報道の内容を、そんなふうにあっけらかんと口にする。母も、その時ばかりは「そうですねえ」と弱々しくではあるけれど、笑っていた。鶴来さんには、人をそんなふうに引き込む不思議な魅力があって、だから父も母もこの人の劇団にいたんだろうなぁと思う。

「だからさ、俺は他のところで客演なんかさせるのは反対だったんだよ、昔から。拳が戻ってきたらよく言っといて。力も父さんによく言っとけ。後は黙って、一生、鶴来さんのとこで死ぬ気で演《や》れって」

そんなふうに言ってくれたけれど、それでも、力は不安で、不満だった。鶴来さんは

――鶴来さんのような人でさえ、父が遥山真輝と「不倫していない」とは断言してくれない。どちらにでも取れるような言い方でしか、母のことも力のことも励ましてくれない。

責任、という言葉を、その頃から、聞くようになった。

運転していたのは遥山真輝だし、顔に怪我はしたかもしれないけれど、自殺したのだって、あの人が自分で決めて、やったことのはずなのに。

夜のドライブの責任をどう感じているのか――、と、マスコミから、エルシープロの人たちから、そして、遥山真輝のファンを名乗る人たちから、力と母は、聞かれるようになった。

事故のことだけじゃない。遥山真輝の自殺には、遺書がなかった。顔の怪我のことは確かに原因の一つではあるかもしれないけれど、父との関係そのものに遥山真輝が思い悩んでいたのではないか。死んだ直接の原因は、本条拳にあるのではないか。

母はニュースをなるべく力から遠ざけようとした。

けれど、それでも、学校から帰ってきて、母が仕事に出ている間、テレビをつけるとワイドショーでやっていた。コンビニで見る週刊誌の見出しにも、遥山真輝の名前は毎号のように出ていた。見るたびに、どうしていいかわからないほど胸の奥が痛くなり、いっそ暴れ出したいような気持ちがした。それなら見なければいいのに、力は中毒のように自分からテレビをつけた。見なきゃいけない、と義務のように思っていた。

ニュースを目にするたびに、病院まで父に会いに行こうか、と何度も思った。

母にそう頼もうかとも思った。けれど、そのたびに気持ちが挫《くじ》けた。力の住むアパートから病院は電車を乗り継いでいかなければならなかったし、自分たちのところにさえこんなにも人が来ているのだ。父のところも、きっとすごい騒ぎになっているに違いない。

父が事故直後、怪我をして横たわっていた姿を思い出すと悲しくなった。

静かに寝られているのかな、と気になった。

今、こんな騒ぎに巻き込まれているのは父のせいだと、頭ではわかる。けれど、力にはわからないことがたくさんあった。父を責めていいのか、憎んでいいのかということさえ、母も、周りの大人も、誰も教えてくれなかった。

それでも、自分は父に会った方がいいのではないか。母に聞けないことも、父にだったら直接聞けるかもしれない――。そんなふうに思っていると、夏休み初日の朝、母がぽつりと言った。「お父さん、退院してたみたい」と。

力はびっくりした。病院を出た後、父が戻ってくる場所は、このアパート以外にはないはずだ。それなのに、父は帰ってきていない。

「帰ってこないの?」と力は聞いた。母は、力なく頷いた。「うん」と。

「帰って、こなかったみたい」

家に戻ってきたら、父はそれこそマスコミやエルシープロの人たちに見つけられて、厳しいことをたくさん言われるだろう。何をされるかわからない。けれど、この家以外に父は一体どこに行けるというのだろう。

母に「離婚しないで」と言ってしまったのは、そんな時のことだったのだ。


「おまんじゅう」

黙ってしまった力の横で、優芽が言った。力は、え、と顔を向ける。

「おまんじゅう、食べなよ。さっきから持ったまんまだよ」

優芽はいつの間にか食べきったようで、その手にまんじゅうが、もうなかった。力は「ああ……」とのろのろ頷いて、一口食べる。

優芽はそれ以上、何も聞かなかった。力も何も言わなかった。

彼女がどこまでニュースを知っていたかは相変わらずわからなかった。——あるいは、今こんなふうにしていても、家に帰ったら、パソコンか何かで記事を検索したりするのだろうか。力のクラスメートの何人かが、そうしたように。

「お参りしてく?」

優芽が尋ねて、力は頷いた。

神社の賽銭《さいせん》箱の前に並んで立つ。

「賽銭がないよ」と言うと、「じゃあ、これ」と、優芽がまんじゅうを一つパックから取り出す。社《やしろ》の前にティッシュを広げて置いた。

力は縄を揺すってガラガラと鈴を鳴らす。手を合わせ、しばらく目を閉じた。

目を閉じていても、横の優芽が同じようにしたのがわかった。二人で、長いことずっと、そのままでいた。

8

昨日までの晴天が嘘のように、翌日の家島は、風が強い大雨になった。

普段穏やかな瀬戸内海では珍しいことらしく、宿の主人夫婦も驚いていた。「すぐおさまると思うけど、今日はあんまり出歩かない方がいいかもね」と言われ、早苗と力はおとなしく部屋で過ごすことにした。

宿の部屋にいると、力が何度か、窓の外を見に行っていた。外は誰の姿もなく、ただ雨に打たれる海が見えるだけだが、ひょっとすると、昨日の女の子を気にしているのかもしれない。

「あの子と、何か約束したの？」

「え？」

早苗が思わず聞いてしまうと、力が緩慢《かんまん》な仕草でこっちを向いた。早苗が続ける。

「昨日の子。藤井さん、っていう」

「――別に」

ぶっきらぼうな口調で力が答えた。

その答えを聞きながら、早苗は、いつからだろう、と考えていた。母親が何かを尋ねると、力は「別に」という言葉で済ますことが多くなった。そういう年頃だと言われればそれまでだが、なんだかおもしろくない。否定でも肯定でもない、曖昧《あいまい》な「別に」。

けれど今そんな話をしても喧嘩になるだけだ。早苗は力の肩越しに窓の外を見つめる。

「雨止まないね」と呟いた。

「――嵐がやむ島だって、言われて来たのにね」

早苗が言うと、力の方から「あのさ」と反応があった。

「何?」

「家島、いつまでいるの?」

聞かれて、返事に詰まった。いつ、と明確に決めていたわけではない。とはいえ、東京に戻ることもまだ考えられなかった。

本音を言えば、家島では、少し働けたらいいな、と思っていた。水産加工業か何かで短期のバイトのようなことができないだろうかと思っていたのだが、どうやらそれは無理そうだ。昨日一日、島を自分で実際に歩いてみて、早苗はいろんな人から「何しに来たん?」

と聞かれた。屈託《くったく》なく話しかけてくる島の人たちの声の多くは、親しみと、訝《いぶか》しむようなトーンの両方を含んでいた。

「誰かの親戚なのか」「水泳大会に来たのか」、という二つは必ずと言っていいほど聞かれて、それはつまり、そんな理由でもない限り、ここに長期滞在する観光客はほとんどいないということだった。二十代のバックパッカーのような若者ならありえないことではないのかもしれないが、母親と小学生の子どもという組み合わせでは、余計に目を引くだろう。

早苗が答えられない間をつくように、力が「ねえ」とさらに問いかける。

「ここに、住んだりする？」

「えっ」

思ってもみない言葉だった。母親の反応を見た力がすぐに「しないか」と早口で言う。ごまかすような口調だった。早苗は驚いていた。

「住みは──しないよ」と答える。

「だいたい力は学校だって始まるでしょう」

「うん。わかってるけど、聞いただけ」

どうしてそんな突拍子《とっぴょうし》もないことを聞く気になったのか。不思議に思うが、それもひょっとしたら、昨日会ったあの女の子の影響なのかもしれない。早苗に礼儀正しく「藤井優芽です」と挨拶をした、あの子。

たった一日会っただけで、そんなふうに影響を受けるものなのか。そう思いかけて、でも、ありうるのかもしれない、と考えを改める。大人と違って、子どもの一日、一週間、一ヵ月、一年は信じられないほど長い。時間の密度が違う。

「かわいい子だったね」

早苗が言うと、力がまた「え?」と聞いた。ごまかすためかどうかわからなかった。

風が吹いて、窓ガラスが少し揺れる。

宿の主人の話だと、夏の長雨はよくあることだが、風まであるのは珍しいのだそうだ。とはいえ、波が穏やかな瀬戸内海のことなので、今日も船は動いている。島を出られない、というほどのことではない。

ただ、家島を出ていくとしても、今日のような雨ではなく、晴れた日に出ていきたかった。単なる気持ちの問題だが、早苗はそう思っていた。

雨の予報は明日までで、出ていくのはきっとあさってになる、と漠然と感じていた。三日後の二十七日からは力の学校が始まる。東京に戻る——ということを考えると、胃の底が急に重たくなった。戻った後のことを、とても想像できない。けれど、そちらの方こそが早苗と力に待っている今の現実で、四万十や家島の日々は束の間許された非日常なのだ。

鞄の中から携帯電話を出す。画面の表示を見つめ、早苗は息を詰めた。

不在着信、と表示されている。相手の番号は非通知で、かかってきた時間は一時間ほど前。ちょうど、朝食を食べていた頃だ。

夫の事故があって以来、携帯には、知らない番号や非通知で電話がかかってくることも増えていた。中には自分たちを心配する友人たちが「人づてに番号を聞いて」という場合もあったけれど、マスコミや嫌がらせの電話である可能性も高く、早苗は絶対に取らないように決めていた。

しかし、東京にいた頃にはあった見知らぬ相手からの着信は今はもう落ち着き、四万十に行ってからはほとんどなくなっていた。マスコミのニュースにも旬というものがある。遥山真輝のスキャンダルの他にも、日々、何かしら新しい出来事は起きているから、こちらへの興味が薄れてきたのだろうとほっとしていた。

非通知の不在着信は、数週間ぶりのことだ。

たった一件、着信があっただけ。――しかし、早苗は途端に落ち着かない気持ちになる。さっき東京に戻る、と想像した瞬間にやってきたのと同じ種類の胃の重さが、再び襲ってくる。

「力、お母さん、ちょっと、ロビーのところのテラスに出てくるね」

「ん」

窓の外を眺め続けている息子に言って、携帯電話だけを手に部屋を出た。

宿の階段を下りながら、早苗の気持ちはざわざわとし続けていた。手の中の携帯までが急に重くなったように感じられる。

思ったのは、不在着信の相手が夫ではないか――、ということだった。

かけ直そうにも、非通知ではそれもできない。そう思うともどかしく、どうして電話を取ることができなかったのか、と後悔に似た思いが込み上げる。かといって、次にまた非通知の着信があった時にすぐに出る勇気が自分にあるのかどうかもわからなかった。

番号を変えることは、本当は何度か考えた。

報道直後、一番電話が激しかった頃には特に考えた。しかし、それでも、この番号でかろうじてつながっている人たちのことを考えると気持ちが挫けた。心配してくれる友人、知人、鶴来さん、実家の両親――。一番考えたのは、やはり夫のことだ。

胸が塞がって、吸い込む空気がとても薄く感じる。

宿のロビーからつながるテラスに出て、そこに置かれたウッドチェアーに腰を下ろすと、肩で大きく息をした。

騒動の後、早苗のもとに一度だけ、夫の拳から電話がかかってきた。この電話のことは、力にも話していない。

入院中、夫からは連絡が一切なかった。早苗からも電話しなかった。相手が病院にいる、という遠慮もあったし、何より、早苗は怒っていた。不倫、という報道には当然、自分が侮辱《ぶじょく》された、という気持ちが強くあり、こちらから連絡など、絶対にしてやるものかと思っていた。

しかし、それも退院して、拳が戻ってくるという前提があればこそだったと、今は思う。事故の後、マスコミの報道は、あのまま収まりかけていた。そこに起こった、突然の遥山真輝の自殺のニュースに、早苗は言葉を失い、今度こそ激しく動揺した。

実際、本格的な嵐に巻き込まれたのは自殺の報道の後だ。あわてて夫の携帯にかけると、電源が切られていた。

夫がすでに退院したことは、病院にかけた電話で知った。

応対してくれた看護師は職業的な口調だったけれど、それでも、夫の名前を告げた途端、声に「ああ、あの……」とでも言うようなニュアンスが滲んだ。遥山真輝も入院していたその病院にはさまざまな人が押しかけたはずで、彼らもだいぶ迷惑をこうむったはずだ。

「本条さんは退院されていますよ」

他でもない妻にそれを教える彼女の口調に、皮肉めいた同情の響きがあったと思ったのは、早苗の被害妄想だろうか。早苗は物も言えず、呆気に取られたまま、ただ「そうですか」と電話を切った。

見捨てられた、という気持ちがした。

早苗だけではない。拳は、力のことまで見捨てた。私たちの、大事な子どものことまで。

そんな時かかってきた夫の電話は、彼の携帯電話からだった。

『早苗か？』

尋ねる声に、ぞわっと鳥肌が立った。

早苗か、ではない。何をそんな呑気《のんき》な、これまでと変わらない声を出しているのだ。それまで抱えてきた、怒りが、絶望が、悲しみが破裂した。

「話したくない」と、早苗は答えた。

これまで散々、恋人時代から、劇団員同士だった頃から、さまざまなことで言い合いをしてきたけれど、その比ではなかった。言い合うことすらしたくないほど、早苗は傷つき、怒っていた。

電話の向こうで、拳が息を呑む気配があった。相手を怯《ひる》ませたことに早苗は一瞬だけ気をよくした。先制して攻撃できた思いで、こう続けた。

「何も話したくない。何も言わないで。聞きたくない」

泣き声が混ざった。悔しかった。この人にずっと善良な夫、善良な父親のふりをされて騙《だま》されてきたのだと思うと、自分自身にも腹が立って仕方なかった。

電話の向こうで、拳が『早苗』ともう一度名前を呼ぶ。苛立ちまぎれに、早苗は電話を切った。携帯電話をそのまま部屋の隅に放り投げて、机に突っ伏して泣いた。力は外出していて、まだ帰ってきていなかった。

しかし、考えてみれば、この時、早苗は、夫がまた電話をかけ直してくると確信していた。

報道の向こうでは自分の夫と、この家と無関係だったはずの遥山真輝の名前ばかりが取り上げられ、妻である自分は、当事者なのに蚊帳《かや》の外だった。それが、夫が電話で自分に必死に弁明しようとする気配を感じて、初めて、顧《かえり》みられた気がしたのだ。

報道の多くは、テレビ局のプロデューサーだという遥山真輝の夫のことを報じていたが、拳の側に妻がいることについては触れてさえいないものもあった。ニュースの中の拳は、ただ〝女優の不倫相手〟という立場だけが与えられていて、そんなことのすべてが早苗をバカにし、軽んじているように思われた。

何も話したくない、聞きたくない、というのは、あくまで、自分の激しい怒りを相手に訴えるためだった。本当は、聞きたいことが山ほどあるに決まっている。拳だって、それはわかっているだろう。

思ったけれど、夫からはその後、何も連絡がなかった。

一日待ち、二日待ち、一週間待ったけれど、電話が来ない。

少し冷静になった早苗が、意を決してこちらからかけると、夫の携帯電話は解約されていた。それまでは、電源が入っていない、というアナウンスだったものが、「この番号は現在、使われておりません」というメッセージに変わっていた時、早苗は最初、状況が呑み込めなかった。違和感が一足遅れでやってきて、そして、啞然《あぜん》とした。

一体どうするつもりなのだ――、と途方に暮れる。

これからのことを何も話し合わず、早苗と力をこんな状態で放っておいて、家にも帰ってこないまま、夫は一体どうするつもりなのだ。

いろんな人に迷惑をかけて、夫もまた追われる身なのかもしれない。けれど、それにしたって、早苗の方から連絡を取る手段がこれで完全に失われてしまった。

そして、その時になって初めて気づいた。

早苗が怒って切ってしまったあの電話が、ラストチャンスだったのかもしれないと。

これからどうするか話し合える、夫にとっての最後の一回が、あの時だったのかもしれない。

だとすれば、その機会を早苗は自分から潰したのだ。

愕然《がくぜん》とし、打ちひしがれながら、それでも自分と力は明日からも生きていかなければならない。家の窓ガラスに影が映り込むことすら心配して、二人で寝室でしゃがみこんでいる時、力から言われた。

「離婚しないで」

力は泣いていた。あの子が涙を流すところをひさしぶりに見た。臆面《おくめん》もなく、力は泣き叫んでいた。

「お父さんかお母さんか、選ばなきゃいけなくなるなんて絶対に嫌だよ」

声を聞き、赤く濡《ぬ》れた目を見た途端に、どうしようもなく胸が痛んだ。まだ、力が保育園に通っていた頃に毎日のように抱っこしていた感覚が、腕に、胸に、身体中に蘇《よみがえ》った。鼻の奥がつん、と沁《し》みるように痛くなり、夢中であの子を抱き寄せていた。

「しないよ」と答える。

「大丈夫、絶対に力を悲しませたりしない」

震える力の髪から、汗の匂いがした。怖かったのだ、と思う。この子も、ずっと、とても怖かったのだ。

そして、改めて認められた。早苗もまた、怖かった。夫の電話を切ってしまったのは、怒っていたからという理由だけではない。

あの電話で、彼が何を語るのか、本当はとても怖かった。聞きたくない、という言葉の半分は本心だった。「離婚しよう」と、あの人に言われるのが、あれだけ怒り、許せないという気持ちになっていてさえ、早苗もまた怖くてたまらなかった。

不在着信の表示がされたままの携帯電話の画面を見つめながら、早苗はテラスのウッドチェアーに座ったまま、海に見入る。

雨粒を受けた水面は、中でたくさんの魚がバシャバシャと跳ね回っているようにも見える。

これまでずっと、自分と拳が離婚することなんて、ないと思っていた。

世の中には、売れない時代を支えた糟糠《そうこう》の妻の美談や、相手が大成したと同時にその妻が切り捨てられるような話が溢《あふ》れていた。

けれど、うちの場合は夫がそもそも大成することがないのだから、と早苗も、拳自身も、口にして笑っていた。

二十代の最初、まだ劇団にいた頃から付き合い、劇団仲間たちとも家族同然に過ごしてきた。平凡ではあっても、大成することがたとえなくても、それが自分たちの身の丈《たけ》に合った人生だと思ってきた。

しかし、世の中の離婚した夫婦の多くが、実はそうだったのではないか。自分たちだけはそんなことにならないと思いながら、ある日、足元に真っ暗な落とし穴が空く。——早苗と拳も、考えなくてはならない時に来ていたのではないか。

しかし、連絡が取れず、話し合えないのでは、それもどうにもならない。

海の向こうの遠い空で、垂れ込めた雲の中に、黄色く稲妻が光るのが見えた。少し遅れて、ゴロゴロと音が鳴る。

ああ、光と音だと、光の方が速いんだ。

潮の匂いのする風に髪を吹かれながら、早苗はぼんやり、そんなことを考えていた。

9

海は、そこが昨日と同じ場所だとにわかに信じられないほど暗い色をしていた。

部屋から母が出ていってからも、力はじっと窓の外を見続けていた。海沿いの木が、風と一緒に大きく葉っぱを揺らす。雨の音に混じって、時折、ごおっと大きな風の流れる音がして、窓ガラスが大きく震えた。

この様子だと、今日は外に出かけるのは無理かもしれない。

力は大丈夫だと思っても、母に許してもらえないかもしれない。出かけたい、と口にした途端、母が顔をしかめて「ええーっ」と声を出すところが、言う前から想像できた。そうなれば、次に「どこに出かけるの、どうして行くの」ときっと問い詰められる。母がすぐに優芽と自分を結びつけて考えるだろうと思うと、それだけは絶対に嫌だった。

優芽とは、今日も会う約束をしていた。

昨日の夕方、優芽と別れる時には、それからたった数時間で天気がこうなることなどまったく予測できなかった。

「また明日。今日と同じガードレールのところで」

優芽があまりに当たり前のことのように口にしたので、力は最初、戸惑った。

「明日も？」

尋ねたけれど、内心ではそう言われて悪い気はしなかった。優芽が頷く。

「明日もあるもん。部活。力、まだ島にいるんでしょ？」

「うん」

「学校、いつから？」

「二十七」

答えると、優芽が大袈裟なため息を吐いた。

「いいなぁ、私、二十六日から」

「一日の差じゃん」

「でもう、しあさってだもん。羨《うらや》ましいよ。じゃあ、力ももうすぐ帰るんだ？」

「……たぶん」

「いいなぁ」

何がいいのか、最後の言葉にはおそらく深い意味なんかなかった。早い遅いの多少の違いはあっても、どこの学校でも夏休みはいずれ終わる。

この雨の中、優芽がガードレールのところで力を待っているところを一瞬だけ想像して、すぐに、それはないか、と思い直す。もともと親に部活に行くと嘘をついている間の暇つぶしなのだ。この雨では部活も中止になったかもしれない。実際、昨日の朝には見た砂浜の剣道部員たちは、今日は姿がない。

——だけど、もし、学校の体育館か何か、屋内で部活をするんだとしたら、優芽はどうするのだろうか。他の部員たちと気まずい時間を過ごすはめになっているとしたら気の毒に思った。とはいえ、力と一緒にサボってどこかに出かけるにしても、この雨では島の中に自分たちの居場所はないだろう。

もし雨だったらどうする、というところまでちゃんと決めておかなかったことを後悔する。

力がここに泊まっていることは優芽も知っている。彼女が今にも民宿に訪ねてくるのではないか。そんな期待をしていることに気づいて、自分でもびっくりした。

だけど、優芽は来るはずがない。自分自身に言い聞かせる。

母からはいつ東京に戻るのか、まだ聞いていなかった。このまま優芽に会わないで、明日出ていくことだって考えられた。そう思うと、なんだか落ち着かない気持ちになる。

さっき、母から、優芽のことを「かわいい子だったね」と言われて、力ははっとした。妙に印象に残る、目の大きなヘンな顔だと思っていた。どうしてそう思ったのか、母に言われて、初めて気づいた。

優芽は、美人なのだ。

力のクラスメートの女子たちの中でも、かわいい子は何人かいるけれど、それは力がそう思うより先に、別の誰かが「かわいい」と言っていて、それで「ああ、そうか、あの子はかわいい子なんだ」と理解しているようなところがあった。

母の言う通り、優芽は〝かわいい子〟なのだ。

雨は、翌日の午前中まで続き、そして、空は突然に晴れた。

窓の外に見える海と砂浜が明るさを取り戻していく。雨に洗われた後の浜辺は、一段と光り輝くようで、数時間前とは打って変わった眩しさに包まれていた。

民宿では、朝ごはんと夕ごはんが出るだけのはずが、昨日も今日も、宿の人が気を遣って「この雨じゃどこにもいけないだろうから」とおにぎりを握って部屋に持ってきてくれた。料金外のサービスだと言われて、母が恐縮しきった様子でお礼を言っていた。

「力」

おにぎりと麦茶が載せられたお盆をぼんやりと見つめながら、母がおもむろに呼んだ。無言で顔を向けると、唐突に言われた。

「明日、帰るよ」

「わかった」

あさってからは学校だから、当然だ。

海苔の佃煮が入ったおにぎりをほおばる。することもないから、窓の外を見ていると、午後になって、晴れた砂浜におととい見た中学の剣道部員たちが現れた。ジャージ姿で竹刀を手にやってきた彼らが、口々に「お疲れー」とか「ようやく雨やんだね」とか、挨拶し合っている。

その姿を見たら、途端に落ち着かなくなった。

昨日も、今日の午前中も、優芽は結局、宿に訪ねてこなかった。だけど、部活が再開されたなら、ガードレールのところまで行ってみようか。

そんなふうに思ったその時、砂浜に、別の部員がやってきた。自転車にまたがり、みんなのところに合流する。その姿を見て、力は息を呑んだ。

優芽だった。

遠目だけどわかった。

急いでおにぎりの残りを口の中に入れて、呑み込む。麦茶で流し込むが、喉に少し詰まった。「母さん」と声をかける。

「オレ、ちょっと外に出てくる。宿の前のとこ」

「え？」

「すぐ戻るから」

言って、そのまま部屋を出ていこうとすると、母から「ちょっと待って。帽子」と声をかけられた。母が野球帽を手にしているのを見て、反射的に舌打ちが出そうになる。浜辺にいる中学生たちは誰も帽子なんてかぶっていない。

父と野球観戦に行った時に買ったチームのロゴ入りの帽子が、妙に子どもっぽく見える。

「そんなのいいよ」

「よくないよ。熱射病になるよ」

母の手からひったくるようにして無言で帽子を手に取り、階段を下りる。靴を履き、外に出ると、砂浜では、部員が揃ったのか、中学生たちがおといと同じようにランニングを始めるところだった。

ホイッスルがヒューと鳴る。

ファイオー、ファイオー、という掛け声とともに浜辺を走る部員の中に、やはり優芽がいた。体操着の胸のところに「藤井」という苗字《みようじ》が入った小さなゼッケンが見えた。

――部活に、出ることにしたんだ。

拍子抜けしたような気分で、力は、走る優芽を見る。

ランニングの途中だし、周囲の部員たちと特に親しげに話している様子もないけれど、さりとて優芽が言っていたように特に衝突していたり、揉《も》めている雰囲気でもない。ひょっとすると昨日、体育館かどこかで部活があって、そこで彼らの間に何らかのやり取りがあったのかもしれない。

とはいえ、どちらにしろ、力は優芽に付き合う理由がなくなった。

もともと偶然会っただけだし、一緒に過ごしたのも一日だけのことだったが、微かに裏切られたような気持ちになる。優芽の方も、今、力に会うのは気まずいかもしれないと思ったが、力は浜辺近くのベンチに腰掛けて、剣道部の練習風景をじっと見つめる。そうしていれば、優芽が練習の合間に自分に気づくのではないかと思った。

予想は当たった。

ランニング、体操、二人一組でのストレッチ、竹刀の素振り——練習の合間に、優芽がちらっとこちらを見る気配があった。力が目を逸らさないでそのまま見ていると、優芽が微笑みかけてきたように見えた。

一時間ほど部活をした後で、合図のホイッスルを吹いていた先生らしい人が「十分休憩」と口にした。その声にそれまで整列していた部員たちがみんな、ほおーっと肩から息を吐き出すようにして散り散りになる。

みんなが自分の荷物から水筒を取り出し、砂浜に座って水分補給する中、水筒を手にした優芽が力の方までやってきた。他の部員たちは互いの話に夢中で、優芽を気にする様子はなかった。

「飲む？」

いきなり、聞かれた。この間と同じように遠慮のない物言いに、力は咄嗟に首を横に振る。優芽が力の隣に座り、水筒のカップにお茶を注ぎいれ、一息に飲んだ。

「……部活」

「ん？」

「出ることにしたんだ？」

「うん」

力が尋ねると、優芽が頷いた。

「今日で休み、最後だから」と付け加える。

「今日出ておかないと、明日から学校でいきなり会うのも気まずいし」

「そっか」

みんなと仲直りしたのかどうか、気になったけれど、すぐ近くに他の部員たちがいることを思うとはっきりとは聞けなかった。

「力は明日帰るの？」と聞かれて、「たぶん」と答える。今度は優芽が「そっか」と相槌《あいづち》を打った。

「何時の便？」

「わかんない。たぶん、午前中」

明日には、優芽は学校が始まる。おそらく力が島を出る頃は学校の始業式か何かだろう。優芽も気づいただろうけれど、ただ「ふうん」とだけ言った。

優芽が部活に戻ったのが、いいことなのだと頭ではわかるけれど、力には、つまらなかった。

互いに黙ったままでいると、しばらくして、部員の中から、坊主頭の男子がこっちに近づいてきた。よく日焼けしていて、目つきが悪い。肩幅が広くて、剣道も強そうだった。話しかけられたらなんとなく嫌だな、と思っていたら、力たちの前で足を止めた。

「藤井、もう練習始まるで」

露骨なくらいに優芽だけを見て、彼がそう言った。

力の方を見ないようにしているけれど、彼がこちらを気にしているのがわかった。

力は少しむっとする。挨拶してくれたり、せめて、「これ誰」と優芽に聞いてくれれば、力の方だって話しかけるきっかけになるのに、自分がこの場から外されたような気持ちになる。

「え、もう？」

優芽の眉間《みけん》に皺が寄る。しかしすぐ、砂浜の他の部員たちの方を眺め、「あ、でもそっか。名簿作るのか」と力にはわからないことを呟いた。坊主頭の男子が「そうだよ」と頷く。

その時になって、初めてその男子が力を見た。そうされると今度はなんだか力の方が気まずくて、つい視線を逸らしてしまう。優芽も、力のことを彼に説明しようとはしなかった。

優芽が言う。

「じゃあ、もう行く。——ごめん、力。また後で」

うん、と言いそうになった言葉を、同年代の女子にするようなぶっきらぼうな言い方に変える。

「……おう」

目線を少しだけ上げると、その時、坊主頭の男子の体操着の胸元につけられたゼッケンに目が留まった。そしてそれを見た途端、力は無言で息を呑んだ。

ゼッケンには、「酒居《さかい》」と書かれていた。

優芽が言っていた、喧嘩相手の名前だった。部の中で、優芽のことが気に食わないようでしょっちゅう絡んでくるという友達。

優芽は「その子」という言い方をしていたし、これまでずっと女子なのだと思っていただけど、それは目の前のこの男子なのか。優芽のことが気になってちょっかいを出し続け、今だってわざわざ力のところまで彼女を呼びに来る男子。優芽が彼を「その子」と呼んでいたことも、相手が男子だとわかるとなんだかまるで響きが変わって聞こえる。

呆気に取られたような気持ちで、力は優芽と酒居を見る。酒居は、優芽が「もう行く」と言ったことに満足したようで、こちらに背を向け、さっさと他の部員たちのもとに戻ろうとしていた。

優芽と酒居の二人が着ている中学校の体操服が妙に大人っぽく見えた。自分のTシャツと短パンを見下ろす。胸の中がもやもやする。

力が黙ったままでいることに気づいたらしい優芽が「ん？」と力の顔を覗き込んだ。

「力、どうかした？」

胸の中にあるもやもやの正体を、どう説明していいかわからなかった。原因は明らかに優芽にあるけれど、それを彼女本人にぶつけるのが筋違いだということもわかっていた。

少し迷ってから、力は言った。

「海って、天気によって色が違うんだなって、思ってて」

雨の日に見た濃い色と、雨上がりの今の色がまるで別の場所のように見えることに、力は驚いていた。実際に見るまで、たとえ天気がどうだろうと、水の中にはそこまで影響がないと思っていた。そのことを、もし今日、優芽に会えたら伝えようと思っていた。

すると優芽が笑った。軽やかに、一言で返してくる。

「そんなの当たり前じゃん」

そう言って、「じゃあ、また」と優芽が手を振る。

他の部員たちの方に戻っていく後ろ姿に、力は、ああ、この子は島の子なんだな、と思う。力がいちいち驚くようなことを、当たり前の日常として知っている。みんなのところに、戻っていく。

力はかぶっていた野球帽をゆっくりと脱ぐ。そのまま部屋に戻り、後はもう、部員たちが帰ってしまうまで、外に出たくなかった。

「じゃあ、また」と言った優芽がわざわざ宿の力の部屋を訪ねてくるようなことも、当然、なかった。

10

家島を出ていく高速船を待つ人の数は、そう、多くなかった。

来た時と同じ、ボストンバッグ一つを手に待合所のベンチに腰掛けていると、力が落ち着きなく、入り口の方へ行ったり戻ったりを繰り返している。

「おとなしく座ってなさいよ」

早苗が力に声をかけると、「座ってると、足がだるいんだもん」というよくわからない返事があった。

外の自動販売機を見に行くようなふりをしているけれど、ひょっとすると、例の女の子の姿が見えないかどうか、気にしているのかもしれない。

昨夜、からかい半分で「明日、あの子見送りにくるって?」と聞いた早苗に、力は首を振った。「学校、オレのとこより一日早く始まるんだって」と答えた顔がなんだか寂しそうで、早苗もそれ以上からかえなくなった。

待っている高速船は、九時過ぎのものだった。

その後、姫路に出てからお昼を食べて、新幹線に乗る。四万十に行く時も、そこから家島に移る時も、早苗は元いた場所から逃げるように移動していた。問答無用に、自分で考える余裕すらなく追い立てられるようだったけれど、今回は違う。自分の意志で東京に戻るのはやはり気が重かった。逃げてきたのに、どうしてわざわざ自分から戻るのだろう、とすら思ってしまう。

――力の学校が始まるから。

どれほど考えても、それ以外に理由はなかった。そういう区切りがなければ、早苗には何も決められない。それがいいことのようにも、悪いことのようにも思えた。

するとその時だった。

港の方に向けて、一台、坂道を自転車が下ってくる。制服姿の女の子が乗っているのを見て、早苗は「あ」と思った。思わず、待合所の入り口の前にいる息子の方を見た。

力も気づいたようだった。

こっちにやってくる自転車を前に、棒立ちになっている。期待していたからこそ、ずっと外と中を行き来していたのだろうに、いざとなったら放心したように口をぽかんと開けているのが、我が子ながら、間抜けで、そして、かわいかった。

11

「優芽——」

「力、ひどいよ。昨日、練習終わってベンチ見たら、いないんだもん」

自転車から降りた優芽が言う。

会う時はずっと体操服姿だったから、制服を着ているのが新鮮だった。怒ったように頬を膨《ふく》らませた優芽が、「あっちー」と言って、胸元のネクタイのあたりを摑んでぱたぱた扇ぐ。前髪の間から覗く額に汗が光っていた。

「だけど、よかった。間に合って。もう行っちゃってたらどうしようかと思ったけど、『海の花』のおじさんに聞いたら、今送ってったばっかりだって言ってたから」

「今日、学校は」

「今から行くよ。お見送り、してから行く」

お見送り、の言葉を聞いたら、胸が熱くなった。身体の真ん中をじんわりと柔らかい熱に持ち上げられたようだ。喜びが顔に出ないように、力は唇を嚙む。

「はい、これ」

優芽が差し出したのは、封筒だった。「ちからくんへ」と表に書かれた字が、女子らしく丸かった。

受け取って顔を上げた力に、優芽が「番号」と教えてくれる。

「うちの電話番号と住所。あと、メールアドレス。メールは、お母さんたちも見るやつだから、あんまり変なこと書かないでね」

「書かねーよ」

「まだ中見ないでね。目の前で読まれるの、恥ずかしいから。船乗ったら見てね」

優芽が笑った。

「また来て、家島」

また家島に来ることがあるかどうか、わからなかった。

けれど、連絡先をもらったことで、優芽と一生のお別れではないのだと思えたら、ただそれだけのことが信じられないほど嬉しかった。

「また来る」

わからないし、約束できないけれど、そう言ってしまう。

優芽が満足そうに頷いて、再び笑った。

「連絡ちょうだいね。待ってるから」

高速船の窓から、見送ってくれる優芽の顔が見えた。

島からの船の別れ、というと、見送りのテープが何本もデッキと港をつないで、互いの姿が見えなくなるまで声を掛け合い、手を振って、というイメージがあったけれど、高速船ではどうやらそういうことはないようだった。

「出発しまーす」

係の人の声がかかって呆気なく扉が閉まり、そうなると、港には声も届かない状態になった。

船がエンジン音を響かせて港を離れるまでの数分間、目と目を合わせたまま、優芽と何を話すでもなくただ見つめ合うのが気まずかった。何度も逸らしたくなったけれど、優芽が大きな目をじっとこっちに向けているから、力も負けじと彼女を見つめ続けた。

やがて、高速船が旋回し、優芽の立っているあたりが見えなくなると、力は肩から力を抜いて、椅子に深く掛け直した。

「よかったね」

横で母が言う声がして、顔を向ける。優芽のことを言っているのだとすぐにわかったが、力はただ「別に」と答えた。

母に見られるのが嫌で、身体を少し横向きにして、優芽からもらった手紙を隠すように開ける。キャラクターのシール一枚でくっついていた封筒はあっさり開いて、中には一枚だけ、手紙が入っていた。

「またきてね。ゆめ」

目の前で読まれるのが恥ずかしい、と言っていたわりには、文章はその一文だけだった。力はなぁんだ、と肩すかしを食らったような思いで手紙を封筒に戻す。けれど、文章の下に住所と電話番号、メールアドレスが書いてあった。

封筒をリュックサックにしまう。折れると嫌なので、宿題のドリルの間に挟んだ。

読書感想文の宿題の清書がまだだったことを、ドリルを見て思い出した。

島にいる間に母に作文用紙を買ってもらってやればよかった。島の店にも作文用紙くらいあっただろうし、雨で宿にこもっている間、時間があんなにあったのに。

今からでもどこかで買ってもらって、帰りの新幹線で書こうか。それとも、車内は揺れるから、文字なんかとても書けないだろうか。

考えながら、家島とも四万十とも離れて東京に戻ることが、自分のことなのにまだとても想像できなかった。毎年、夏休みが終わるのは惜しく感じるけれど、今年は特にそうだ。

宿題のノートに挟みっぱなしになっていた、夏休み前に学校から配られたプリントをなんとなく広げる。そして、力は目を瞬《しばた》いた。思わず、口から「えっ！」と声が出る。

「どうしたの？」

横の母が力の方に身を乗り出す。夏休みの過ごし方の注意について書かれたそのプリントの一点を、力は指さした。

「——始業式、今日だって」

「えっ！」

「ほら」

母が力とまったく同じ声を上げる。目を見開き、力の手からプリントを奪う。夏の間のプールや図書室の開放日が書かれたプリントの後ろの方——、八月二十六日のところに、「始業式」と書かれている。

力の学校は、去年もおととしも、曜日に関係なく始業式は二十七日だった。だからだろうか、今年もそうだと思っていたし、ひょっとしてこのプリントの方が間違っているのかもしれないと思う。

しかし、一緒に挟んでおいた学級だよりを取り出すと、そちらの最後にも「二十六日の始業式には、みんな元気な姿で再会しましょう！」と書かれていた。そういえば、今年は猛暑だから、夏休みに入るのが少し早い、と先生から説明されたような気もした。それに合わせて、終わるのも早かったのかもしれない。

「そんな、まさか……」

母が絶句している。

力も誤解していたし、母も誤解していた。

四万十で聖子や遼たちから「力くんは学校いつから？」と聞かれ、それに繰り返し、誤解したままの二十七日を答えていたせいもあって、今日までが夏休みだとすっかり思い込んでいた。

　母が今更のように腕時計を見つめて、途方に暮れたような声を出す。

「じゃあ、今まさに始業式をしてるってこと？　今日から学校だったのに、連絡もしないで、お母さん、力を無断欠席させちゃったってこと？」

「……たぶん」

　力もまた、呆然《ぼうぜん》としながら答える。ここは兵庫県で、どれだけ急いでも始業式には間に合わない。

　母があわてたように携帯電話を取り出したが、表示を見て、すぐに「圏外だ」と顔をしかめた。たとえ電波が通じていたとしても、高速船のエンジン音は、電話をするのにはうるさすぎる気がした。

　――その時。

　ふいに、力の胸を押すものがあった。

　東京に戻る生活がまだ、自分のこととしてイメージできない。その気持ちのまま、気づくと、母の腕を掴んでいた。そして、言ってしまう。

「お母さん、オレ、学校、まだ行きたくない。東京、戻りたくない」

　母がびっくりした顔をして力を見た。母の腕を掴む力が、強くなる。

「オレ、クラスでみんなから外されてる」

勢いで言ってしまうと、母が目を見開いた。

力は、ああ、とうとう言ってしまった、という思いだった。

父のことがあってから、それまで話したこともなかった同じ学校の奴《やつ》らから何か言われている気配を、常に感じていた。それくらいならまだ耐えられたが、それが徐々に、これまで仲が良かったクラスメートたちにまで広がった。

親から何かを言われた、という子もいたし、自分でスポーツ新聞や週刊誌を見たという子もいて、そこで得た情報を他の子に喜々として教えている現場を直接見てしまったこともあった。

力本人に直接、「ネットにこう書いてあったけど、本当なの？」と話しかけてきたのは、力が一番信頼していて、親友だと思っていた光流《ひかる》だった。彼からそう言われた瞬間、目の奥がかっと赤くなった。

うるせえよ、という、自分でも聞いたことがないような乱暴で大きな声が出て、肘《ひじ》で突き飛ばすと、光流が倒れた。信じられないようなものを見る目で、力を見ていた。

あれきり、光流とも一切話をしないまま、夏休みに入った。

二学期になれば、新しい係決めや班替えがある。その時に、自分と一緒になりたいというクラスメートはいないだろうと、夏の間、力はずっと覚悟してきた。光流とも、顔を合わせたくなかった。始業式が来るのが、ずっと嫌だった。

　勘違いとはいえ、今日、登校してこなかった力の不在の席を、クラスメートたちはどんなふうに見ただろう。行かなくて済んだことを、救いのようにも、もどかしくも感じた。だけど、間違いなく、力は安堵していた。そしてこのまま、ずっと行きたくない、と思ってしまう。

　優芽に教えたい。

　――ドラマの中とかだと、親が片方いないって理由でいじめにあったとかってパターンよく見るでしょ？　でもさ、現実って、そんなわかりやすい理由でいじめてくれないんだよね。みんな、ドラマの中よりずっといい人だし、本人に責任のないことで相手をいじめるなんてイケてないってわかってる。

　彼女はそう言っていたけれど、現実でも、本人に責任のないことでどうしようもないことは、起こる。

　ただ、放課後の教室に座っていただけで、横の廊下を、話したこともないヤツが「ダブルふりーん」と大声を上げて、笑いながら走り去っていくようなことが。「やめなよ、男子」と、注意をする女子の顔も笑っている。上級生の男子から、「実際どうなの？」とにやにや聞かれる。

　そんなことは、現実の中で確かに起こるのだ。

学校に行きたくない、なんて弱音を吐けば、母にはきっと怒られる。何より、認めてもらえるはずがない。そう思って我慢してきたけれど、もう学校が始まっているのだと思ったら、気持ちの歯止めが利かなくなった。

言ってしまった後で歯を食いしばるようにすると、思いがけず、母が強い力で力の両肩に手を置いた。

「誰にっ！」

母が息を詰めた声で聞く。顔が真剣だった。

「誰に、そんなことされてるの」

「誰って」

力は母の表情に気圧《けお》されながら、答える。

「みんなだよ」

「どうして……」

どうしてそんなことになったのか。理由なんてわかりきっているじゃないか。力が答えようとしたその時、思ってもみない言葉を、母が続けた。

「どうして、言わなかったの」

力は唇を閉ざす。母の目が水を張ったように潤《うる》んでいた。母がやにわに、力の右手を握りしめた。

その手が、あたたかかった。

母が長く、とても長く、息を吸い込む。目を閉じ、何かを考えるように船の天井を仰ぐ。やがて、言った。

「――わかった」

力が顔を上げ、母を見つめる。潤んでいた母の目は、まだ少し赤かったが、もう泣きそうな色はしていなかった。

「もう少し、二人で逃げてみよう」

12

逃げる、という言葉を自分が使ったことに、言ってしまった後から驚いていた。

横の席の力は少しして、早苗と手をつないだまま眠ってしまった。姫路までは三十分程度の航路だが、やはり今日までの疲れが出たのかもしれない。重たい告白をし、東京に戻らなくていい、とわかった途端、緊張の糸が切れたようにも思えた。

船の揺れが心地よかったのかもしれない。

無言で手を握り合い、うとうとし始めた息子に「寝ていいよ」と一声かけると、それが合図になったように、力はことんと頭を椅子の後ろに倒した。

小学五年生になって、だいぶ大きくなったようにも思うけれど、寝顔だけ見ると、小さい時とまったく同じ顔をしている気がする。卵型の輪郭《りんかく》は母親譲り。二重《ふたえ》の目は父親譲り。こう見ると、この子はまぎれもなく私たちの子どもなのだと思う。

ただでさえ少ない乗客たちの間には、話し声はほとんど聞こえず、船内には、ただ単調な船のエンジン音だけが響いていた。窓の外で青い海の波しぶきが跳ねる様子を見ながら、早苗は、これからどこに行こうか、と考える。

この子と一緒に、東京に戻らず、逃げ続ける。

学校が始まる、という区切りを失った自分自身の決断に、我ながらまだ信じられない思いがしている。そして、その一方で、船が姫路港に着いたら、まずは学校に電話を入れようと気にしている部分もある。息子の今日の無断欠席を詫び、そして、しばらく休む旨を伝える。

力を外したという学校、クラスメート、それを担任していた教師たち。彼らに憤《いきどお》る気持ちがあってもなお、それでも学校から完全に離れるのは怖い。学校に行かないことで、自分たち親子の社会的なつながりが断たれてしまう気がするし、それは実際にそうなのだろう。

始業式、というきっかけを失った今、次に東京に戻れるきっかけは何なのだろう。逃げ続けながら、状況がよくなるのをただ待つのは、我ながら楽観的にすぎると思いはするが、他にどうしようもなかった。

エルシープロの人間が四万十まで追いかけてきたということは、夫はまだ見つかっていないということだ。彼がどうにかしてくれるのではないか、あの人さえ捕まれば――と思ってしまうのは、夫を売ることと同義だ。考えるだけで息が詰まる。どうなればいいと自分が思っているのかさえ、はっきりしなかった。

携帯電話を握りしめる。

おととい あった不在着信は、果たして、夫だったのだろうか。出られなかったことは悔やまれたが、そうであってくれたらという思いが、強くなってくる。

早苗が東京に戻らない決意をしたのには、もう一つ、理由がある。


力の夏休みの、初日のことだった。

それまでは、聖子に四万十行きを誘われても、甘えることはできないと思っていた。途方にくれていた時期ではあったが、それでも気持ちの踏ん切りがつかなかった。

その決意が固まったあの夕方のことを、早苗は忘れたくても忘れられない。気にしないようにと思いながらも、不穏な気配は常に頭の片隅にあった。

その日の夕方、買い物を終えて家に戻った早苗は、家の中に強烈な違和感を覚えた。何がどう――と、言葉では説明できない。直感に近かった。

だけど、何かが、確かにおかしい。出ていった時と違う。

力は出かけているようで、室内はしん、と静まり返っていた。

思ったのは、夫が戻ってきたのではないかということだった。部屋の中は人の気配がなく、靴も夫のものはなかった。けれど、何かがいつもと違う。自分がいない間に、ひょっとして、一度、夫が帰宅したのではないか、そして、出ていったのではないか——。

電話でちゃんと話さずに切ってしまったことが、悔やまれた。

直感に導かれるまま、リビングを、台所を、風呂場を、寝室を、子ども部屋を順に巡る。広くはない家のどこかに、なにがしかの痕跡が残っているのではないか。落ち着かない気持ちで力の部屋に足を踏み入れた時、これまでで一番大きな違和感に突き動かされた。

力の、クローゼットの扉が閉まっていた。

特別なことではなかったかもしれない。

けれど、普段、言ってもなかなか部屋を掃除しない力は、クローゼットの扉も、机の引き出しも開けっ放しのことが多かった。

それが、少しの隙間もなくぴっしりと閉められていることが、なぜか、心に引っ掛かった。

去年、この中から力のタオルケットを発見したことを、ふいに思い出した。

保育園の頃から使っていた青いタオルケットは園のバザーで安く買ったもので、何の変哲もないのに力の大のお気に入りだった。だいぶよれてきたから他のものと替えようと言っても「これじゃないと嫌だ」と言って譲らず、ずっと抱きしめて寝ていた。ある年のお盆などは、おばあちゃんの家にまで持っていったくらいだ。

そのタオルケットを、力はクローゼットにしまって隠していた。

布団を干す時、そういえば最近見かけないな、と気になって、その時も早苗は深い意味なくクローゼットを開けた。すると、丸められたタオルケットが下に詰め込まれていて、広げると、真ん中に大きな穴が空いていた。わざとやったものではなくて、何年も使ううちに自然とすり減り、空いたもののようだった。

母に見つかったら捨てられると思ったのだろう。怒るより先に、そこまで好きだったのか、と呆れるような、妙に微笑ましい気持ちになった。帰ってきた拳に、穴の空いたタオルケットを見せて、二人で笑った。

両親に笑われたことで、力は最初むくれた表情をしていたが、その後、早苗が「捨てなくていいよ」と言うと、ほっとしたようだった。以来、もう使ってはいないけれど、クローゼットの中に、タオルケットは畳まれたまま、しまわれている。

クローゼットを開けると、タオルケットがあの日と同じように入っていた。ただし、畳まれていない。丸められた状態で、押し込まれるようにしてしまわれている。

胸騒ぎがした。

たったそれだけの違いだけれど、クローゼットは、毎日、洗濯の後で息子の衣類をしまう場所だ。少し光景が違うだけで、早苗にはわかる。タオルケットを引き出すと、中がめくれた。そこに包まれたものが見えた瞬間、「ひっ」と喉から悲鳴が出た。大袈裟でなく、心臓が止まったように思った。

赤い血糊《ちのり》のついた包丁が、目の前に転がり出ていた。

包丁を中心に、赤い染みが広がっている。包丁のすぐ下には、うちの洗面所で使っている白いタオルがあり、タオルケットは、そのタオルごと包丁を隠すように丸めてあった。

足と腰、下半身から、力という力が抜けた。

包丁についているのは、血だった。

演劇などで使う偽物の血糊をこれまで見た経験があるからこそ、一目でわかる。生々しい血の臭いと、包丁の表面で弾かれた脂の跡は、明らかに本物の血だった。まだ乾ききっていないのか、刃物の上で光った赤い色に、タオルの繊維がくっついている。

眩暈がして、その場にかくん、と座り込んだ。口が利けなかった。一体これは何なのだ。

誰の血なのだ。

この包丁は、何なのだ。

一瞬、うちの台所で使っている包丁なのかと思う。しかし、違う。知らないメーカーの名前が柄に書かれている。

衝撃から一歩遅れて、凄《すさ》まじい混乱がやってきた。

「力」

やっとのことで、喉から声が出た。

あの子に何かあったのではないか――。

血の量は、多いというほどではないかもしれないが、少なくもない。人間はどれくらい出血したら死んでしまうのだろう。一瞬考えただけで、早苗自身の身体から、すっと血の気が引いていく思いがした。

「力、力」

数分前まで夫を捜して見た場所を、今度は息子の姿を捜してもう一度巡る。そのどこかで蹲《うずくま》る息子の姿を想像するだけで、卒倒しそうになる。混乱したまま、力の名を呼ぶ。

洗面所からは、タオルが一枚、確かに減っていた。

まとめ買いした同じ柄のものを使っているが、朝、棚から出して替えたものが、さらに替わっている。

重ねてしまっておいたタオルの高さが、今朝までと違う。早苗にはわかる。

家のどこにも、力の姿はなかった。

その頃になると、早苗の胸は、力が怪我をした以外の可能性を考えていた。

今にも倒れてしまいそうな気持ちで、力の部屋に戻り、早苗は咄嗟に、血まみれの包丁をタオルケットで再びくるんだ。そのまま丸めて、元通りクローゼットに押し込む。そして、扉を閉じた。

「力」

息を吸い込むと、まだ鼻先に生々しい血の臭いがするようだった。心臓が激しく打っている。頭がくらくらした。

いてもたってもいられずに、早苗は家を飛び出した。どこかに力がいるのではないかと、闇雲に、それから小一時間ほど、息子の姿を街に捜した。

腕から、鳥肌が収まらなかった。捜す場所も尽き、生きた心地がしない思いで家に戻ると、果たして、力は帰ってきていた。

リビングのソファに座って、呑気な顔でアイスを食べていた。帰ってきた母を見て、平然と顔を上げる。

「おかえり。帰り、遅くない？」

眉間に皺を寄せて、夕食の時間を過ぎていることを責めるように、壁時計を見る。その顔と仕草は、演技をしているようには見えなかった。

無言で息を吸い、力のそばに行く。「ちょっと立って」と言うと、力は怪訝そうな顔をしながらも、ソファから立ち上がった。

半そで短パンの格好から見える部分の肌に、怪我をした様子はなかった。注意深く見たけれど、衣類にも、血で汚れた様子は見えない。力の服は朝のまま、変わっていなかった。

「何？　どうしたの、お母さん」

力が不愉快そうに聞く声に、咄嗟に「何でもない」と答えていた。

本当は、力が怪我をしていなかった安堵に、膝から崩れ落ちそうだった。まだ残る不安と恐怖に、心臓がバクバクしていた。しかし、力はクローゼットの中のことを何も知らないのかもしれない、と思ったら、余計なことは言いたくなかった。

しかし、あんなところにあんなものをしまうなんて、家族でなければあり得ない。

拳はおそらく、一度、帰ってきた。

そして、あの血は――。

考えると、身体がまだ震える。

「ちょっと待ってて。今、夕飯のしたくするから」

力に気取《けど》られないようにそう言って、台所に逃れながら、早苗は混乱し続けていた。

あの血は一体誰のものなのか。

力は少なくとも怪我をした様子はない。だけど、夫があれを隠したにしたって、何も、わざわざ息子の部屋に隠すだろうか。力があれを見つけてしまう可能性だってあるのに、そんなことを、するだろうか。

米櫃《こめびつ》から米を計って取り出し、炊飯器の釜に移すだけの作業に、いつもの何倍も時間がかかる。水を出し、米をとぐ手が震えていた。静かにそっと、ソファに座って漫画本を開いている力を見た。

——隠したのは、ひょっとして、力ではないのか。

今、ああやって涼しい顔をして座っているのは、とても演技には見えない。しかし、ひょっとして。

拳が今日帰ってきた時、力は家にいたのではないか。

二人が鉢合わせし、そしてそこで何かが——あったのではないか。

その〝何か〟を想像すると、また、息が止まりそうで、その場に立ち続けていられなかった。

あの包丁は何なのか、早苗にはわからない。しかし、直感は理屈ではなかった。

数日ぶりに鉢合わせした父親を、力がもし、思い余って刺したのだとしたら——。

不倫やスキャンダルという言葉で攻撃され、自分たちが今、こうまで肩身の狭い思いをしているのは確かに夫のせいだ。

言葉にして考えると、背筋をぞっと寒気が襲った。今にも力の部屋のクローゼットを開けて、中をもう一度確認したい気持ちに駆られる。さっき見たのは何かの間違いで、今また見れば、もう何もなくなっているんじゃないか。そうなっていてほしいと、一縷《いちる》の望みに縋りたい気持ちになる。

怖かった。

力に直接、そう聞くのも。

あるいは何も知らなかった場合の力に、タオルケットの中の、血と包丁の存在を明かすのも。

そのどちらも、怖くてできなかった。

明日、もう一度、力がいない時にクローゼットの中を、本当に血だったのかを確認してみよう。

隠したのが夫だとしても、一体どうして、という気持ちになる。刺されたのか、あるいは、誰かを刺したのか——。

考えると、ぞっとした。私の夫は誰かを傷つけた、犯人なのか。

一体、どうしてそんなことをうちのアパートに、しかもよりにもよって力の部屋に持ち込むのだ。自分自身は帰ってこないくせに、私たちを巻き込むだけ巻き込むのだ。

震えながら、早苗は考える。水が釜から溢れ、米が何粒もこぼれてしまって、うまくとげない。

逃げよう、と思った。

逃げなければならない。ここにこのままいたら、自分たちは今以上に激しい嵐に巻き込まれてしまう。少なくとももう、誰かの血が現実に流れている。

力を守らなければならない。

この子が父を刺したのだとしたら、守れるのは自分しかいない。

鼻の奥がつんと痛み、視界が白んだ。

――離婚しないで。

力の泣き声が蘇る。震えながら早苗にそう頼んだこの子が、父親を刺したりするはずがない。頭ではそう思う。しかし、純真だからこそ、許せなかったのかもしれない。母と自分を裏切った、あの人を。

だとしたら、力が拳を刺した理由の一端は、早苗のためであるかもしれないのだ。早苗は傷つき、事故の後も何度も泣いていた。力の前で涙こそ見せなかったが、同じ家の中で、力は気づいていたかもしれない。だからこそ、早苗の気持ちが拳から離れることを心配して言ったのではないか。離婚しないで、と。

夫の事故があって、不倫の報道があって、それからその相手の自殺があった。

これ以上ひどいことは、もう何も起こらないと思っていた。

黙ったまま、洟《はな》をすすり上げ、米をとぐ手を止めて、腕で鼻を軽くこする。

もし、クローゼットの中をもう一度確認して、それが本物の血だったら。早苗の見間違いでなかったとしたら、東京を離れよう。

力か、拳か。

どちらかが罪に問われる前に、逃げよう。

この場所を離れさえすれば、何かの間違いだったことになるのではないか。何もなかったことになるのではないか。

その翌日、早苗はクローゼットのタオルケットの中身をもう一度確認し、そして、四万十の聖子に電話を入れた。夏の間、自分たち親子を家に置いてほしいと頼み、急いでしたくをして、「力、行くよ」と、問答無用に力の手を引いた。

どうか誰にも、クローゼットの中を見られませんように。気づかれませんように、と祈りながら。

四万十に向かう飛行機に乗る頃には、気持ちは、やはり、力が拳を刺したのではないかという方に傾きかけていた。そうでなければ説明がつかないことが多すぎる。大好きだったあのタオルケットに秘密を隠すのは、力でなければない発想だ。

拳ならば、そんなことはしない。

夫のことがわからなくなったと、こんなにも思っていてさえ、あの人ならば息子の宝物のタオルケットをそんなふうに使えない、と、そこだけは確信できた。

東京を発つ飛行機の中で、四万十で、家島で、だから、早苗は祈るように拳に「お願い」と思っていた。着信などもうないかもしれない、と思いながら、それでも連絡を待ちわびていた。

もし、拳が力に刺されて、そのままどこかに逃げたなら、その理由は明らかだ。刺された怪我の程度はわからない。しかし、その傷が癒えるのを、どこかであの人も待っているのではないか。すべては、怪我を最初からなかったことにするため、我が子を、人を傷つけた加害者にしないために。

会えなくなった今でも、こと、力に関することだけは、早苗はまだ夫を信じていた。その一点だけで、彼とつながっていた。

しかし、時折、それでも不安になる。

拳から連絡など、これからもこないのではないか。どれだけ逃げても、状況が変わる日など来ないのではないか。

拳が人知れず、どこかでもう死亡していたとしたら――。

それこそが、早苗が思う、最悪の事態だった。考えた瞬間に悲鳴を上げて直視できないほど怖い、最悪の可能性だ。

包丁と、その上の血糊の光が、今も頭を離れない。

力だけではない。家に戻りたくないのは、早苗も一緒だった。

学校に行きたくない、東京に戻りたくない、と言った力の本心がどこにあるのか。

息子がクラスで外されていたのに気づけなかった自分が、ふがいなかった。自分たち親のせいですまない、と思うと、胸がふさがって、謝ることすらできなかった。

しかし、力が東京に戻りたくない理由は、本当に学校のことだけだろうか。

あのクローゼットの中のことを、早苗は力に四万十で何度も聞こうとして、そして、そのたび、心が挫けた。どうしても聞けなかった。

今、自分の隣で高速船の揺れに合わせ、口を開けて眠る力は、幼い頃と何も変わらない寝顔でそこにいる。がくん、と頭の角度が揺れと一緒に傾くと、無防備に早苗の肩に頭を預けてきた。

小さな頭を愛おしく肩で受け止めながら、涙が出そうになった。

早苗が今、見失い、わからなくなったのは夫だけではない。こんなに近くにいて、自分のことを頼る息子のこともまた、早苗はわからず、見失いそうな気持ちになっている。

「まもなく姫路に到着します」

船内マイクで案内の声がして、早苗は大きく息を吸い込んだ。

家島の魚屋で会ったおばちゃんが、魚のウロコをキラキラ顔や手につけながら「働き者やからね」と言ったことを、なぜかふいに思い出した。これから先、どこかで自分もあんなふうに逞しい、〝働き者〟の女性になれるだろうか。この子と、やっていけるだろうか。

自分たち親子がこれからどこに行くのか、まだわからない。次に行く場所で、見失いそうな息子の気持ちを元通り捕まえることができるのかどうかもわからなかった。

だけど、それでも、この子が頼れるのは自分しかいない。

「力、起きるよ」

声をかけ、息子の頭を自分の肩で軽く揺する。

第三章

湯の上に浮かぶ街

1

道の側溝《そっこう》に乗ったコンクリートや金属製の蓋《ふた》から、むうっとする匂いと一緒に真っ白い煙が噴《ふ》きあがっている。

初めて見る光景に、力はおそるおそる煙に手を伸ばす。街全体に漂うこの匂いは温泉独特のものらしい。微かに鼻の奥が刺激されるような感じがあるけれど、あたたかなこもった匂いは、なんだか懐かしい気もする。

煙はそこまで熱くなかった。側溝の蓋の上に乗ってみると、下から噴きあがってくる煙が、もうもうと力の全身をくるむ。煙の中から抜け出ると、蒸気をまとった手足が少しだけ湿り気を帯びていた。

おもしろくて、煙の中を出たり入ったりしていると、ふいに背後から声がした。

「坊」

びっくりして振り返ると、旅館らしい建物の駐車場で白髪頭《しらが》のおじいさんがこっちに向けて手招きしていた。周りを見回すが、力の他には誰の姿もない。どうやら自分が呼ばれているのだとわかって、力は黙っておじいさんのそばまで歩いていく。

ひょろっと背の高いおじいさんは、キャベツやサツマイモなど、野菜の入ったカゴを持っていた。無表情のまま「家、この近くなんか？」と聞かれたので、黙って首を振る。ひょっとして、学校に行っていないことを気にされたのではないかと緊張しながらおじいさんを見る。

おじいさんが「そうか」と言った。自分が持っている野菜のカゴをこっちに向ける。見れば、中には卵も入っている。

「もし取りに行けるんやったら、うちから野菜かイモか持ってこい。母ちゃんからもろうて来るんか、買《こ》うて来てもいいけん」

意味がわからずきょとんとする力に向けて、おじいさんが「一緒に入れてやる」と駐車場の隅の方を顎で示した。

そこには、赤茶けた小さな窯《かま》のようなものがある。タイル張りの古いお風呂のような雰囲気のものが三つ並び、それぞれの蓋の下から湯気が出ていた。

「来い」と言われて、力は言われるがままついていく。

おじいさんが窯のうちの一つの蓋を開けると、途端にものすごい蒸気がぶわーっと中から噴きあがった。さっきまで力が乗っていた側溝から出ていた煙より何倍も熱が高そうだ。

「近所ん子か？」

聞かれて、力は首を振る。家は近くじゃないと言ったばかりなのに何度も聞くのは、しつこく知りたいというわけでなくて、逆に興味がないから答えがどっちだってよくて聞いているように思えた。

力が首を振ると、おじいさんが無表情のまま、「地獄蒸《む》し」と言った。

「温泉の湯気でもって食べ物を蒸すんじゃ。わしはこん宿に湯治《とうじ》に来ちょってな、こん窯を使うて毎日食べよるんじゃ。うめえぞ」

「……へえ」

初めて、力の口から声が出た。火を使って焼いたりしなくても、湯気の熱だけで生の野菜が食べられるようになるのか。

「上ん店でイモを売っちょるけん、買ってくるんなら一緒に入れちゃるわ」

「お金ないよ」

力が月七百円もらえることになっているお小遣いは、毎月一日に母がくれる約束だ。東京を離れた生活をしながら、母がその約束を覚えていてくれているのかどうかもわからなかった。

力が答えると、おじいさんがちらっとこっちを見た。そのまま無言で、自分のズボンのポケットから軍手を取り出してはめる。窯の中に、持っていた野菜をカゴごとそのまま入れ、蓋を閉じた。

そして言う。

「二十分したら戻ってこい。わけちゃる」

不愛想な声だった。力はびっくりした。どうして初対面の自分にわけてくれたりするのだろう。特に優しい人のようにも見えないが、思わず頷いていた。

「わかった」とだけ答えて、力の方でもお礼を言ったりはしなかった。おじいさんはそれを気にする様子もなく、また旅館の建物に戻って行ってしまう。

時計は持っていた。去年のクリスマスに買ってもらったデジタル表示の腕時計を見ると、午後三時を少し過ぎたところだった。

二十分待つ間、少し広い道に出ると、観光案内の看板がたくさん見えた。

この街は、あちこちから湯煙が上がっている。観光客らしき人たちも多い。

道を少し下ると、劇場らしい建物があった。

「ヤングセンター」と書かれた場所を囲んだ壁に、今日やるらしい演目の宣伝がたくさん描かれている。

――母が昔、別府《べっぷ》で父や鶴来さんと芝居をしたのはここだろうか。

けれど、描かれている絵は全部時代劇っぽいものばかりで、鶴来さんのところの演目とはだいぶ違う気もした。

『鉄輪温泉』と書かれた看板が坂道の上に見える。「かんなわ」とふりがなが振られていて、力にも読めた。ああ、宿のおばさんが言っていた「かんなわ」はこういう字を書くのか。ふりがながなければ「てつわ」と読んでしまうところだった。

大分県の別府温泉に、力は昨日、初めてやってきた。

宿のおばさんから「鉄輪温泉の方に行きゃあ湯煙が見えるわ」と言われ、力はつい「別府温泉じゃないの？」と尋ねた。

母には、「別府温泉を目指す」とだけ言われて、この街にやってきた。

すると、おばさんはわずかに首を傾げ、どうしてそんなことを聞かれるかわからないというような表情を浮かべた。「いろいろあるで」と教えてくれる。

「別府の中にも、鉄輪温泉やら亀川《かめがわ》温泉やら、明礬《みょうばん》温泉やら。全部で八ヵ所くらいはあるんで」

「そんなに？　広い」

「そげえ広くはねえわ。こっから自転車で一時間も行きゃあ、鉄輪にも行けるけなあ」

「一時間！」

結構な時間のように感じて言うと、おばさんがかかっと笑った。

「子どもが何言いよんのかえ。自転車で一時間なんかあっちゅう間で」

単に「別府」と一口に言っても、それぞれの地域にいろんな特色があるのだと、おばさんが続けて教えてくれる。

別府駅に近い、昨夜、母と泊まった宿で、そのおばさんから自転車を借り、力は一人で鉄輪温泉までやってきたのだ。

今日の昼、宿の部屋で、近所のパン屋で買った昼食を食べ終えると、母から「一人で留守番できる？」と尋ねられた。

「しばらくここに住むなら、お母さんは、家や仕事を探してみないといけないから」

四万十や家島にいた時には出なかった「住む」という言葉が母の口から初めて出た。

午前中、力と早苗は別府駅の周辺を少し歩いた。夜になるとにぎやかになるのであろう居酒屋の並んだアーケード街は、朝はシャッターが下りてしんとしていて、これからこの知らない場所に住むのかと思うと不思議な気持ちになった。

家や仕事を探すのには、力が一緒だと邪魔なのかもしれない。まだかろうじて八月だけど、このあたりの学校ももう夏休みは終わっているかもしれないし、力も学校に行っていないことを町中で誰かに見咎《みとが》められたりするようなことは避けたかった。

力たちが泊まった宿は、お風呂屋さんの二階にある。

家島で泊まった民宿と違って、ごはんも出てこないし、泊まっているお客さんも、力たちの他にはいなかった。

一階のお風呂屋さんにしたところで、力の知っている銭湯とはだいぶ規模が違う、小さなところだ。路地裏の民家みたいな場所に、「坂戸《さかど》湯」という手書きの看板が出ていて、それでかろうじてお風呂屋さんなのだとわかるけれど、ガラス戸を開けたら、すぐ男女に分かれて脱衣所になっているような感じだ。実際入ってみると、風呂には洗い場もなくて、ただお湯が満ちた湯船があるだけだった。

「坂戸湯」には、観光客というより、近所の人たちが入りに来ているようだった。

入り口に「百円」と書かれているけれど、みんな、定期券のようなものを持っていて、着替えと石鹸《せっけん》くらいしか持参していないようだった。脱衣所にもロッカーはなく、ただ棚があるだけだ。

その小さなお風呂屋さんを指さし、母が「ここに泊まろう」と言って、力は驚いた。

「お風呂屋さんじゃん」と言うと、母が笑い、「二階に泊まれるんだよ」と教えてくれた。

到着した時間が早かったせいか、昨日は入り口に鍵がかかっていて、やっているのかどうかも怪しいくらいだった。しかし、母が躊躇《ためら》いなく、お風呂屋さんの向かいの煙草屋さんに「ごめんください」と入っていく。すると、店番らしいおばさんが「ああ、お風呂？」と顔を上げた。

店の柱に下がっていた鍵を手に取り、外に出てくる。「坂戸湯」のガラス戸を、その鍵で開けてくれた。

「今夜、ここの二階に泊まりたいんですが、大丈夫ですか」

鍵を開けるおばさんの後ろ姿に向けて母が言うと、おばさんが「ええっ！」と驚いた声を上げてこっちを振り向いた。しげしげと母を見つめる。

「確かに宿はやっちょるけんど、普段は夕涼みする場所よ。あんた、なんし泊まれるっち知っちょんの」

「以前お世話になったことがあって。十年以上前の話ですけど」

「へえー。うちは宣伝もしちょらんし、最近じゃあお客さんも滅多《めった》におらんのに。いいよ。素泊まりじゃけど、いいんかえ？　後で布団だけ持ってきちゃるわ」

「ありがとうございます」

力には初耳の話だった。

家島から姫路に戻り、母から「温泉地に行ってみよう」と提案された。

「きっと活気があるし、お母さんがしばらく働けるようなところも見つかるはずだから」

大分の別府温泉は、力は名前だけしか聞いたことがない。母もそうだろうと思ったし、単に名前が有名だから目指してきただけだと思っていたのに、そうではなかったのか。確かに姫路から別府はかなりの長旅で、どうして行こうという気になったのか不思議にも思っていた。

「来たことあんの？」

二階の部屋に案内される時、力が小声で聞いてみると、一歩先を歩いて階段を上る母がこっちを振り向かないまま、「ん」と答えた。

「大昔。力が生まれる前に、劇団の公演で来たの。その時に、みんなで泊まった」

母が、早口に言った。

二階の部屋は、おばさんが言った通り、一面が座敷になっていて、なるほど、風呂上がりに夕涼みする人たちが多いのだろうな、と思えた。いろんな柄の団扇《うちわ》が畳の上に転がり、マジックで大きく「坂戸湯」と書かれている。

力と早苗が泊まるのには十分すぎる広さだけれど、ここに剣会のみんなで本当に泊まれたのだろうか。一瞬だけ気になったけれど、すぐに、泊まったんだろうな、と思う。

——ここに、今より若い鶴来さんや、母や父が来たのだ。


鉄輪温泉は、宿のおばさんに聞いた通り、湯煙の街だった。

途中、展望台があって、そっちの方から見ると、街じゅうあちこちから白い煙が上がっているのが一望できた。まるで、街全体がお湯の上に浮かんでいるみたいだ。

宿のある別府駅の方よりも温泉の匂いが濃い気がした。

旅館の窯の前に二十分して戻ると、おじいさんがすでに窯の中から野菜の入ったカゴを取り出していた。生のままの時より、どの野菜も緑や紫の色がより鮮やかになっていて、鼻先に甘い匂いが香る。おじいさんが持っていたビニール袋を窯の端に広げて、お皿がわりにしてくれる。上に力の分のサツマイモを置いてくれた。

「熱《あち》いぞ」

おじいさんが、サツマイモを半分に割った。断面から、もわーっと白い湯気が上がり、中の黄金色が見えた瞬間、力の心がうわあっと浮き立った。

窯の横に置かれていたパイプ椅子を出してきて、おじいさんが座る。

おじいさんがカゴの中の卵を取り出し、ポケットから塩の瓶を出して、殻をむいた卵に振る。

「ほら」と力にも塩を貸してくれた。キャップの部分が青い塩の瓶は、力が東京の家で使っているのと同じもので、こんな遠い場所に住む人でも同じメーカーの塩を使ってるんだな、と感心してしまう。

サツマイモに塩を振って食べるなんて初めてだ。

手に取ると、あまりの熱さに「あっち！」と思わず声が出た。無表情だったおじいさんがそれを見ておかしそうに笑う。

「じゃあけん、言うたやろうが」

指の表面が軽く焦げたような気がした。力は慎重にビニール袋ごしに摑んだサツマイモに息を吹きかける。

サツマイモは、ほくほくして甘く、これまで食べたことがないくらいおいしかった。

「今度は何か野菜持ってくりゃあいい。母ちゃんに言うて」

ゆで卵を食べながら、おじいさんが言う。

「わしゃしばらくはここで湯治しよるけん、こんくらいの時間になら毎日この辺におるわい」

「わかった」

どうしてそんなことを言ってくれたりするんだろう、と思ったが、不愛想なおじいさんは、それをとりわけ親切な行為だと思っている様子もなかった。ただ子どもがいたからなんとなく構っただけ、というふうだ。

力は残りのサツマイモを大事に一口ずつ食べながら、宿に帰ったら、母に〝トウジ〟という言葉の意味を聞こう、と考える。

2

顔を上げると、別府タワーが見えた。

二十年近く前になるだろうか。前に来た時にもすでにレトロな雰囲気があった鉄塔は、タワーと言えば東京タワーかスカイツリーを連想する早苗の目には、ずいぶん小ぶりに見える。だけど、それがいい。夜になれば、「アサヒビール」のネオンがあたたかく灯《とも》って、タワーはさらに存在感を増すはずだから、今夜、力に見せてあげてもいいかもしれない。

タワーの上に、青空が広がる。

八月が終わる、というだけでその空の色が少し薄くなったように感じるのは早苗の感傷のせいだろうか。それとも、土地を移ってきたせいだろうか。

若い頃、電車やバスの車窓から夜の月を見ると、どこまでもどこまでも月がついてくる気がした。そんな歌詞の歌もあった気がするし、子どもの頃はそのことがとても不思議だった。

東京から四万十、家島、そして別府。

力と一緒にあちこち歩きながら、月と一緒で青空もまたどこまでもついてくるものなのだなぁと感じるようになった。ついてくる、というより、ついてきてくれる、と言うべきか。

知らない土地に入って心細くても、頭上の空は常に早苗が出てきた東京にも、夏の間を過ごした四万十にもつながっている。同じ色ではないかもしれないけれど、その空の下で、早苗と力がお世話になった人たちも、空を見て暮らしている。

この空の下のどこかに夫は果たしているのだろうか。あの人にも、空を見上げる余裕が少しはあるのだろうか。

次に力を連れてどこかに行くのなら、温泉地にしようと、早苗は漠然と決めていた。人の出入りのある観光地であれば、自分にも仕事が見つかるかもしれない。そう考えた時、自然と別府を思いついた。二十年近く前に、たった一度だけ剣会のみんなとやってきた別府は、早苗にとって、それだけでも思い出深い土地だった。

まだ二十代前半の頃の、一週間ほどの滞在だった。

格安で泊まれる「坂戸湯」の鍵を開けてくれたおばさんの顔を、早苗はまだ覚えていた。正確には、忘れていたけれど、顔を見たらちゃんと見覚えがあって、内心、向こうも自分を覚えていたらどうしようと思ったくらいだった。

けれど、覚えられていなくて当然だ。

拳とまだ結婚どころか付き合ってもいなかったような昔の話だ。早苗にとっては特別な思い出でも、土地の人たちからしてみたら、自分たちは街を流れていく観光客のひとりひとりに過ぎない。

まだシャッターが下りている居酒屋の並ぶ通りを歩くと、公演の打ち上げ後でほろ酔いになった鶴来と拳たちが、地域の人たちを巻き込んで夜の街を歩いていた姿を思い出す。

——別府は、戦災にあってないから街がきれいなんだよなぁ。

拳が楽しそうに言っていた。あの頃、夫はまだ早苗にとって面倒見のいい先輩、という程度の存在だった。

「古いものから今のものまで、いろんな建物や文化が層になって存在してる。東京じゃ、商店街や路地ってのはどうしても裏道でゴミ箱が出してあったりするけど、別府の路地はちゃんと表の顔できれいにしてるよね」

　自分と年がいくつも違わないのに、よくそんなことを知っているものだ、と感心した。少し前を歩く鶴来や他の仲間は、「へー」とか「そうそう」と適当な相槌を打っただけだったが、みんなに比べてあまり酔っていなかった早苗は、拳の言葉に感じ入って、周りの風景を改めて見渡した。

　決まった劇場で芝居をすることが多い剣会だが、鶴来が若かった頃は、そんなふうに地方公演に出向くこともまだあった。中でも別府は出会った人たちが人懐っこくて、滞在中、ずっと居心地がよかった。

　とはいえ、青空を眺めながら、早苗は小さくため息をつく。歩く途中、いくつか不動産屋の前を通ったが、なかなか入る勇気が出なかった。

　力には、家や仕事を探す、と言ったが、どこというあてがあるわけではなかった。

　本当は住み込みの仕事が見つかればいいのだが、力と一緒、という条件ではそれは厳しいだろう。子どもを連れて知らない土地に来た事情だっておそらく詮索されてしまう。

　それに――。

　温泉地で住み込みが可能な仕事、というと旅館の仲居さんのようなイメージがあるけれど、早苗は、自分にそんな仕事が務まるかどうか自信がなかった。着物の着付けもできないし、お客さんを迎えるにも当然それなりの礼儀作法が必要だ。

どの仕事も誰だって最初は素人だと頭ではわかる。仕事は教えてもらえばよいのだろうけど、四十近い自分の年齢を思うと、年を経ていることがかえって怖かった。若い頃なら許されるようなことも、自分にはもう許されないのではないか。失敗や世間知らずを叱責《しっせき》されるのが怖い。

自分には自信を持ってできることがほとんどないのだ、と改めて思い知る。職探しで面接に臨んだところで売り物にできるようなものがない。自分の人生経験の乏しさを、今更突きつけられているような気がした。

歩いていると、別府の駅前に出ていた。

駅前温泉の建物、お湯が触れるドーム状の手湯を横目に、駅舎に向かう。タウン情報誌や、地元の新聞を見れば、仕事の紹介が何か出ているかもしれない。

駅の待合室には、案の定、マガジンラックがいくつか並び、観光マップや地元施設のチラシなどに混ざって、早苗が期待した通りのタウン情報誌がささっていた。キヨスクで地元の新聞も一緒に買い、待合室に座る。駅には観光客の姿も多く、女一人で歩く早苗の姿に特別に目を留める人はいないようだった。

タウン情報誌の求職コーナーを見る。

募集の年齢、経験の有無、それに時給。条件のひとつひとつを丁寧に見ていく。

駅に置く観光客も手に取るタウン誌ということで、紹介される職種が温泉地ならではの観光関係のものが多い気がする。土産物屋の売り子や、温泉施設で卵やまんじゅうを蒸かす仕事。そういうところで働くのは、確かに楽しそうだった。

東京では惣菜屋の売り子をしていたし、四万十では食堂を手伝った。若い頃には他にも劇団の活動の傍らで喫茶店のウェイトレスや映画館スタッフのアルバイトなどもしていた。なるべくこれまでやったことのある職種に近いものはないだろうか、と探しながら、どうしても、横に記された時給の数字が気になる。

四万十でも思ったことだったが、東京でやっていた惣菜屋のパートと比べると、地方の仕事の時給は低い。その分、家賃や生活費が東京に比べてずっと安くて暮らしやすいとはいえ、これからしばらく自分の収入と貯金だけで力と暮らすことを考えると、金額は大事だった。東京で借りているアパートの家賃は拳の管理で夫の口座から引き下ろされることになっているが、拳の状況次第では今後支払いが滞る可能性も十分ある。そうなったら、早苗はそちらについても考えなければならない。

昼間の仕事をとりあえず探しながら、場合によっては、夜も働ける場所を探す必要があるかもしれない、と覚悟する。

このタウン情報誌には出ていないけれど、路地に並んだ居酒屋やスナックは、夜になればシャッターが開いて明かりが灯るはずだ。

夜の仕事が自分に務まるのかどうか疑問だが、ああいうところの時給はそれなりにいいのだということは、早苗も漠然と知っている。日払いなど、こちらの条件に沿った支払いをしてくれそうだということも。

まだ小学生の力を残して夜の勤めに出ることには抵抗もあるが、早苗が温泉地を目指したのはそうした夜の仕事があることを見越していた部分も正直、大きかった。

と、その時――。

早苗の目に、他の仕事より、百円から二百円近く時給のいいものが飛び込んできた。亀川温泉、という文字の下に、作務衣《さむえ》のような服を着た女性の絵が描かれている。

『砂かけさん』と書いてある。

『別府名物、砂湯で私たちと一緒に〝砂かけさん〟として働きませんか？』

経験不問、の文字に、早苗の目が吸い寄せられていく。

3

「ねえ、お母さん。地獄って何？」

力がなにげなく問いかけると、向かい合って夕食を食べていた母の目が真ん丸になった。

「ええっ？」と大きな声を一つ出し、力を真顔で見つめる。

「地獄って、あれでしょう？　天国とかの話に出てくる、悪いことをした人が死んだ後に行く……」

「それは知ってるよ。そうじゃなくて、別府に来てからよくいろんなとこで文字を見るやつのことだよ。〝血の池地獄〟とか、〝地獄蒸し〟とか」

「ああ……」

説明すると、ようやく母にも通じたようだった。

「何、間違えてるの」と思わず笑ってしまうと、母も「ごめんごめん」と言いながら、笑顔になった。

力たちが泊まっているお風呂屋さんの二階には、小さいが台所と水道がついていて、冷蔵庫もあった。自分たちで料理ができる。ただ錆《さ》びたコンロは一口しかなくて、しかも、ガスで火がつくわけでもない。蚊取り線香みたいな金属製の渦巻があるだけで、最初、力はそれが何かわからなかった。

母の話だと、この金属製の渦巻は電熱式のコンロで、この上に鍋やフライパンを載せて料理をするらしい。同じ電熱式でも、テレビCMで見るようなＩＨの調理機器とは全然趣《おもむき》が違う。こんなので料理なんかできるのかな、と心配になった。

しかし、母は、「熱が伝わるのが遅いから、炒《いた》め物にはあんまり向いてないけど、煮物なんかはできるよ」と言った。そして、実際、大根と鶏肉の煮物を作ってくれた。

今日、力が鉄輪温泉に行っている間、母は母でこの周りをいろいろ見て回ったらしかった。戻ってくると、部屋には、力と母、二人分のお皿やお椀、箸などが買いそろえられていて、コンロの横には、サラダ油やめんつゆなどの調味料が増えていた。

小ぶりのフライパンや鍋なんかもあって、母が「全部、近くの百円ショップで買ったの」と話す。照れくさそうに、「何回か往復しちゃった。力にも手伝ってもらえばよかった」と言う。近くにスーパーマーケットも何軒か見つけたそうだ。

煮物の他は、スーパーのおにぎりやインスタントの味噌汁が並ぶだけの食卓だが、それでも母の手料理はひさしぶりだった。「外食続きで、これまでこんな贅沢しなくていいのかってずうっと気になってたから、料理ができてようやくほっとしたよ」と母が笑う。

「炊飯器や電気ポットも欲しいな」

母がそんなふうに呟くのを聞くと、反射的に今日、おじいさんがやっていた地獄蒸しのことを思い出した。あんなふうに野菜を蒸せる場所がこの近くにもあればいいのに、と思う。

煙草屋のおばさんに自転車を借りて、鉄輪温泉の方まで行ったこと、そこで、知らないおじいさんからサツマイモを分けてもらったことは、母にすでに伝えていた。東京では知らない人から何かものをもらったりしたら怒られるだろうけれど、母は「まあ、本当？」と言っただけだった。東京だったら、おじいさんにお礼を言いに行こうとか、そんなふうな話になっただろうけれど、そんなことも言い出さない。

「地獄のある方まで、力、自転車で行ったの？」

「鉄輪温泉の周りにいろいろ書いてあった。ねえ、地獄って何？」

「別府のあちこちで、温泉のことをそう言うみたいね。色が赤かったり、白かったり、湯気が上がる様子がまるで地獄みたいだからって」

「みんなそれに入るの？」

「わからない。お母さん、行ったことないから。だけど、ほとんどのところが見るだけじゃないかな。いろんな名前の地獄がたくさんあるみたいだから確かにおもしろいよね」

「ふうん」

　どうして、温泉の色が赤かったり、白かったりするのだろうか。今日見た看板の表示の中には「海地獄」というのもあったけれど、あれは、青かったりするのだろうか。

「今度、どれか行ってみようか。見る温泉が観光名所になってるなんて、すごいよね」

「うん。——昔、劇団で来た時は地獄、行かなかったの？」

　力が聞くと、母が頷いた。

「公演の準備で忙しくて、このあたりにずっといたからね。力が今日行った鉄輪温泉の方も行ったことないよ。地獄蒸しもしたことない。お父さんもお母さんもやったことないのに、力は来たばっかりで私たちを超えたね」

「超えたって」

母がおどけた口調で話すのが珍しい気がして、ちょっとだけ、力はくすぐったい気持ちになる。本来なら仰々しく怖いイメージの〝地獄〟が、こんなふうに母との日常会話に出てくるなんて不思議でおもしろい。

部屋の隅、コンロの上に載せられたフライパンを見つめると、昨日までより、ここに「住んでいる」感じがずっと強くなる。「ねえ」と、母に呼びかけた。

「この部屋に住むの？」

「住めたら助かるけど、ここは宿屋さんだからどうかな」

力の問いかけを受けて、笑顔が多かった母の顔に、今日、初めて翳りが差した気がした。

「だけど」

母がすぐに顔を上げる。

「とりあえず、お母さん、仕事の面接に行くことにしたよ。雇ってもらえるかどうか、明日、人に会ってくる」

「え、本当に？　何するの？」

「――まだ内緒」

母が恥ずかしそうに笑った。「雇ってもらえるかどうか、まだわからないから」と。

「力、明日も一人で留守番できる？　今日見てきたら、少し行ったところに図書館があったから、そこにいてもいいし」

「いいよ。また、自転車でどこか行ってみる」

　力が言うと、母が微かに顔をしかめた。あまり遠くに行ってほしくない、と思っていそうなことが顔つきでわかったけれど、力は黙って目を逸らす。

　さっきまで笑い合っていたのが嘘のように、二人で少しの間無言になった。そのまま、夕食を食べる。

　やがて、母の方が「力」と自分を呼んだ。

　壁に立てかけていた自分のバッグを手に取り、中から何か紙を取り出す。力に手渡してくれる。

「駅でもらってきた地図。どこかに行くなら、それ見て行きなさい。だけど、あんまり遠くには行かないで」

　力は黙ったまま、地図に見入る。

「それから」と母が続けた。

「もし明日、どこかの地獄に行きたいなら、たぶん、入場料が必要だから、一ヵ所分なら、お母さん、あげるよ。だから、気をつけて行ってきてね」

　そう言われたら、顔を上げていた。

「九月のお小遣いとは別に？」

「うん。臨時のお小遣い。そのかわり、あんまりふらふらしないで、用事が済んだらすぐにこの辺に戻ってきて」

「わかった」

力がようやく答えると、母が小さく息を洩らした。その母に力はもう一つ、尋ねた。

「ねえ、トウジって何？」

「え？」

「今日、地獄蒸しのとこで会ったおじいさんが言ってたんだ。温泉にトウジに来てるって」

「ああ、——湯治ね」

母が言葉を探すように一瞬宙を見た後で、教えてくれる。

「温泉に入って、病気とか怪我を治すことをそういうの」

「へえ。温泉で病気が治るの？」

「うん。下のお風呂にも、脱衣所のとこに『効能』っていうのが書いてあるから、後で見るといいよ。このお湯がどんな病気に効くのかってことが書いてあるから」

「そうなんだ」

では、今日会ったあのおじいさんはどこか身体の具合が悪いのか。力の考えを読んだように、母が、「いろんな病気で来る人がいるんだよ」と教えてくれる。

「温泉ってただあったまるだけじゃないんだ」

力が言うと、母が微笑んだ。

「あったまるからこそ、身体にいいってこともあるんじゃないかな。力のおばあちゃんも、膝が痛い時には近くの銭湯で長湯するって言ってたよ」

「ふうん」

「――大根の余り、明日、もしまたおじいさんのところに行くなら、蒸すのに持ってく？」

今日の煮物で残ったものだろう。聞かれて、力は反射的に「うん」と頷いていた。頷きながら、内心かなり驚いていた。

まさか母が、知らないおじいさんのところにまた行っていいと言ってくれるなんて思わなかったからだ。

4

不思議な場所だ――と、まず景色に圧倒された。

海と砂浜を背にした松林を抜け、案内された先にその砂場があった。

浜辺から一段高くなった石垣の上に広がる砂場は二面に分かれていて、その片方で、何人か客らしい人たちが首から下を砂に埋めて寝ている。

反対側にあるもう片方の砂場はまだ準備の途中なのか、水を吸った砂がのっぺりときれいに水平になっている。まるで、田植え前の水田のような眺めだ。そこから温泉の湯気がゆらゆらと上がっている。

その周りで、薄い紺色に赤い襟の作務衣に身を包んだ女性たちが作業をしている。お客さんに、土を均《なら》すトンボのような道具を使って砂をかけている。

「どうですか？」

砂をかける女性たちの問いかけに、首まで埋まった女性が仰向《あおむ》けの状態から「いいわー。あったかい」と応えている。客の中には、女性も男性もいた。若い人も、かなり年配の人も。

「ここが実際に砂をかけてもらう、私らの職場」

入り口で早苗を出迎え、案内してくれた安波《やすなみ》という女性が言う。

海をバックにした砂場のロケーションに見惚れていた早苗は、その声にはっと我に返ったようになる。安波が続けた。

「どう？　気持ちいいところじゃろう。上人《しょうにん》ケ浜《がはま》は開放感のある場所やし、右手は高崎山。左手は松林」

「すごい！　なんだか夢みたいにきれいな場所ですね」

そう答えたのは、早苗と同じく、仕事のための面接に来たという女性だった。早苗よりずっと若く、おそらく二十代半ばと思われる彼女は髪をポニーテールに縛り、はきはきとよく喋《しゃべ》る。艶《つや》やかなさらりとした前髪の間から覗くおでこがつやつやだ。

面接に来て、「ああ、電話くれた方やね？」と安波に迎え入れられてすぐに、「もう一人、面接ん来る人がおるけんちょっと待っちょってな」と言われた時から、微かに息苦しい予感はあった。しかし、無理もなかった。時給のいい仕事はそれだけ倍率も高いということだろう。

砂場を見た感想を聞かれ、彼女にキラキラした言葉を先に口に出されてしまうと、言葉を奪われたようになって幾分気後《いくぶんきおく》れする。早苗は安波に、ただ「はい」と頷いた。

応対してくれた安波は、感じのよい女性だった。年はおそらく五十代後半から六十代。ゆるやかにウェーブがかかった肩までの髪に白いものがだいぶ交じっている。丸顔にくりくりとした大きな瞳がチャーミングな印象で、若い頃はさぞきれいだったのだろうな、と思った。髪に交じる白髪も、白というより、浜辺の陽射しの下では銀色のように見えて美しい。

安波が早苗たち二人に向けて聞いた。

「砂湯、入ったことある？」

「ありません」

今度は先に早苗が答える。その横で、女の子が「もっと街中の方でなら」と答えた。

「別府の共同浴場の中にある砂湯なら、入ったことがあります。でも、あれは建物の中だったから、こんなふうな屋外では入ったことないです。雰囲気がだいぶ違う」

「ああ、竹瓦《たけがわら》温泉なんかにゃあ砂湯があるもんね」

「そうですそうです。私が行ったのも竹瓦温泉」

打てば響くように言葉が出てくる。彼女は地元の子なのだろうか。

早苗は、目の前の砂湯を見つめた。砂湯の様子を見るのは今日が初めてだ。彼女が言うような屋内の砂湯の方がむしろ想像できない。

「砂湯は別府の古い温泉文化の一つやけんねえ。もともとはこういう浜で干潮《かんちょう》の時にやりよったのが始まり」

安波が穏やかな声で教えてくれる。

「温泉を含んだ砂の圧力と熱で血流がようなって、千年くらいの歴史があるんよ。砂かけを商売にしてお金をもらい始めたんが江戸か明治くらいかなあ。昔は、足が痛《いて》えで歩けん人をわざわざ砂かけさんが家まで迎えに行って、おぶって浜まで連れてきちょった」

「――どれくらいの時間、お客さんは中に入るんですか？」

早苗がようやく初めての質問をすると、安波が顔をこっちに向けた。目が優しげに少し細くなる。

「十分から十五分で、そん日のお客さんの様子にもよるなあ。そん前に砂をかける時間が五分くらい。うちら砂かけはお客さんたちとそん五分でいろんな話をしながら砂をかける」

「この仕事は、砂かけっていう名前なんですね」

早苗が言うと、安波が嬉しそうに「うん」と頷いた。

「砂かけ師は、昔から別府の女の仕事の一つ。伝統があるし、続けていきたいよな。お客さんたちからは砂かけさんって呼ばれるよ」

砂かけさんも砂かけ師も、耳に心地よい響きだ。そんな伝統に自分のようなよそ者が入れるだろうか。臆する間に、女の子が安波にまた聞く。

「今、こちらでは何人くらい砂かけさんがいらっしゃるんですか？」

「今は全部で七人。先月まで八人おったけど、一人やめたんで、今はキャリア二十年のベテランから、始めてまだ三ヵ月の砂かけさんまでいろいろ。年もいろいろ」

砂場では、砂かけさんが砂湯に入った客に「そろそろお時間ですね」と呼びかけていた。砂から出る時間なのだろう。「あー、気持ち良かった」と、身体を起こした客は、みんなお揃いの浴衣《ゆかた》を着ていて、浴衣の襟に黒い砂が入り込んでいた。額にも首筋にも汗が光っている。

安波が「さて」と早苗たち二人の顔を見た。そしてこう言った。

「ほんなら、試しに入ってみるかえ」

「えっ？」

早苗と女の子、二人から同時に声が出た。これからすぐに面接をするのだとばかり思っていたのに、安波がにこにこした顔で続ける。

「自分が実際に入ってみらなわからんことも多いけんな。まずは面接の前に砂湯に入ってもらうことにしちょんのやわ」

「いいんですか？」

驚く早苗の横で、女の子が切り替えの早い声を出す。「えー！　嬉しい」と。

安波が言った。

「向こうの建物ん中に着替えも浴場もあるけん、まずは受付で浴衣をもろうておいで。着替えたら戻っといで」

受付で専用の浴衣とタオルを貸してもらい、男女別に分かれた更衣室に向かう。浴衣の下には何も身に着けなくていいのだという。

女の子が、楽しそうに話しかけてきた。

「ただで入らせてもらえるなんて、ラッキーですね」

受付の案内を見ると、どうやら砂湯は貸浴衣と、終わった後に砂を落として入る内湯の入浴料を含めて、一回千円ちょっとだ。

彼女ほど無邪気に口に出せないけれど、早苗も内心は砂湯に入れるのは嬉しかった。

早苗がやや躊躇いがちに服を脱ぐのと違い、もう一人の面接の女の子はぱぱっと洋服や下着を脱ぎ、浴衣だけを羽織るように身に着けてさっさと外に出ていってしまう。裸を見られるのに抵抗がないのも若さゆえなのだろうか。早苗もあわてて下着を脱ぎ、素肌に浴衣をまとう。髪をゴムで縛ってまとめながら、彼女の後を追いかけた。

身軽な状態になって砂場に戻ると、安波が「来た来た」と楽しげな声で呼ぶ。砂かけに使う道具を手に言う。

「これは、鋤簾《じょれん》」

「じょれん？」

「砂かけさんの仕事道具」

さっきは、グラウンドを均すトンボのようだと思ったけれど、近くでよく見ると、鋤簾は、畑仕事で使う鍬《くわ》の方が感じが近い。使い込んだ様子の木の柄に、『安波悦子《えつこ》』と名前が入っていて、先の部分は平たいスコップのような金属製だ。砂を掬《すく》えるようにも、均せるようにもなっている。

「じゃあ、一人は私が。もう一人は、こっちの清末《きよすえ》さんがかけるけな」

清末と呼ばれた砂かけさんが頭を下げる。ベテランふうの女性だが、年は四十半ばといったところだ。

女の子と二人、お湯を吸ってチョコレート色に光る、真《ま》っ新《さら》な砂場に横たわる。用意された木の枕に頭を乗せ、仰向けになると、背中の砂があたたかかった。

どうやら、早苗に砂をかけてくれるのは、安波ではなく、清末の方だった。寝ころぶ早苗の浴衣の襟や裾を調《ととの》えてくれる。どちらが砂をかけるということに面接での優劣はないのだと信じたいけれど、少しだけ気になる。やはり、若い子の方がこういう職場では求められているのだろうか。

横では安波が、あの女の子の浴衣を調えている気配がしている。

二人の砂かけさんが、ほぼ同時に頭を下げ、早苗たちに声をかけた。

「では、お客様、おかけします」

その声を合図に、まずは投げ出した手の上に砂がかけられた。

手のひらに砂が載り、次に腕。――砂の重量感に、早苗は目を見開いた。源泉を吸った後の砂は、不思議な肌触りだ。思っていたより重たい、と最初に感じたけれど、肩が埋まる頃には、羽毛布団にくるまれているような感覚になってくる。

あたたかい、みっしりとした空間に自分の身体が覆われていく。

大きく息を吸った。

とても、気持ちがいい。

「どうかえ？」

横で安波が、自分が砂をかけた女の子に聞いている。彼女は、砂をかけられるたびに「わあ！」とか「すごい！」とか、大きな声を上げていた。

「すごーい。確かに入ってみないとわかりませんねー。見てるだけと、やってみるのとじゃ大違い」

彼女たちがそんなやり取りをしている横で、早苗に砂をかけてくれた清末が「どうですか」と呼びかけてきた。早くも額や首に汗をかき始めたのを実感しながら、早苗は短く答えた。

「気持ち、いいです」

そう言って、目を閉じる。砂場の真ん中の柱に時計がかかっていたが、しばらく時間を忘れてしまいたかった。

目を閉じると、今度は耳や、砂から唯一出ている顔への感覚が研ぎ澄まされていくようだった。

額や頬にあたる微かな風が気持ちいい。さっきからずっと聞こえていたはずの波音が、急に、より近くに感じられるようになる。

――眠ってしまいそうだ。

「前にな、友達同士で来ちょった二十歳くらいの男ん子が、こう言いよったことがあるんよ。――お母さんのおなかの中にいるみたいって」

安波が説明する声が遠くに聞こえた。その言葉に、早苗はなんだか笑ってしまいそうになる。その子と、我が子の力が少しだぶる。

おなかの中にいた頃のことなんて覚えているはずがないのに――。

男の子は、どんな気持ちでそう口にしたのだろう。

「熱いんやったら、手だけ出してみてもいいですよ。全身がこうやって砂の中に入っちょんと、手首が外に出ただけでも感じ方が全然違うでなあ」

清末が言う。普段の客たちにもおそらくそうやって説明しているのだろう。

手より先に、足首と踵《かかと》が熱くなってくる。我慢できないというほどではないし、時間いっぱいまで汗をとことんかきたい、という気持ちもあったけれど、手を出すだけでも感じ方が違う、という言葉の方に惹かれた。試してみたい。

「手、出してみてもいいですか」

早苗が尋ねると、清末が「はい」と頷いた。

重たい砂を押し上げるのは、水泳で水をかく動きと少し似ていた。むっくりと右手の指から先をまず砂の上に出すと、出したのは手だけなのに、確かにそこから全身の熱がふわーっと放出されていくようだった。

「本当だ。手を出しただけで一気に涼しく感じます」

思わず言ってしまうと、清末が頷いた。

「この後、足を出すとまた感覚が変わるよ」

全身から汗が噴き出していた。

砂に埋まり、波の音を聞きながら、早苗は、心地よく、こう思った。

——この場所で、この人たちと働いてみたい。

砂かけさんは、別府の女の仕事、と言われたことにも、惹かれるものを感じていた。

十分経って、砂から出る。

「うわー、気持ちいい。デトックス！」

砂だらけの浴衣を軽く払い、女の子が腕を上げて伸びをする。早苗も同じように砂を払う。清末に「ありがとうございました」とお礼を言った。

「汗があんまりベトつかない気がします。いっぱい汗をかいたけど、気持ち悪くない。汗がさらさらして感じます」

「ああ、それは確かにそうかも。砂湯で流す汗ってなんか違う気がするよなあ」

砂かけを終えた後の清末の口調が親しみを込めたものになった気がして、少し嬉しかった。

身体をぽかぽかさせたまま、来る時よりもゆっくりとした足取りで更衣室に戻る。浴衣を脱ぎ、シャワーを浴びる時も、もう一人の女の子の方がやはり動作が早くて、ぱっと裸になって、ぱっと着替える。

「先に行ってますね」

早苗がシャワーで濡れた髪の先を拭く横を、あっという間に外に出ていった。万事に要領がいい。

浴衣と一緒に貸してもらったタオルで首筋をもう一度拭く時、タオルに何か文字が書かれているのが見えた。『別府海浜砂湯』、というこの場所の名前の下にメッセージが書かれている。

『また　来ちょくれ』

来ちょくれ、というのが、大分の方言なのだろう。来てください、という意味だということは早苗にもわかる。別府に来て、こちらの言葉にもだんだん慣れてきた。

親しげな方言の言葉遣いにはかわいらしい響きがあった。採用してもらえるかわからないが、また来られたらいいな、と思う。

面接は、やはりあの女の子の方が先に着替え終わった分、先の順番で、早苗の方が待たされることになった。

ライバル――と言ったら意識しすぎだろうけれど、相手の面接の声を聞いてしまうのがなんだかかしのびなくて、早苗は建物の外にあるベンチに座って待っていた。

やがて、「ありがとうございましたー！」という快活な声とともに女の子と安波の二人が外に出てきた。女の子が早苗にも「あ、どうも」と会釈して、停めていたらしい自分の車に戻っていく。

「お待たせして申し訳なかったなあ。じゃあ、やろうかね」

安波に言われ、受付の奥にある小さな畳の個室に案内される。二畳ほどの大きさで、中には電子レンジや電気ポットが置かれていた。早苗が見ているのに気づいたのか、安波が教えてくれる。

「ここで、交代でお昼ごはんを食べたりするで。私らの控室」

「そうなんですね」

「市街地の方に住んじょんの？　別府駅の方？」

早苗が提出した履歴書を見ながら、安波が尋ねる。早苗は「はい」と頷いた。

提出した履歴書に、早苗は迷ったけれど坂戸湯の住所を書いていた。仮住まいの住所には後ろめたさもあるが、今のところ他に書きようがない。

土地の人間でないことは話せばすぐにわかってしまうだろうから、「最近、東京から引っ越してきた」という部分だけは正直に伝える。

出身でもないし、頼れる親戚もいない場所への引っ越しについて、何か聞かれたらどうしようと思っていたが、安波は「そう」と言っただけだった。

ただ、一言、安波にこう尋ねられた。

「家族は？」

「息子が一人います」

「二人で引っ越してきたん？」

「はい」

夫の不在についても、それ以上は説明のしようがない。しかし、安波はその点について何も聞かなかった。

面接は呆気ないほどすぐに終わり、「じゃあまた電話するけんね」と安波に送り出される。

「改めまして、私、こういう者です」

おどけたように急に丁寧な口調になった安波が、別れ際に名刺をくれた。

『砂かけマイスター　温泉観光士　安波悦子　YASUNAMI　ETSUKO』

マイスター、の文字に目が留まる。

「マイスター」

声に出して呟いてしまうと、安波が微笑んだ。

「市の観光協会で試験があるんよ。三年目から受験できるの。今、この職場でマイスターは私入れて二人。一人は二十年目のベテランで、私は十五年目」

砂かけマイスターは、ベテランの砂かけ師にだけ与えられる称号なのだろう。二十年目、十五年目、という年月に圧倒される。ここで働く人の中でも二人だけ、という点や、試験がある、ということにも砂かけ師の仕事の重みを感じた。

「かっこいい響きですね。マイスター」

早苗が言うと、安波が頷いた。

「肉体労働やけん、身体はきついで。しばらくは家の階段の上り下りができんくらい」

言葉の内容と裏腹に、口調は軽やかで歌うようだった。

5

鉄輪温泉のおじいさんのところに行こうと、坂戸湯の前で自転車に乗ろうとしていると、自転車を貸してくれた煙草屋のおばちゃんから「どこ行きよんの」と声をかけられた。力が、今日も鉄輪温泉へ、と説明すると、おばちゃんは「そりゃあいいなあ」と笑った。

「感心感心。子どもはそうやねえと。たくさん自転車こいで、足腰強くせんとなあ」

「自転車、貸してくれてありがとうございます」

「いいで。今うちじゃ、誰も乗っちょらせんし。力が乗ってくれるんやったら、自転車もきっとその方が嬉しかろうけんな」

少し話しただけのおばちゃんがいつの間にか自分の名前を憶えてくれている。その時、おばちゃんがふっと真面目な顔つきになった。

「なあ、力。お母さんは、いつまでここにおるつもりか聞いちょるかえ？　――あんたら、ただの旅行じゃねえんじゃろう？」

え、という声が声にならずに喉の途中で消えた。

「一週間のまとめ料金をもろうたけど、うちに泊まりたいっちゅう時点で観光のために来たっちゅうわけじゃなさそうやしなあ」

「……わかんない」

そう答えるのが精一杯だった。

「あんたら、ひょっとして逃げてきたんじゃないんかえ？」

聞かれた時、心臓が止まるかと思った。

どう答えたらよいか、わからなかった。力が困っている気配を感じたのだろう。おばちゃんの目が少しこちらをいたわるような感じになって、すぐに「違うんならいいけど」と言ってくれる。

「ちょっと気になったけん。ごめんな、変なこと聞いて」

「……ううん」

力はゆっくり首を横に振った。そうすることしかできなかった。

頭の中は、どうしてわかってしまったのだろうということでいっぱいだった。心臓がバクバクしている。この調子では、おばちゃんは間違いなく近いうちに母にも同じ質問をするだろう。そう考えると、おなかの底が痛くなるような感じがあった。

「力はこっちの学校に入るんかえ？」

転入するのか、という意味だろう。

子どもだからわからない、という態度を取り続けるのは、できそうだったけれど、さすがにもう限界だった。力はもう五年生だ。何もわからない低学年じゃない。しらばっくれれば、おばちゃんにだって態度で伝わる。

「たぶん」

「そうかぁ。ほんなら、うちの子らが卒業した学校と一緒になるかもしれんねぇ」

おばちゃんがゆったりした声でそう言うのが、わざとかどうかわからなかった。胸のドキドキはまだ続いている。

「力さ」

「うん」

身構えながら返事をする。おばちゃんが言った。

「坂戸湯、気持ちいいかえ？　毎日入っちょるんやろう？」

「うん」

洗い場のないお風呂にもだんだんと慣れてきたところだ。大きなお風呂に毎日入れるのは新鮮で、気持ちいい。

「風呂掃除も毎日うちでやりよんのやけどね、よかったら一緒にやらん？」

「いいよ」

話題が変わったことにほっとしながら、思わず頷いていた。

おばちゃんが行ってしまい、一人になると、脇と背中に嫌な汗をたっぷりかいていた。

こっちの学校に転入する――。

咄嗟に「たぶん」と答えてしまったけれど、考えると、まったく自分のことのように思えなかった。あんなに行きたくないと思っていた東京の学校の日常を捨てて、ここで別の学校に通い、知らない子たちに囲まれること。光流や、クラスメートたちと別れることを思うと、「嫌だ」という気持ちがむくむくと湧き上がってくる。

もうすぐ、九月になる。

東京では、二学期の学校がもう始まっている。

力のいない教室で今日も授業が行われているはずで、それがとても不思議に思える。学校に行きたくない、と言ったのは自分だったけれど、本当にこれでよかったのかという気持ちが一人でいるとどんどん強くなっていく。

今から出かけようと思って、わくわくしていたはずの気持ちがしおしおとつぶれていく。

――あんたら、ひょっとして逃げてきたんじゃないんかえ？

おばちゃんの声が、耳の奥でこだまする。

6

早苗のもとに砂かけさんの「試験採用」の連絡が来たのは、面接の三日後、九月に入ってからのことだった。

電話をくれたのは、この間面接をしてくれた安波ではなく、知らない男性だった。安波が砂かけマイスターの試験をしていると言っていた市の観光協会の職員だという。

「とりあえず、数日間だけ、実際に砂かけさんの仕事をやってみてくれませんか。その分の時給はもちろん出しますけん」

願ってもない申し出だった。早苗は携帯電話を耳にあてながら、「はい、はい」と何度も頷いて、その人が告げる出勤時間を手帳にメモする。

翌日、上人ヶ浜の砂湯に行くと、安波が待っていた。受付で、みんなとお揃いの紺色に赤い襟の作務衣を渡される。

「よう来てくれたなあ。うん、うちもあんたが来るんやねえかと思いよったんよ」

そんなふうに言われると、たとえお世辞かもしれないと思っても心がふっとあたためられる。もらった作務衣が嬉しくて、受け取りながら「よろしくお願いします」と頭を下げた。

早苗たちの面接をしてくれたのは安波だったけれど、実際に採用を決めるのは市の観光協会の人たちだそうだ。

「私らが面接での印象をどげんふうに伝えても、最終的に選ぶんは観光協会の方やけん、誰が来るかはわからんのやわ。来てくれてよかったわあ」

「まだ試験採用ですけど、頑張ります」

口ぶりから、安波が自分を推してくれたように感じられて、本当は飛び上がりたいほど嬉しかった。

安波が言った。

「面接だけはね、私らが直接やらせてもらいよんのやわ。実際に仲間になって一緒に働くのはうちらやからね。面接ん時、まずは試しに砂湯に入ってもらいよんのも私らのアイデア。みんなでそうしようって決めたんよなあ？」

安波が言って、受付に座っている別の女性を振り返る。この間来た時に早苗に浴衣とタオルを貸してくれた人だ。秋好《あきよし》と名乗った彼女は、ここで事務方の仕事を担当しているそうで、砂かけのみんなより作務衣の色が一段鮮やかな群青色だ。

砂かけは、全部で八人。

週休二日制で、三交代のシフト制を取っている。九月の今の時期は八時半から夕方の五時まで営業していて、十二月からはそれが九時から夕方四時までという冬の営業時間になる。

シフトの時間についてなど、早苗が秋好から説明を受けている間にも、受付にはお客さんがやってくる。初日の見習いのような状態では、とても戦力にはならないだろうけど、できることはなんでもやろうと思っていた。

まずは木の枕を洗うように言われ、他の砂かけたちに教えられながら作業する。洗った枕を日向《ひなた》に並べて乾かしていると、「じゃあ、後は作業を見ちょってな」と安波に言われた。

「みんながどうやって砂をかけよんのか、よう見ちょってな」

「はい」

「ほんなら、これがあんたの」

使い込んだ様子の鋤簾を渡される。前に働いていた人のものなのか、黒ずんだ柄にマジックで知らない名前が入っていた。

「とりあえず、お古でごめんな。試験採用の期間が終わったら、ちゃんと新しいのが来るけん」

「わかりました」

まったくの新しいものより、使い込んだこっちの方が、持つと、なんだか自分までベテランになれたような気がして気に入った。

ここの砂湯は、二面ある砂湯に交互にお湯を張り、一時間ごとに流す。その作業を、早苗よりずっと若そうな女の子がやっている。お湯を管理するバルブの近くに腰掛け、作務衣の足を膝までたくし上げている。細くて白い足が、砂浜越しの陽光を受けて眩しい。

「お客様、おかけします」

やってきて砂に横になる客たちに、砂かけの女性たちが砂をかけていく。

観光客たちは旅行の非日常感も手伝ってか、だいたいが饒舌《じょうぜつ》だ。中高年の女性、男性たちとなるとそれはなおさらで、横になる前から、「わー、熱くて耐えられなくなったらどうしよう」とか、「寝ちゃっても起こしてくれるの？」など、次々砂かけ師に話しかけてくる。

いざ砂の中に入ってからもそれは同じで、自分の仕事のことや家族のこと、どこから来たかということを話し始める人もいるし、「お姉さん、この仕事長いの？」と砂かけたちに逆に聞いてくる人もいる。若い砂かけにもベテランの砂かけにも、客たちは呼びかける時、だいたいみんなそろえたように「お姉さん」と声をかけてくるのがおもしろい。

「あらー、そげん遠くからお越しですか。ありがとうございます」

「熱かったら仰《おっしゃ》ってくださいね。あと、特にここが疲れとるとか、古い傷があるとか、そんなことも、あればなんでも教えてくださいね」

砂かけの女性たちは皆、客に丁寧に受け答えをしながらも、鋤簾を使ってあっという間に砂をかけていく。口と手元の両方がバラバラにちゃんと動いているのを見て、早苗は自分もあんなふうにできるだろうか、とため息が落ちる思いだった。

客が立ち上がり、出ていった後の砂を均す作業を、早苗もオタオタと手伝う。

砂は、実際に鋤簾で掬ってみると、砂湯に入っていた時に感じていたより何倍も重い。肉体労働だと聞いて覚悟していたけれど、それでも一つ一つの動作にかかる力は想像以上だ。安波たちが軽々作業しているように見えていただけに、なおのこと驚いてしまう。

持ってきた昼食を控室で食べるように言われ、順番に休憩に入る。一緒に休憩に入ったのは、面接の時、早苗に砂をかけてくれた清末で、まったくの初対面というわけではないからちょっとほっとした。

「今日は初日で、疲れると思うけど頑張ってな」

「はい」

この間のような客扱いではなく、口調が身内に対するものになっている。

清末が毎日持参しているのであろう、小ぶりのお弁当箱には手作りふうのおかずがたくさん並んでいた。まだ炊飯器すら買っていないせいで、早苗の今日のお弁当はコンビニで買ったおにぎりだ。そのことが急に恥ずかしくなった。力にも、今日は同じものを買って持たせている。

手元を隠すようにして、俯いておにぎりを食べていると、ふいに清末が言った。

「あんたと一緒に面接に来たあん子、覚えちょる？」

「あ、はい。あの――元気のいい」

あの若い子、と続けようとして、なんだか自分がコンプレックスに思っているみたいだ、とあわてて言いかえる。清末が、「そうそう」とお弁当をつつきながら頷く。

「実はなあ、あの子も面接の後で次ん日に試験採用になったんよ。一日だけ、ここで働いた」

「えっ⁉」

初耳だった。

確かに肉体労働の職場では年が若い子の方が重宝されるんじゃないかとは思っていたし、あの子と自分とを比べて、早苗が選ばれた理由もよくわからなかった。

では、自分は一日だけここで働いたというその子の代わりに過ぎないのか――。

一瞬、暗い気持ちになった早苗に、しかし、清末の口調は軽い。

「翌日からはもう来なくなっちゃってね。事務の秋好さんが電話したら、続ける自信ないけんやめるって。実は、そういう子、多いんよ。安波さんは、やけん、あんたに来てもらうんがいいんじゃないかって、最初から観光協会に言いよったみたいやし」

「――安波さんは、どうしてそんなふうに言ってくれたんでしょうか」

「さあなあ。でも、安波さんはよく、苦労しちょったり、何か背負うもんがある人の方が強いって言いよるわ」

　背負うもんがある人、という言葉が、胸を打った。

　口が利けなくなった。清末が続ける。

「そういう人の方がきつい仕事は続くんやわって、よう他の砂かけのみんなにも言いよるよ。ここ、女の仕事場だけあって、いろんな人がおるけんな。――あんたは、子どもがおって、遠くから引っ越してきたんやろう？」

「あ、はい」

　早苗が一拍遅れて頷くと、清末が「ごめん、安波さんから聞いちゃった」と言う。

「続く人と続かん人がおるんよ。だけん、試験採用、なんちゅう期間ができちゃった。うちが来たばっかりの頃はそげな言い方はしなかったんやけど、最初の一週間が勝負どころかなぁ。頑張ってな」

「清末さんは、お子さんは？」

　いろんな人がいる、背負うもんがある人、という言葉が胸にまだ残り続けていた。

　気安い気持ちで尋ねただけの問いかけに、清末の顔が思ってもみなかったほど柔らかくなった。目じりが溶け出したように下がり、口元がゆるむ。

「子どもどころか、今は孫ができたわ。娘んとこの子なんやけどね。写真、見る？」

　自分の鞄を手に取り、中から携帯電話を取り出す。ガラケーに、かわいいピンク色をしたクリスタル素材の犬のストラップが二種類、下がっていた。

　携帯を渡されると、画面には、まだ首のすわらない女の子の赤ん坊を抱っこする清末の写真が写っていた。

　若いおばあちゃんの横で、清末の娘らしい茶髪の女の子がVサインをしている。目の周りに濃いアイラインを引いた派手な子で、ヒョウ柄の上着を着ている。まだ本当に若くて彼女自身が子どもといった様子だが、三世代の勢ぞろいした写真は全員が笑顔で、雰囲気がとてもいい。

「かわいい」

　フリルつきのよだれかけをした赤ん坊を見て言うと、清末が「そうでしょう？」と横から画面を覗き込んでくる。

「ほんなら、やってみろうか」

　午後にやってくるという団体客の到着を前に、安波にそう声をかけられて、早苗は驚いた。

　まだ初日。しかも、午前中はただ仕事を見ているように言われただけで、詳しい砂かけのやり方を説明されたわけでもない。

「私が、かけていいんですか」

恐る恐る尋ねると、安波が「うん」と呆気なく頷いた。

「半日様子を見よって、おおかた要領はわかったやろう？　私ん横について、私がしよんのを見ながら、同じように真似《まね》して。一歩遅れてやらぁいいけん」

「いきなりお客さん相手にやってもいいんですか？」

まずは誰か練習台になってくれる身内相手に試した方がいいのではないか。自分の腕前でお金をもらっていいのか、不安になって尋ねると、安波が笑う。

「うちではみんなそう。初日から、午後には実際にお客さんに砂をかけてもらう」

安波が話している間に、内湯と更衣室のあるあたりからにぎやかな声が聞こえてきた。男女入り混じった声は日本語ではなく、どうやら中国語だ。

「お、いらしたで」

安波が言う。人数が多いから、団体客たちは時間差で砂湯に入る。

「海外からのお客さんも多いんですね」

「多いよー。中国や韓国からは最近特に多いけど、それ以外にもアメリカやヨーロッパや、もちろんアジアの他の国からも。昨日はタイからのお客さんが来てくれてなあ、みんなでコップンカー、サワディーカーでお出迎え」

おそらく、それがタイ語の挨拶なのだろう。安波の横で、午前中、バルブを捻《ひね》って砂湯にお湯を張ったり流したりしていた若い砂かけが「言葉にもだんだん詳しゅうなりますよ。

安波さんなんて特にすごいです」と教えてくれる。

「やってくるお客さんから、砂湯ん間にその国の挨拶を聞いて、次にその国からのお客さんが来たら、その言葉で話しかけるんです。勉強熱心やから」

「へえ！」

早苗が思わず感嘆の声を上げると、安波が「さあ、お客さんだ」とみんなに言う。

浴衣姿の団体客がやってきて、安波が「ニーハオ」と呼びかける。湯が引いたばかりの砂湯の上に皆が次々と横になる。頭の下には、午前中に早苗が洗った枕が敷かれていた。

安波に言われるがまま、早苗は小柄な男性客の隣につく。安波が、無言のまま、いいね？と尋ねるように早苗を見る。早苗も無言で頷いた。

「お客さま、おかけします」

「……お客さま、おかけします」

安波が言うのを真似して、早苗も言う。

そこから先は、ただもう夢中だ。安波が慣れた様子に鋤簾で客の手のひらに砂をかける。それを見て、早苗も同じように手のひらに。次に、腕に。懸命に、先輩の真似をする。

決して速いスピードではないが、何か手順に見落としがあってはいけないと、目で必死に安波の動きを追いかける。

自分の手元にだけ集中していたら、途中で、早苗の客だけが中国語で仰向けのまま何かを言った。

何かミスをしたか、と背筋をひやっと冷たいものが流れ落ちる。

しかし、そんな時も安波が横から落ち着いた声で、「何？　何？」と人懐こく客の顔に近寄っていく。相手の話す中国語を復唱し、日本語と英語を交えて、客と話をしていく。

その様子を見ながら、早苗はさらに驚いていた。安波は、かなり英語ができるのだ。挨拶程度に口にしていたさっきの「ニーハオ」や「サワディーカー」より本格的な発音で、流暢《りゅうちょう》な英語が出てくる。客も英語なら少しはできるようで、ちゃんと会話になっている。

言葉が通じることで安心したのか、彼がリラックスした雰囲気になっていくのが伝わってくる。安波と短く話し終えた後は、そのまま目を閉じ、あとは黙って砂に身を任せるように静かになった。

時間が来て、先に砂湯に入っていた客たちが砂から出て、内湯に戻っていく。早苗が砂をかけた客からも「アリガト」とお礼を言われた。しかし、嬉しさより先に、どっと肩から力が抜ける。まだ最初の一人に砂かけをしただけなのに、作務衣の中はすでに汗だくだ。

「お疲れさま。どうやったかえ？」

安波に尋ねられ、早苗は正直に答える。

「砂はやっぱり、実際にかけてみると重いです。あと手順を間違えないか、ドキドキしました」

「うん。手からかけるんはお客さんに実際に手のひらで砂の温度をわかってもらうためなんよ。あとは、いきなり胸からかけるとびっくりするけん。今日はそんだけ覚えて帰ってな」

そう話している間にも、午後のお客はまたやってくる。「じゃあ、また真似してね」と言われ、安波の横について、同じように砂をかける。懸命に動作を目で追い、食らいつくように真似をしていく。

全部で十人ほど砂をかけた頃だろうか。ふと、安波が言った。

「じゃあ、もう今日は上がっていいで。お疲れさま」

「え、もうですか？」

鋤簾を持つ手はもうすっかり疲れていたが、時間はまだ三時前だ。

「初日やから」と安波が言う。周りのみんなも頷きながら早苗を見ていた。

「明日からはシフトの時間通り入ってもらうけど、今日はもう帰っていいで。くたびれたやろ？」

「お疲れさま」

「お疲れさまでしたー」

「また明日ね」

他の砂かけたちも鋤簾を片手に口々に言う。早苗は戸惑いながらも、「じゃあ」と彼女たちの気遣いに甘えることにした。

一足先に控室に戻り、作務衣から私服に着替える時、砂場では平気だったのに、思い出したように腕が急に重く、だるくなった。ブラウスのボタンを留める指先に感覚がない。

立ちっぱなしだったせいで足も痛い。何より、一番こたえるのは腰の痛みだ。砂を掬おうと何度も屈《かが》んだせいだろう。試しに、一度屈んで伸ばして、という動作をしてみると、思わず「アタタ」と声が出た。

着替え終え、受付の秋好に「ありがとうございました」と挨拶をする時、彼女がくすりと笑った。

「よう休みよな。──じゃあ、また明日」

ひょっとすると控室で自分が洩らした「アタタ」の声を聞かれていたかもしれない。

「お先に失礼します」と頭を下げた。

坂戸湯に戻ると、力は出かけているのか、まだ帰ってきていなかった。また鉄輪温泉の方に行ったのだろうか。

二階に続く階段を一歩上るたび、腰と足に痛みが走る。面接の日に安波に聞いた通りだ。これはしばらく階段の上り下りがつらいだろう。

部屋に入ると同時に鞄を投げ出し、畳の上に大の字になる。誰もいないのに、まるで誰かに聞かすような「あー」という大きな声が出て、全身から力が抜けていく。

疲れた。

もうだいぶ前の感覚になるが、劇団の大きな公演を終えた後のような疲労感だ。こうしていると、別府での公演の後もこんな感じでこの部屋に横たわったような——そんなことが本当にあった気がしてくる。まだ拳ともただの先輩後輩で、あの頃には影も形もなかった力と、今、二人でここにいること。そのことが不思議でたまらなくなる。

古い木目の天井を眺めていると、瞼が重たくなってきた。

このまま眠ってしまいたかったが、一度目を閉じてしまったら、もう絶対に起き上がれないという気がした。力が戻ってくるまでに、夕ご飯のことを考えなくては。何より、お風呂に入って汗も流したかった。

ゆっくりと起き上がり、タオルと洗面用品を手に階段を下りる。その間にも無意識に「イタタ」の声が出る。

滞在してから、坂戸湯のお風呂にはずっとお世話になっているが、こんな早い夕方の時間に入るのは初めてだった。行ってみると、さっき帰ってきたばかりの時にはまだいなかった客が来たらしく、女湯の中から水音がする。

いつでも好きな時に下りてこられるのだし、昨日までであれば出直すところだ。しかし、今日は短い階段の上り下りさえもきつい。思い切ってガラス戸を開ける。

「お邪魔します。こんにちは」

先に入っていたのは、地元の人らしい、おばあさんと、そこの娘さんかお嫁さんであろうという年齢差の二人組だった。娘さんと言っても、早苗よりはおそらくだいぶ年上だ。挨拶した早苗に向け、裸の二人が「あらー」とか「こんにちはー」と間延びした親しげな挨拶を返してくれる。

桶《おけ》を持つのさえ手がだるく、いつもより時間をかけて頭と身体を洗う。

先客の入る湯船の隅を借りるようにして温泉に身体を沈めると、お湯が昨日以上に肌に沁み込んでいくような気がした。

あまり入っているとたやすくのぼせてまた眠くなってしまいそうだ。いつもより短い時間でお湯を出る。すると、おばあさんの方が「早えなあ」と声をかけてきた。

「今入ったところやろう？　いいんで、私たちに気を遣わんでも。ゆっくり入って」

「あ、違います。ちょっとのぼせてしまいそうだったので」

まさかそんなことで話しかけられると思わなかった早苗は、あわてて首を振る。

「ありがとうございます。本当に大丈夫ですから」

「本当？　なんか悪かったなあ」

そんな声を受けつつ、早苗はぺこぺこ頭を下げて更衣室に行く。身体を拭いていると、今度は出てきた娘さんの方から「ほっそいなあー！　羨ましい！」と声をかけられた。

「べっぴんさんやあ。芸能人みたい」

「本当なあ。でも、私もあんたぐらいの時にはそれぐらいやったかもしれんけどなあ」

おばあさんの方にまでそんなふうに言われると、さすがに照れくさい。何げなく言っているだけなのだろうけれど、彼女たちの人懐こさに癒される思いがした。

ただし、早苗は、本物の〝芸能人〟がどういうものだか知っている。夫の稽古場で見た遥山真輝は、遠目にも周りの人と明らかに違った。それが現実の生きた人間だとは信じられないほどの、嘘くさいまでに均整の取れたプロポーションをしていた。

「じゃあけどちょいと細すぎじゃねえん？　ちゃんと食べよるん？　あんたくらい細《ほせ》えんじゃ、絶対にダイエットやら考えたらいけんで」

なおも繰り返す二人に、早苗は苦笑しながら「いやー」と返す。

「その分、欲しいところにはついてないですし、そんな、私は」

口ごもりながらもにょもにょと答えると、娘さんの方がはっとした顔つきになる。

「ごめんね。ひょっとして具合が悪くてなの？」

目に気遣う色が滲み、おばあさんの方も目を見開く。

「あ、そりゃごめんなあ！」

「あー、違います違います。元気です。元気で、何も問題ありません！」

代わる代わる謝りだした二人に、早苗の方がびっくりして、急いで首をぶんぶん振る。

それでも二人が「いらんことばっかり言うてからごめんなあ」と言ってくれる心遣いが嬉

しく、楽しかった。

「いえいえ。すいません、じゃあ、お先に」

二人に別れを告げて、また時間をかけて二階への階段を上り、畳の上に横になって、今度こそ目を閉じる。

お風呂に入った後でも、目の奥には、一日ずっと見ていた海辺の白い陽光がこびりついたようになっていて、まだ自分が砂場の微かな興奮状態にあるのを思い知る。

また、明日。

安波や秋好や、みんなにかけられた言葉を思い出す。

まだ初日。明日から毎日、砂かけの仕事に通う。想像すると、信じられない気持ちになる。

――でも、やるしかない。

坂戸湯のおばさんが、自分たちの長期滞在を怪しんでいるらしいことを、力から聞いた。「逃げてきたんじゃない?」と聞かれたことを知って肝が冷えたが、もうしばらくは、どうにかここにいさせてもらいたい。頼んでみて、それから自分たちがきちんと暮らせる家を改めて探そうと思っていた。

安波が言っていたという言葉を思い出す。

背負うものがあるということは、強い。

力がいて、仕事を探すにも家を探すにも、一人の時と違って大変だとばかり思ってきた。けれど、違う。逆なのだ。力がいるから、投げ出さずにいられる。自分にも、できることがきっとある。

負けられない、と、目を開けて、天井を眺めながら、嚙みしめるように思う。

7

貸してもらったブラシでタイルの床をこする。

すると、そこだけ水に濡れて色がはっきり変わる。タイルの隙間に入っていた湯垢《ゆあか》がキレイになる。やればやった分だけ目に見えて変化があるのはおもしろくて、夢中でやっているうちに時間が経っていく。

坂戸湯の男湯の掃除が、今、力の毎日の仕事になりつつあった。

壁一枚を隔てた隣の女湯では、煙草屋のおばちゃんが掃除をし、桶を片付けるカコン、という音が響いている。

「力ぁ、そっち、もう終わった？」

「まだ。もうちょい」

天井の高いお風呂場で声のやり取りが大きく反響する。おばちゃんが「終わったらアイス食べるか？」と張り上げた声に、力も「うん」と返事をする。お風呂の湿った匂いが、力は好きになっていた。

タイルを磨き終え、桶を隅にまとめていると、おばちゃんが男湯を覗きにきた。

「じゃあ、これ。今日のお小遣い」

おばちゃんがそう言って、力の手に百円を渡す。力は「ん」と頷いて、それを受け取った。

三日前、最初にお風呂掃除を手伝った後で、おばちゃんが「お礼せんとなあ」と百円をくれた。それからは毎日、男湯の掃除が終わった後で、力は百円をもらい続けている。

このことを、母は知らない。

最初、もらうことに躊躇《ちゅうちょ》していると、おばちゃんが何かを察したように「お母さんには黙っちょけばいいよ」と言ってくれた。

「これはあんたの正当な労働の報酬」

その言葉にほっとした。「ありがとう」とお礼を言って、一日百円ずつ、力のお金が溜《た》まっていく。

九月になっても、母は力にお小遣いを渡すのをしばらく忘れていた。催促するのも悪い気がして、母が自然に気づいてくれるのを待っていたのに、三日になっても四日になってもお小遣いはもらえない。

砂湯で働き始めた母は、毎日、帰ってくると大の字になって、「疲れたー」と言う。なんでも、お客さんに温泉であたためた砂をかける仕事だそうで、特に腰が疲れるらしい。だから、力としてもなかなかお小遣いのことが言い出せなかった。ようやく思いきって「今月のお小遣いちょうだい」と言うと、母は忘れていたことを謝るでもなく、ただ「ああ……」と気づいた顔をして、七百円、力にくれた。謝れよ、とちょっとムッとした。

「もっと早くほしかった」

思わずそんな言葉が口をついてしまうと、母が「何に使うの？」と怪訝そうに聞いてきて、それにも腹が立った。「無駄遣いなんかしないでね」と言われたが、それにはもう答えたくなかった。

お風呂掃除でもらえる一日百円は大きい。一ヵ月続ければ三千円になる。その金額の大きさを考えると、全身が震えるような喜びを感じる。お風呂掃除へのやる気が高まる。

煙草屋のおばちゃんは、時々、力に店番を頼むようなこともあった。

「ちょっとそこまで出てくるけん、お店に座っちょってくれんな？」と言われ、力はその間、店番をしながら、おばちゃんのもう大人になって今は福岡で働いているという息子が家に残していった古い漫画本を読む。もらいものだというカステラや、家の冷蔵庫のアイスをわけてもらうこともあった。

「お母さん、上人ヶ浜で砂かけさんやりよるんってね」

煙草屋の軒先でおばちゃんからもらったアイスを食べていると、急に聞かれた。

力は溶け始めたアイスの表面を舐《な》めて、「うん」と答える。上人ヶ浜、という地名は初耳だったけれど、母からは海沿いの場所だと聞いていたからたぶんそうだろう。

「あんたら、ひょっとして逃げてきたんじゃないんかえ?」と聞かれたあの日以来、おばちゃんは、力たちがどうしてここに来たのかを深く尋ねるようなことはなかった。坂戸湯の二階には、これからもしばらくは泊まらせてもらえるようだし、力も変わりなくおばちゃんに自転車を借りたり、お風呂掃除を手伝っている。

ただ、二人でいると、ふと、聞かれたらどうしよう、と怖くなる。今もそうだった。特に学校については聞かれたくない。九月になって二学期が確実に始まっているのに、こっちの学校に転校していないことを注意されたらどうしようと、そんなことばかり考えてしまう。

もう少し逃げよう、学校に行かなくてもいい、と言ったはずの母が、このところ、少し焦っているというか、もどかしげに苛ついている様子なのも、力には気に食わなかった。

昨日、夕方一緒に買い物に行った帰り、「本屋さんに寄ろう」と言われて、小五の教材が並ぶ棚に連れていかれた。「勉強が遅れるの、心配じゃない?」と聞かれたが、あれは、力ではなくて母が心配だから聞いたのだろう。

学校に行かなくていい、と言ったくせに。

思い出したように急に不安になって、その不安をぶつけてくるのはやめてほしい。

力が思い出して辟易《へきえき》していると、おもむろにおばちゃんが言った。

「砂かけ師は大変な仕事やけんな」

おばちゃんが言う。

「力、お母さんをいたわっちゃらんとなあ」

「砂かけの仕事のこと、知ってるの？」

「親戚に一人なあ、やりよる人がおるやわ」

へえ、と力は呟く。

「力はもう行ってみたんな？　砂湯、入ったん？」

「入ってない。子どもも入れるの？」

「確か入れる。今度お母さんに入れてもらいよ」

東京にいた頃、母の働く惣菜屋の前を通る時には、照れたような気持ちがあった。家とは違う様子の母が、お客さん相手に普段より高くて元気のいい声で親しげなやり取りをしている。その様子は見ていてむずがゆいけれど、友達に対しても、「あれがうちの母親だ」と教えたいような、どこか誇らしい気持ちもあった。一緒にスーパーで買い物しているような場面は死んでも見られたくないと思うのに、どうしてだろう。

今度の砂湯では、母は着物の衣装を着ている、と聞いていた。仕事仲間に携帯で撮ってもらったという写真も見せられた。

直接訪ねていくのは抵抗があるけれど、遠目からなら働く母を見てみたい。そんな気持ちが、自然と芽生えていく。

8

「鋤簾の角度は、使う人によって違うんよ。自分用に自由に変えていいの」

毎月第四水曜日は、別府海浜砂湯の定休日だ。

ただし、定休日といっても、砂かけたちはほぼ全員が出勤する。一ヵ月に一度、新しい砂が運ばれてきて入れ替えをするのだ。

砂の入れ替えが終わると、今度は砂かけたちの研修が始まる。入れ替えたばかりの砂の中に、自分たちが交互に入ってみるのだ、と聞いて、早苗は楽しみだった。普段、客がいる時にはできない貴重な練習の機会なのだ。

働き始めて、もう一ヵ月近くが経った。

砂かけの仕事に少しずつ慣れてきたとはいえ、それでも身体の筋肉痛はまだまだ続いている。別府に来た当初、昼の仕事を探した上で夜の勤めも考えていたことが嘘のようだ。

あの頃は随分甘い考えを持っていたものだと思う。昼間に蓄積した腕と腰の痛みとだるさは、夜寝る頃まで取れないどころか、翌朝になるとさらに重たく感じられる時さえある。

砂は、お客さん一人につき、だいたい五十回かける。それを一日平均二十人ほど。考えてみれば、一日に千回ほど砂をかけていることになる。

一体いつになればこの筋肉痛はなくなるのか。この一ヵ月、頑張ってきたように思うけれど、痛みには変わりがない。

しかし、確実に変わったこともある。

今日、早苗は初めて自分用の鋤簾がもらえた。驚く早苗に、事務の秋好が「おめでとう」と言ってくれた。

「試験採用は今日まで。観光協会が本採用を決めてくれたみたいやけん、頑張って」

「ありがとうございます！」

「ようは、続くか続かんかを見る期間なんよね。本当にお疲れさま」

観光協会の職員は何回か砂湯に来ていたようだし、早苗の仕事ぶりも見ていたようだった。あまり意識しないように、と心がけていたが、彼らが自分のことを〝続く〟と判断してくれたのだとしたら、思いが報われたという計り知れない安堵があった。

「もし、保険とかの手続きが必要やったら言うてな。正式な職員になるとそれができるけん」

「え？」

「社会保険」

秋好が教えてくれる。早苗の目を覗き込んだ。

「本条さんのと、息子さんの。それか、旦那さんのか何かに入っちょる？」

「あ……」

早苗も夫も国民健康保険に加入している。深い意味なく「旦那さんの」という言葉を口にしたらしい秋好が、早苗が言葉に詰まったことに気づいてか、そそくさと続けた。

「急がんでもいいけど、もし手続きが必要やったら言うてね」

「わかりました」

ここに来て、初めて家族のことについて突っ込んだことを聞かれた気がした。

保険のことなど考えたこともなかった。離婚して片親だけの状態なら、確かに力も早苗と一緒にここでお世話になるのが一番いい。けれど、今の状態ではそれも決められない。

あまりにも宙ぶらりんだ。

新しい環境に馴染めば馴染んだだけ、新しい問題点も出てくる。

それでも、この一ヵ月で、早苗は同僚たちともだいぶ打ち解けた。最初、あんた、あなた、と呼ばれていたが、今はみんなに「本条さん」「早苗ちゃん」と名前を覚えて呼んでもらえるようになった。

新しい鋤簾は、それまでの使い込んでいたものよりも金具の部分が鋭く光っていて、砂を扱うのにも怖いほどだ。誰かにぶつけてしまったら——と思うと、作業をする手も慎重になるが、それでも、柄のところに自分の名前があるのがとても誇らしい。自分が本格的に砂かけ師の仲間入りを果たせたようだ。

鋤簾に角度をつけるといい、と教えてくれたのは、安波だった。

「背の高い砂かけは角度が浅くていいけど、低い人は深くした方が砂が掬いやすいんよ。あんたは小柄やけん、もうちょっと深くした方がいいかもしれんな」

新しい鋤簾を手に、砂場に新しい砂が入るのを見守る。

「じゃあ、やろうか」

業者が帰り、安波の号令で砂かけの研修が始まる。経験が浅い砂かけとベテランが組む形でそれぞれペアが決まる。早苗の相手は安波だ。

先に客役になるように言われた早苗が、素肌に浴衣をまとって砂場に戻る。午前中に自分で洗った木の枕に頭を置いてすぐ、「じゃあ、お客様、おかけします」と安波に言われる。

そしていきなり、腕にバサッと乱暴に砂をかけられた。

「きゃっ!」

思わず声を上げる。しかし続いて、逆の腕にも同じようにバサバサッと急いだ様子で砂がかけられる。「ちょっと、安波さん――」と身体を起こそうとすると、今度は胸に熱い砂が一気に乗ってきて、起きられなくなる。いつもの羽毛布団をかけるような安波の手つきではない。胸がゆるやかに圧迫されて苦しい。

砂に埋まったまま、助けを求めるように顔をきょろきょろさせると、そこで初めて安波が早苗の顔のところまでやってきた。乱暴な砂のかけ方をしたにもかかわらず、その顔がにこにこと笑っている。

「嫌やった？」

「――嫌っていうか、びっくりしました。いきなり強く砂がかかったので」

胸の上がまだ砂で重い。すると、安波が言った。

「そげんこと言うけど、早苗ちゃん、よくこうやってお客さんにかけよるやないかえ。バサ、バサ、バサッて」

「えっ」

びっくりして安波の顔を凝視する。彼女はまだ笑っていた。

「私、こんなふうにかけてます？」

「今、ちょっと大袈裟にやったけどな。手順に気を取られよって、早く埋めなあ、こうせなあ、って思ってると肝心の砂かけの手元がおろそかになるよ。ゆっくりでいいから、焦らんでやること。基本は、砂をたくさん取って柔らかく置く」

「――わかりました」

まったく自覚がなかった。ふがいない思いがしたけれど、なるほど、これがお客さんがいないからこそできる研修の意味なのだ、と思う。

「じゃ、一度砂を払うな」

安波が手で早苗の胸の上の砂を払い、砂を薄くしてくれる。目を閉じると、近くで、清末とペアを組んだ、二十年目のベテラン、小手川《こてがわ》の声が聞こえた。安波の他にもう一人いる、この職場の砂かけマイスターだ。

「マイスターの試験では、実技の時、きっとここを見られるから――」

その声を聞きながら、ああ、清末は今年の試験を受けるのだな、と思う。三年目から受験資格があるらしい。

「清末さん、マイスターの試験、受けるんですね」

砂に首まで埋まりながら安波に尋ねると、安波が「うん」と頷いた。

「試験には、筆記と実技があるんよ。レポートも出す」

「レポート？」

「外国人客が来た時にどうするんか、これからの砂湯をどう考えちょんのか。――あとは、自分の売り物が何かっちゅうことなんかについても書く」

「売り物、ですか」

「他の人と違《ちご》うて、私はこれができますって胸を張って言えるもんがあるかどうか。一緒に働きよってわかると思うけど、うちの砂かけさんはみんな粒ぞろいやけんなあ。一人一芸を持っちょる」

安波が、清末を指導する小手川の方を見る気配があった。

「たとえば、小手川さんは手話ができるけん、耳の不自由なお客様を任せられるし、私ん場合は英語がちょっとできるんが強みになっちょる」

「ああ――」

小手川が手話を使ってお客様の相手をするところを、早苗も何度か見たことがあった。安波の英語も聞いている。

「安波さんも小手川さんも、マイスターのために勉強をしたんですか？」

「ううん。逆。小手川さんは若い頃、身障者施設で働いちょったことがあって、そん時の経験が役に立っちょるみたいやし、私はもともと趣味で、市がやりよる英会話教室に通っちょってな。元は専業主婦やったんやけど、せっかく勉強したんやし、何か、英語が使える職場はないかなって思いよる時に、砂かけ師の募集を見たんよ」

安波が晴れやかに笑う。

「人生の終盤にこげな楽しい仕事をもらえて幸せよ」

「そうなんですね」

「早苗ちゃんがマイスターの試験を受けるんやったら、一芸、何か、思い出しとくとええわ」

「私は何もできないですよ」

「ううん。みんなはじめはそう言うけどな。自分が取り柄やと思っちょらんようなことでも、他の人から見るとすごいっちゅうことがある」

早苗はもともとこの土地の人間ではないし、砂かけ師として働くことになったのも半ば成り行きのようなものだったから、三年間働いた先のマイスターの試験など夢のまた夢だ。けれど、たとえ社交辞令だとしても、安波が早苗にもマイスター試験の話をしてくれるのは嬉しかった。

「私たちは医者じゃないけん、腰が痛い、足が痛い、という人を治すことはできんのやけど、十五分、砂ん中に入ってもろうて、その時間を気持ちよう過ごしてもらうことはできるけんな」

安波が言った。

「一期一会やないけど、十五分間の出会いをみんなにも大切にしてほしいんよ。実際砂をかける時間は三分か五分くらいやけど、そん間、ただ砂かけの手順に一生懸命になるんじゃのうて、できるだけお客さんとたくさん話をして。どっから来たんですか、砂湯は初めてですか、お仕事は、ご家族は——って、五分間のドラマみたいなもんやなあ」

ここ一ヵ月働いて見ていると、マイスターたちの砂かけは本当にすごいのだ。安定感があって、お客さんたちの満足度も全然違う。試験は三年目から受けられるが、安波や小手川のようにお客さんから話を聞きだし、それに合った砂かけができるようになるまでには、三年以上の、相当の年月が必要そうだった。

早苗が砂湯から出て、今度は交替し、安波が砂に入る順番になる。

大ベテランの先輩に自分が砂をかけるのは、初仕事の時以上に緊張した。さっき言われた、柔らかく置く、という基本を心がける。

「夏は、熱《あち》いって言われんようにかけて、冬はその逆。寒《さみ》いって言われんように」

砂の中の安波がアドバイスをしてくれるたび、それがまるで語呂《ごろ》のいい標語のように耳にすっと入ってくる。

「砂は、深く掘れば掘るほど熱い砂になるんよ。そして、春夏秋冬で温度が違う」

「はい」

「たとえ砂の中や気温が数字の上では同じ温度でも、今から冬の季節までの寒さに向かう時と、冬から春への暑さに向かう時じゃ、砂の温度はまったく感じ方が違うけんね。これから先、季節が秋から冬に変わっていくから、よう覚えちょってね」

安波がそこまで言って、仰向けのまま、目を閉じた。「ああ、いい気持ちやなあ」と言ってくれる。

「自分が入るのはひさしぶりやからねえ。くつろげるわあ。早苗ちゃん、ありがとな」

「いいえ」

季節が変わるのだ、と早苗は思う。

夏に東京を飛び出してから、秋、そして冬へ。

いつまで自分がここにいるのか、働けるのか、わからない。しかし、確実に季節は変わっていく。寒さに向かう時と暑さに向かう時、という安波が使った表現が美しかった。

砂かけは一年を通じて自然と寄り添う仕事なのだということが、お湯が砂に沁み込むようにじわじわと、早苗の心にも響いていく。

9

上人ヶ浜の海浜砂湯は、母から聞いていた通り、本当に海辺の屋外にあるようだった。

しかし、すぐに様子が見られるわけではなさそうだ。

砂湯の看板にある矢印は、建物の中に続いていて、そこに入らなければ、砂湯をしている場所までは簡単に行けないようだった。どうしようか、と少し迷い、海辺の方に下りてみる。顔を上げ、遠巻きに様子を見ると、かろうじて砂湯らしいところが見えた。お揃いの着物を着た女性たちが何か作業をしているようだ。中に、母の姿もありそうだったけれど、じろじろ見るのは憚《はばか》られた。

このところ、天気はずっと秋晴れだったけれど、今日は午後からは少し曇り空だ。昼過ぎ、力は鉄輪温泉のあの地獄蒸しのおじいさんのところに行っていた。そして、おじいさんから初めて、「坊。学校は?」と聞かれた。

言葉に詰まった。

これまで何も聞かれなかったのは、おじいさんが気にしていないわけではなくて、わざと聞かずにいてくれたからなのだ、と思った。

力が返事にもならない「ああ……」という声を出すと、むしろあわてたのはおじいさんだった。何も話していないのに、いきなり、「いいっちゃ、いいっちゃ」と手を振られた。

「わかっちょる。今は学校にもいろんな問題があんのじゃろう。いろんな子どもがおるって、わしだってまぁ知っちょるわ」

おじいさんが勝手に納得したように言って、それ以上は何も聞かないでいてくれた。けれど、蒸かしたサツマイモを半分、力にちぎってくれる時、こう言った。

「お母ちゃんたちにもいろんな考えがあるんじゃろうが、わしみたいな世代にとっちゃなぁ、学校にゃあ行った方がいいと思うで」

ん、と生返事をし、力は俯いたまま、サツマイモを食べた。おじいさんが湯治で鉄輪温泉にいるのは今月まで。来週にはもう帰ってしまう、と聞いて、寂しく思っていた時でもあった。

違うよ、と本当はおじいさんに言いたかった。

オレだって本当は学校、行きたかった。だけど、今行けないのは自分で選んだからじゃない――、ちゃんとわけがあるんだと話したくなる。おじいさんに勝手に納得なんかされると、同情されたような気になって、言葉にならない悔しさが込み上げてくる。

鉄輪温泉を出て、咄嗟に目指したのが母の働く砂湯だった。

直接訪ねて行くつもりはなくて、ただ、遠目に様子を見たら帰るつもりだったが、どうしようか。

海辺から戻り、建物の前、松林の木陰におかれた椅子の一つに腰掛ける。テーブルもあって、お弁当でも食べられそうな、休憩所のような雰囲気の場所だった。

力が座っていると、少しして、駐車場にクリーム色の軽自動車が入ってきた。車から、若いお母さんと赤ちゃんが降りてくる。

お母さんの方は、まだ力の目から見るとお姉ちゃん、と言った方がよさそうな年だ。胸にぴったり赤ちゃんをくっつけて抱いていて、独り言のように「ほらー、ばあばんとこ来たよー」とその顔を覗き込んでいる。力のところからでは、赤ん坊の顔は見えなかった。

座ったまま、何の気なしに様子を見ていると、こっちに来るお母さんと目が合った。空いている席はたくさんあるのに、力の座っている場所のすぐ後ろにやってきて、テーブルの上に哺乳瓶《ほにゅうびん》がはみ出た重たそうな鞄を置く。

「こんにちはー」と、その人が言った。

「こんにちは」と力も応える。

「誰か待っちょんの？」

「待ってるっていうか……。うん、まぁ」

「ふーん」

そんな短いやり取りの後で、お母さんが力の方に胸の中の赤ちゃんを見せる。「抱っこしてみる？」と聞いてきた。

少し酸《す》っぱいような、あたたかい、ミルクみたいな匂いがした。

10

小学生の男の子が来ている、と聞いても、早苗は最初、それが力のことだと思わなかった。

気づいたのはその日、早番で仕事をあがった清末で、娘と孫と待ち合わせた駐車場前の広場に行くと、そこで彼女たちと力が遊んでいた。

「早苗ちゃん、息子さんみたいだよ。来ちょるよ」と、わざわざ教えに戻ってきてくれた。

「ええっ？」

そう言われても、力からは今日来るなんて聞いていない。第一、あの子がどうしてこんなところまで——。

驚きながら受付に行くと、清末の娘と孫らしい親子連れと一緒に、本当に力がいた。清末や秋好の前で、もじもじした様子で突っ立っている。

「力」

名前を呼ぶと、「うん」とだけ頷いた。ひょっとして何かあったのか。「一体どうしたの？」と尋ねるが、力の答えは「別に。なんとなく」と要領を得ない。

その時だった。早苗の背後から、安波の明るい声がした。

「おや。よう来たねえ。そっかぁ、早苗ちゃんのところはこげな立派なお兄ちゃんがおるんや」

早苗の息子が来ている、と聞いて、見に来てくれたようだった。力は一人っ子だが、安波が「お兄ちゃん」という呼び方をしたのが、ちょうどいい感じがした。別府に来てから、力が「ボク、何歳？」などと聞かれて、微かにむっとした様子になるところを、早苗は何度か見ていた。

「なあ、ひょっとして、お母さんが働いてるとこを見に来たの？」

安波が、力と早苗、両方の顔を見て言う。早苗は即座に首を振った。

「まさか。そんなわけないですよ。母親が働いてるところなんて見たいわけが――」

力はもう五年生だし、母親に特に懐いているというわけでもない。まさかそんなことはないだろうと笑い飛ばそうとしたその時――、息子の顔を見て、早苗はえっと息を呑んだ。安波の言葉に、力の目がはっとしたように瞬《まばた》きをしたのだ。頷いたわけではないけれど、否定もしない。その表情を見て、今度は早苗が目を瞬く番だった。

安波がにこにこしながら言う。

「砂湯の方、行ってみるかえ？　お母さんがきれいにしたばっかりの砂からほかほか湯気が出よるよ」

「はい」

力が頷き、それから早苗をちらりと見た。「いい？　お母さん」と尋ねられ、早苗はまだ驚きを引きずりながらも「うん」と答える。

「ごめん、力。だけど、今日は砂湯が定休日で、お客さんは誰も来ないの。お母さんたち、実際に砂かけはしてなくて――」

「ああ、やったら、お客さんの代わりにお兄ちゃんが砂湯、入ったらいいわ」

「あ、それがいい。お休みで、かえってよかったね」

早苗が言い終わらないうちに、安波と秋好が交互に言って頷き合う。早苗は呆気に取られる思いで、「ええっ」とまた短く声を出す。

「いいんですか」と尋ねる早苗には、赤ちゃんを抱っこした清末の娘さんが答えた。

「入っちゃえばいいよ。私もお母さんに砂かけしてもらったことあるもん」

携帯の写真で見ていた時より、実際会うと、メイクも顔つきもさらに幼く感じる。しかし、年上の早苗相手にも屈託なくタメ口で話す様子が、失礼というより、むしろ母親然として落ち着いて聞こえた。

早苗はまだ少し躊躇いながら力を見る。

「入ってみる？」とおずおず尋ねる。

力が「入りたい」と、はっきり、声に出して頷いた。


力の浴衣姿は新鮮だった。

更衣室で着替え、砂湯の方にやってくる姿を見て、同僚たちから「わあ、かわいい」とか「力くん、かっこいいやないですか」と声が上がる。言葉通りに受け取るほど早苗は楽観的でも図々しくもないが、そう親しみを込めて言ってもらえると、なんだか早苗まで照れくさい。

大勢の女の人たちに囲まれ、褒められた力は困ったように顔を俯けていたが、砂湯の前まで来ると顔を上げて、目の前に広がる上人ヶ浜の海と松林を眺めた。早苗が最初にこの場所に来た時、この風景を見て受けた感動と同じようなものが、力の胸にも今起こったなら嬉しいな、と思う。

「こっちの枕に頭をつけて、横になって」

早苗が言う。

力の薄い身体がおっかなびっくり、緊張しながら砂の上に寝る。

「じゃあ、かけるよ」と合図して、早苗は砂をかけていく。今日研修で言われたことを反芻《はんすう》しながら。先輩の砂かけたちが作業の手を止めて、みんなこっちを見ているのがわかる。緊張したが、息子に対して、手慣れたふうにかっこつけたい、という気持ちもかなりある。

柔らかく、丁寧に。

ゆっくり、羽毛布団をかけるように。

「砂、重たく感じるかもしれないけど、熱くなったらすぐに言うんだよ」

「わかった」

そう返事があるものの、最初に腕に砂をかけた時点で、力が「うわっ」と言う。「思ってたより重い」と、早苗も感じた通りの感想を口にする。

「そうよ。温泉を吸った後の砂だもん」

「かける方は重くないの？」

「重いよ。だから、毎日、腰が痛いって言ってるじゃない」

そんな会話をしていると、他の砂かけたちも、あはは、と横で笑ってくれる。

胸に、足に、首の下まで。

全身に砂をかけ終えると、力が急に笑い出した。

「なんかくすぐったい。熱い、ウケる」

脈絡なく言葉をつなげる。ふざけたような、実に子どもらしい笑い方で、この子がこんなふうに笑う声は久々に聞くかもしれない、と思った。

「我慢しなさいよ。お客さんたちはみんな、これ、十五分間入るの」

「ええー、マジで。熱いよ。もう出たい」

「もう？　冗談でしょう？　こらえ性がなさすぎるよ」

そんなふうに言いながらも、内心、少し心配になる。

「本当に熱かったら、手のひらだけ出してみるだけでも全然感じ方が違うよ」

清末からの受け売りの言葉を言ってみるが、力は目を細め、「うん」と言うだけだ。

それを見ながら、周りの砂かけたちが交互に力の顔を覗き込む。

「偉い偉い。よう我慢できちょる」

「お母さんに入れてもらえるなんか幸せだ」

力も意地になったように、そこから先は「熱い」とも言わず、結局手のひらも出さないまま、十五分、砂の中に入ったままでいた。

——ふいに、安波が言っていたことを思い出した。昔、ここにやってきた二十歳くらいの男の子が、砂湯の中のことをこう言った。お母さんのおなかの中にいるみたい、と。

そんなことを、今、自分から力に言うのはあまりに照れくさいから、早苗はもちろん言わない。けれど、安波が言い出したらどうしよう。思ったけれど、当の安波は、力が砂湯を出るまで、ただにこにこ見ているだけだった。

力が使った後の砂湯を整え、息子の砂まみれの浴衣を片付けて、汚してしまった男湯の掃除をしていると、安波がやってきた。

「力くん、向こうでみんなにお菓子もろうて食べよるよ」

「ありがとうございます」

湯舟の掃除を終え、早苗がシャワーを止めると、その時、ふいに安波が「ねえ」と言った。

「私、親戚がおるんやけどね。ちゅうても、血がつながっとらん親戚なんやけどな」

最初、何の話が始まるかわからなかった。だから、早苗は完全に気を抜いた状態で「はい」と軽い返事をする。しかし、こちらを見つめる安波の目が思いのほか、しっかりと早苗を見つめている。

「坂戸湯んとこの英子《ひでこ》ちゃんのおばさんと、うちのおじさんが結婚してて、一応親戚なんよ」

言われた瞬間、あっと思った。驚きがそのまま顔に出てしまう。坂戸湯、の名前に背筋が凍りつく。

英子ちゃん、というのは、あの煙草屋のおばさんのことだろう。安波が少しだけ申し訳なさそうな表情になる。

「世の中は狭いよなあ。特に、別府みたいなこぢんまりしたとこじゃ、話しよると、誰かどうかが全部つながってる。やけん、ちょっと気になったんよ。早苗ちゃんが履歴書に書いた住所は坂戸湯のもんだよね」

「……はい」

頷くしかなかった。面接の日、早苗が提出した履歴書を見ながら、「市街地の方に住んじょんの？　別府駅の方？」と安波が聞いた。あの時、坂戸湯の住所と近いことに気づいて、後から確認したのかもしれない。

緊張し、ぎこちなく安波を見つめ返す。しかし、予想に反して、彼女は怒ったり、早苗を咎めるような顔はしていなかった。

「責めよんわけじゃねえんで」と、すぐに言ってくれる。

「じゃけどね、この前、英子ちゃんに聞いてみたんよ。あんたら、坂戸湯の二階におるんやな」

「やっぱり、どこかアパートみたいなところをちゃんと借りて住んでいないと、こういう職場では雇ってもらえないんでしょうか」

おそるおそる尋ねる。この砂湯は、市の観光協会がやっている、ちゃんとしたところだ。

安波が首を振った。

「観光協会の人には何も言うちょらんよ。みんなも知らん。本当はもっと早うあんたと話したかったんだけど、働きよるとなかなか難しいけんなあ」

安波は早苗と二人になれる時を今日まで探していたのかもしれなかった。続ける。

「英子ちゃんも、早苗ちゃんの砂かけの仕事んことを知って、慣れるまでは貸したままでもいいって思ってるみたいやけど、それには今みたいな宿泊料金じゃのうて、家賃みたいにまとめた値段でもう少し安くしちゃった方がいいじゃろうかって気にしてた」

「煙草屋のおばさんが、ですか？」

「うん」

驚いた。願ってもない申し出だが、正直、そこまで甘えてしまっていいのかという気がする。

煙草屋のおばさんはどうしてそんなに親切にしてくれるのか——、早苗の思いを読んだように、安波が言った。

「力くんのことがかわゆうて仕方ないみたいよ。お風呂掃除を嫌がらんで毎日手《て》伝《つど》うてくれるっち喜んじょった」

胸の奥がぎゅっとなる。力が坂戸湯で掃除を手伝っていることは、力とおばさん、それぞれから聞いて知っていた。感心していたが、正直、昼間することもないのだから、と大して気に留めていなかった。しかし、力も力で、早苗が砂かけをしている時間に、ちゃんと自分の時間を持っていたのだ。

我が子を、かわいい、と言われると、嬉しかった。知らない土地に来てからの心細さがその言葉一つでほぐれていく。

「あんたらが逃げてきたんやねえかって、随分心配してた」

黙ったまま、否定も肯定もできない。どうしてわかったのだろう、と思ったその時、早苗の顔をじっと見つめた安波が、思いがけない言葉を続けた。

「やっぱりそうなん？　あんたら、旦那さんから逃げてんの？」

あ、と乾いた唇が開く。その口の形のまま、安波を再度見つめる。

そして唐突に、ここが女の職場であることを思い出した。ひょっとすると、これまでにも同じような問題を抱えた人が働いていたことがあったのかもしれない。夫からの暴力や、つきまとい。別れる際に、お金や子どものことで揉めることだって世の中にはたくさんある。

安波の顔は真剣そのものだった。

「力くんのお父さんから逃げてるってこと？」

「――そんなような、ものです」

煙草屋のおばさんや安波が、自分たちのことをそんなふうに心配してくれていたのか。ありがたく、嬉しく思ったが、胸の奥が微かに苦しい。

母と子どもが逃げるとしたら、それは、父親から、と考えられてしまう。しかし、早苗と力の場合は少し事情が違う。自分たちが逃げているのは父親そのものからではなくて、その父がしでかしたこと——あるいは、それに伴《ともな》って息子がやってしまったかもしれないことの、その影からだ。

拳はいい父親だった、と思う。

あの事故があるまで、力も懐き、大好きだったはずだ。

あの人から自分たちが逃げている、世間からはそう見える、と思うと、こんな状況になってもなお、違和感を覚え、心の一部はまだ痛んだ。

早苗がそれ以上はっきりしたことを答えなくても、安波はある程度、何か事情があることを察したようだった。早苗の、お風呂掃除のために袖をたくし上げた作務衣から出た手首を、ぎゅっと摑む。

そして言った。

「早苗ちゃん、もしここで暮らすんやったら、これから、家のことも、力くんのこともちゃんとしな」

強い言い方だった。早苗がびっくりして目を見開くと、「おせっかいして悪いけど」と安波が続ける。

「家のこたあ、坂戸湯にしばらくおらせてもらえばいいかもしれん。その間に、私も探すのを手伝っちゃるわ。ここに出入りするお客さんには、このあたりで不動産屋をやりよん人もおるけんな。――やあけど、力くんは学校、今、行っちょらんのやろ？　これからもここで暮らすんなら、そこはちゃんとしちょった方がいいよ。親の都合で振り回すのはよくないよ」

手首に強い力を感じながら、早苗は泣きそうな思いで唇を嚙んだ。おせっかい、と安波は言ったが、胸が詰まった。

これまでいろんなことがあって、全部、自分で決めてきてしまった。力に学校に行かなくてもいい、という選択をさせること、別府に来ること、――クローゼットの中の包丁の存在から目を逸らし続けること。

その間、誰も、早苗をこんなふうに叱る人はいなかった。力を今、昼間一人でいさせることが本当はずっと不安だった。

勉強が遅れてしまうんじゃないか、どこにも属さないでフラフラさせて、本当にそれでいいのか。親の都合で振り回しているのは、もちろん、拳の事故のせいだ。けれど、早苗のせいでもあった。

ここで暮らす、ということについて、考える。安波の目を覗き込む。

数ヵ月先のことまでは考えられても、一年、二年先のことまでは、正直、早苗は何も考えられていなかった。

砂かけの仕事は長期で人を育てる仕事だ。三年目からのマイスター試験の話を安波は早苗にしてくれたけれど、自分のことのようにはまるで思えていなかった。そのことが急に恥ずかしくなる。そこまで先を考えた上で、安波が早苗を同僚として、仲間として考えてくれていたのかと思うと、涙が出そうになった。すぐにやめて出ていく一人だというふうには思われなかったということだ。

別府で暮らす。

力を、こっちの学校に通わせる。

考えると、自分でもびっくりするくらい、胸の底が軽くなった。覚悟さえできるなら、それは実際に可能なことなのだ。

「――わかりました」

早苗がやっとのことで答えると、手首を摑んだ安波の手から力がようやく抜けた。ほっとした顔で早苗を見る。早苗もまた、安波を見つめる。

「安波さん、ありがとう」

お礼を言いながら、ふと思い出していた。

九月が終わり、十月が来る。

そして、十月には、力の十一歳の誕生日がある。十月十六日。あの子が生まれた秋が、また巡ってくる。

帰り道、坂戸湯への道を歩きながら、早苗は「力」と呼びかけた。

「お誕生日、何かほしいものある?」

尋ねると、自転車を引きながら歩いていた力はとても驚いたようだった。目をぱちぱちさせて早苗の方を見る。

ここ数年は、力の誕生日はケーキまでは用意しても、プレゼントはないことも多かった。去年もお小遣いを渡して、自分で好きなものを買ってくるように言っておしまいだった。

「覚えてたんだ」と力が言って、早苗は「覚えてるよ」と答える。

「こんな時なのに」

「こんな時だからだよ」

それが〝どんな時〟なのかは、それ以上、互いに話さなかった。けれど、ああ、少しは時間が経ったのだ、と思う。

今が普通でない、と認められるくらいには、時が経ち、自分たちを襲ったものを遠くに思えるようになった。

お湯の匂いと気配がする街の中で、そんな自分たちの変化を噛みしめる。

11

新発売の携帯ゲームソフトを買ってもらった後で、別府タワー近くにある焼肉屋に連れていってもらう。

誕生日に食べたいものを聞かれて、力は「お肉」と答えた。焼肉は東京を離れて以来、初めてだった。東京にいた頃は、家の近くの商店街に入っている店に父と母と、三人でたまに行っていた。

力の誕生日に合わせて休みを取ってくれた母と店に向かうと、「上カルビ」とか「別府冷麺」と書かれた旗がたくさん置かれた入り口近くに、清末さんたち親子が待っていた。力が最初に砂湯を訪ねて行った日に話しかけてきた親子連れ。あれからも何回か、母を迎えにいくと駐車場前の広場で顔を合わせることがあり、自然と仲良くなった。

お母さんの方が純子《じゅんこ》さんで、赤ちゃんが湖恋《ここ》ちゃんだ。母の砂かけの同僚である、そのおばあちゃんも一緒だった。

「ありがとう、わざわざ来てくれて」

「いいよ。うち、パパ今日飲み会あって遅いみたいやけん、誘ってくれて嬉しいわあ」

純子が言って、力を見る。「誕生日おめでとう」と改めて言われると、少し照れくさかった。「ん」と答える。

大きな道に面したビルの、一階から三階まで入った焼肉屋は広かった。レジの近くに、子どもが遊ぶための室内用ジャングルジムやブランコ、ブロックのような遊具や、絵本の入った本棚のある場所があって、上に「キッズスペース」と書かれた看板がかかっている。

このお店は、純子が教えてくれたものだそうだ。

よく来る、という彼女が「便利なんだよー、女子会とかする時に子どもを遊ばせておけるし」と話すと、母が感心したように「今はいろんなサービスがあるのねぇ」と感心したように言っていた。その口調が普段から人に丁寧な物言いをする母には珍しく親しげで、力は、いいな、と思う。

「力くん、なんでも好きなもん食べなえ」

清末のおばあちゃんが言って、半分個室になったような奥まった席でメニューをもらうと胸がはしゃいだ。

別府は冷麺も有名なのだ、と言われたが、これまで冷麺というものを食べたことがない。「普通のラーメンや冷やし中華とは違うの？」と尋ねると、純子が「じゃあ、初めて記念で食べてみなよ」と言う。

母は、お祝いだから、と言って、メニューの中で一番高い極上カルビというのを頼んでくれた。柔らかくて、肉汁がじゅわっと出たお肉を、力が頼んだ白米の上にみんなが焼けた順にどんどん載せてくれるので、まるで牛丼みたいになる。甘辛いタレも、とてもおいしかった。

途中、場に飽きてしまった様子の湖恋が、ふえーんと泣き声を上げて、純子が席を立つ。

「オムツ、見て来るね」と行ってしまった。

しばらく経っても二人が戻ってこないので、母が言う。

「力、様子、ちょっと見てきて。あの遊具とかあるところにいるかもしれないから。純子ちゃん、お肉、焼いてくれるばっかりであんまり食べてなかったから、もし湖恋ちゃんがそこで遊んでるようなら、力、純子ちゃんと代わって湖恋ちゃんと遊んであげな」

「わかった」

席を立ち、様子を見に行くと、母の言った通り、純子たちはレジの近くのキッズスペースにいた。柔らかいマットの敷かれた床で、湖恋ちゃんがハイハイをするのを、純子が座って見ている。力がやってくると、「おー、力くん」と彼女がこっちを見た。

「純子さん、ごはん食べに戻ったらって、母さんたちが。湖恋ちゃんとはオレが遊ぶ」

「えー、優しいなあ、力くん」

純子が言って、ハイハイで動き回る自分の娘を見る。

「子ども、もともと好き？」

力は首を振った。正直、考えたこともない。力だってまだ人から「子ども」と呼ばれる年だ。

「わかんない。周りにいなかったし。でも、湖恋ちゃんは好きだよ」

力の言葉に、純子が「嬉しいこと言ってくれるなぁ」と微笑んだ。

キッズスペースの横の壁に、別府の観光地を紹介するポスターが何枚か貼られている。別府の駅前や、温泉の様子、砂湯。砂湯の写真の中でお客さんに砂をかけているのは安波だ。

「安波さんだ」と思わず声を出すと、純子も「ん？」とポスターの方に顔を向けた。

「あー、こういう宣伝の時に表に出るのはいっつも安波さんなんよなあ。あの人が砂かけしてるとこってすごく絵になる」

ポスターの横に、猿の写真が入った別のポスターがあった。「高崎山自然動物園」とある。なんとなく眺めていると、純子が「行ったことない？　高崎山」と聞いてきた。

「けっこう有名だよ。知ってるかな、群れからボス猿がいなくなったことが全国ニュースになったり、毎年、アイドルみたいに猿の人気投票したり。赤ちゃん猿の名づけのことで大騒ぎになっちょったこともあるし」

「名づけ？」

「その年最初に生まれた赤ちゃん猿の名前を公募で決めたりすんの。ニュース見んかった？」

そう言えばそんなことがあったような気もする。「はは一ん」と言って、にやにやしながら力を見た。

「動物園なのに猿しかいないの？」と聞くと、純子が「はは一ん」と言って、にやにやしながら力を見た。

「力くんさ、高崎山のこと、普通の動物園みたいに思ってるでしょ。人間が猿を飼って観光用に見せてる、くらいの場所やと思ってない？　檻《おり》の中みたいなとこに入れて」

「違うの？」

「全然違う」

自分の地元のことだからだろうか。純子の顔は少し誇らしげだ。「第一、そうやったらこんなにいっぱい猿がおるわけないわ」と写真を指さす。

「高崎山は、サル寄せ場っていうところがあってな、そこに野生の猿の群れを呼ぶんよ。お寺の境内みたいな場所なんやけど、柵も檻もないし、飼われてる猿やないけん、みんなすごく自由。のびのびしとる」

「へえ！　でも、その猿たち、逃げないの？」

尋ねると、純子が「やけん、飼育してる猿やないんよ」と笑う。

「一日何回か、高崎山に住んどる猿の群れにかわりばんこに餌をあげるだけなの。餌がもらえることを知ってるけん、猿たちも遊びにくる感じ。山におる二つの群れが交代で下りて来るんやって」

猿が群れを作って生活する、という話はテレビか何かで見たことがあった。それにしても、東京の動物園で囲いの中で飼育されている動物しか見たことのない力には、あまり想像がつかない光景だ。

「純子さんは行ったことあるの？」

「何度かね。この辺の小学校に通いよる子どもなら、だいたい遠足やらでみんな行くんよ。——湖恋もこの間初めて行ったねー？」

純子が湖恋に向けて呼びかけるが、湖恋はキッズスペースのおもちゃに夢中で、母親の方を見ない。

「せっかく別府におるんやから、今度お母さんに言うてつれてってもらいなよ」

「うん」

頷くが、頼むのは少し恥ずかしいな、とも思う。父もいない状態で、母と二人で動物園に行く。そんなことは、小さい頃にもなかったことだ。

湖恋が、あうー、と声を上げ、ヨダレがだらーっと顎の下まで垂れる。力は、あ、とあわてそうになるが、純子が「はいはい」と心得た様子で娘をマットから抱きかかえ、よだれかけで口元を拭く。

赤ちゃんのヨダレは透明で、少しも汚く見えない。そんなことも、力はこの親子と知り合ってから、初めて知った。

母から、「ここでちゃんと暮らしてみない？」と言われたのは、風呂上がりのことだった。

焼肉屋を出て、清末一家と別れ、今日はもうお風呂に入って寝るだけ、と思っていたタイミングで、母が急にそう言った。

力はゆっくりと顔を上げた。

別府では、今でも力と母の二人で生活をしている。今更どうしてそんなことを言われるのか、意味がよくわからなかった。

十月に入って、別府も、急に秋めいていた。

空気が明らかに夏と替わり、窓を開けっぱなしにしていることが多かった坂戸湯のこの二階の部屋も、今はたとえ風呂上がりでも、窓を開けなくて平気なくらいになっている。

外で、りーりーりー、と虫の鳴く声がしていた。

「ちゃんと？」

「ちゃんと」

力の言葉を、母が復唱する。

「力は、こっちの学校にちゃんと通う。お母さんも、今の仕事をこれからもずっと頑張る。家も、ここにずっといるんじゃなくて、どこかアパートみたいなところを探してちゃんと引っ越す」

母が一呼吸置いて、言う。

「東京からこっちに、ちゃんといろいろ手続きをして移ってくる」

「転校するってこと？」

母が無言で力を見た。しばらく見つめ合った後で、「うん」と頷いた。

「嫌？」

「嫌っていうか、急だから」

言いながら、本当はそれほど急な話ではないのだということもわかっていた。昼間学校に行かないのか、というのは、鉄輪温泉で会った湯治のおじいさんからも、煙草屋のおばさんからも気にされていたことだ。

ただ、想像がつかなかった。母と東京に戻らないことを決めて、別府に来て母が働き始めても、この生活はずっとじゃなくて、いつか何かのきっかけで終わるのだろうと思っていた。それがどんなきっかけか具体的に考えたことはなかったが、とにかく、この日々がずっと続くとは考えていなかった。

「……その場合ってさ、東京の学校にはもう行かないままになるの？」

陰口を叩《たた》かれたり、変に注目されたり、今のまま帰っても、待っているのは圧倒的に嫌なことばかりだ。それでも、友達の顔が浮かんだ。喧嘩別れになった光流とも、もう、ずっと会うことがないのか。これっきりなのか。

母が首を振った。

「きちんとこっちに引っ越すなら、一度は東京に戻ることになると思う。力が前の学校に挨拶したいなら、その時間もきちんと作るよ」

母が気遣うように力を見る。

「その逆で、前の学校に行きたくないなら、そのままでもいいよ。お母さんが全部、手続きをするから」

「転校するの、いつから」

「……力さえよければすぐにでもって思ってるけど」

「二学期の途中なのに？」

季節外れの転校生というのはどうなのだろう。またそのことで注目されたら、と考えると抵抗がある。会ったこともない新しいクラスメートたちの中に自分が飛び込むことが怖かった。

力の学校にも転校生はいた。新しい環境に溶け込むのが大変そうだと感じたこともある。けれど、自分には縁のない話だと思っていた。まさか自分が、あの子たちと同じ転校生になるなんて。

力の不安が伝わったのだろうか。母の顔が曇る。

「でも、いつまでもこのままってわけにはいかないし」と言う。

「今はまだ何も問題は起こってないけど、このまま力が学校に行かないでいることを、どこかで誰かに何か言われたら、お母さんも力も、きっと嫌な思いをするよ。幸い、お母さんはこっちに仕事が見つかって、知り合いも増えて、暮らしていける状態になった。別府にこのまま住むのもいいんじゃないかと思ったの。力が気になるなら、学校は二学期はお休みってことにして、三学期からでもいいよ」

「――お父さんはどうするの？」

力が尋ねると、母の顔にはっとした表情が浮かんだ。表情がそのまま固まる。

口にしながら、力自身も改めて気づいた。東京の生活を終わりにしてこっちで暮らす。その生活は、力と母、二人家族が前提だ。

父との生活は、どうなるのだ。

離婚しないでほしい、という力の気持ちはあの当時から変わらないのに。わがままかもしれないが、それが自分でもどうしようもない本音だ。

ああ――と思う。

家島で出会った優芽の言葉を思い出す。大人は、たとえ力がそう言ったところで、自分が離婚したい時にはするし、子どもの言うことなんか聞かない。

母は長く、黙ったままでいた。窓の外の、りーりーりー、という虫の鳴き声が強くなったように感じる。

やがて、母が言った。力に言うというよりも、それは微かな、独り言のような呟きだった。

「だって、待ってても帰ってこないのに」

口調は、怒っても苛立ってもいなかった。力に当たる、というものですらない。目を伏せた母が、ゆっくりと力の方を見る。母が泣いたらどうしよう、と一瞬だけ思ったが、それはなかった。

「お父さんとのことも、いずれ時がきてできるようになったら、お父さんときちんと話し合うよ。お母さんがここでちゃんと暮らしたいと思うのは、とりあえずはお父さんのこととは関係ない。お母さんはここで仕事を続けたいし、力にも学校に通ってほしい」

力に希望を尋ねたり、願望のように語っているけれど、そういう母の目の中にはゆるぎない覚悟のようなものが見えた。

砂湯で働く母が、他の砂かけ師のおばさんたちと楽しそうにしていたことを思い出す。

母は、ここで暮らしたいのだ。力にも、そして、同じことを望んでいる。

学校に行かなくていいことは、確かに嬉しいことだ。

学校に行かなくなってから、力は、毎日自由であることが楽しかったし、東京のクラスメートたちが今何をしているのか、と考えると、それに加わらなくてよい自分は特別な存在になったような感じがした。

――しかし、そんな気持ちは、実は長くは続かなかった。九月の半ばあたりから、昼間にやりたいこともなくなって、力は周囲の大人の目から隠れることばかりを気にするようになっていた。昼下がり、学校が終わった様子の、このあたりの子どもたちとすれ違うたび、本当は苦しかった。

苦しかった――はずなのに、気持ちはすぐに固まらなかった。母に言ってしまう。

「……転校のこと、もう少し考えさせて」

母がじっと、力の目を見ていた。しばらくして、静かな声が言う。

「わかった」

12

砂湯にある小さな控室の壁に、さまざまな色紙が貼られている。

その日、早苗はお弁当を食べながら、しみじみとそれらを眺めていた。一緒に食べていた若い砂かけの姫野《ひめの》が、「すごいですよね」と声をかけてくる。

「結構な人たちのサインが揃うとりますよね」

「うん。本当に」

別府海浜砂湯では、旅番組の撮影なども多いそうだ。

早苗が来てからはまだ一度もそういうことがないが、海を背景にした開放的な環境は、確かにテレビ画面にも映えそうだ。撮影のためにやってきた多くの芸能人のサインが番組名と一緒にサイン色紙に書かれて残されている。地元局のローカル番組もあるが、全国放送のものもたくさんあった。

「芸能人、私は見ると毎回興奮するんですけど、マイスターの二人とかは動じんのですよ。『ああ、さっきの人ってそげん有名なん？』とかそんな感じなんです」

「なんだか、安波さんらしい」

「でしょう？　小手川さんもだいたいそんな感じ」

「テレビが来るような時も、砂かけするのはやっぱりマイスターの二人なんだ？」

「ええ。うちがやると、きっとはしゃぎすぎるって思われてるんでしょうね」

職場で一番若いだけあって、姫野の口調は屈託なく軽やかだ。

「番組収録自体も、うちらには知らされんことが多いです。テレビが入るってことまでは教えられても、誰が来るのかは知らんままやったり。せやから当日にびっくり、みたいなこともようあります。あのイケメンが来んの⁉　みたいな」

「へえー。そんなもんなんだ」

「そうそう。秘密主義なんですよ、テレビ業界」

姫野が訳知り顔で言うのがおかしかった。

たくさん並んだサイン色紙は、端の方は十年以上前の日付のものもあって、もうだいぶ紙の色自体が黄ばんでいる。ただ、下の方には早苗が来る少し前の日付のものもあり、力が前に「かわいい」と言っていたことがあるアイドルグループの名前が書いてあった。次にあの子が来た時には、この部屋に通して見せてあげよう。

姫野が言う。

「年末年始は旅番組も増えるけん、そろそろ撮影に来る人たちもおるんやないかな。本条さん、初めてやったら楽しみですね」

「そうだねー」

季節は十一月に移っていた。

年末年始、という言葉を聞いて、ああ、もうそんな時期なのだと、時の流れる速さに驚く。

今年の年末、清末の家で純子も含めてみんなでおせち料理を作ろう、と話していた。こまごまとしたものを一気に作るのは面倒だけど、人手があればなんとかなるから、と。まさか、別府でもおせちを手作りすることになるとは思わなかったから、彼女たちの申し出がとても嬉しかった。

仕事を始めた当初はきつかった筋肉痛を、そういえばあまり感じなくなっている。階段を上り下りする際に「アタタ」と声を出すことももうない。

季節は流れていく。

力とは、先月の誕生日以来、あれきり、学校をどうするかの話をしていなかった。転校について考える時間がほしい、と息子が言った約束を守って、早苗からも何も聞かないが、早苗は力の口ぶりから、二学期の転入はもうしないことにして、年明けの一月、三学期からこちらの学校に移るのがいいような気がしていた。年末には一度、そのために東京に戻ることも考えた方がいいかもしれない。

——お父さんはどうするの？

力に聞かれた言葉が耳の後ろに張りついている。そう尋ねられたことに、早苗は内心、ほっとしていた。そう聞くということは、力は拳を刺していないのかもしれない。あの包丁は何かの間違いであそこに入っていただけで、それがどんな事情かはわからないけれど、息子は関係ないのかもしれない。

はっきり見てしまった分、あの包丁と血を見間違いだったとどうしても思えないのがつらい。次に東京に戻った時に、なかったことになっていたら、どれだけいいか。

そろそろ休憩時間もおしまいだ。「先に行くね」と姫野に声をかけ、早苗はお弁当箱を包み、砂湯に戻っていく。

その日の午後は、初老の夫婦のお客さんがまずやってきた。

彼らが受付に来た時点で、まず秋好が砂湯まで安波を呼びにやってきて、次に、今度は安波が「早苗ちゃん」と、自分を呼びに来た。

「ちょっと手伝ってもらえん？」

「はい」

一緒に受付に行き、そこで、あ、と気づいた。夫婦二人のうち、女性の方が白い杖をついて、サングラスをかけている。目が不自由なのだろう。横に立つ旦那さんが、「無理ならいいんです」と恐縮した様子で頭を下げていた。

「慣れた場所なら、この人も、着替えやなんか、一通りのことは何でも自分でできるんですよ。だけど、皆さんのお世話になるのは申し訳ない」

旦那さんが言う。

「私が女性の更衣室に入らせてもらうのは、無理ですよね？」

「それは確かに無理ですけど、私たちが奥様を手伝うから大丈夫ですよ。遠慮なく頼ってください」

安波が明るく応じ、奥さんの方を見る。

「奥様さえお嫌やなかったら、私ともう一人で着替えも入浴もお手伝いしますよ。旦那さんも、男性の更衣室で着替えてきてください。二人一緒に、入っていってください」

「でも――、申し訳ないし……」

か細い声は、今度は奥さんの方から洩れた。安波が彼女ににっこりと笑いかける。

「砂湯に入ったら、きっとそんな気持ちは吹き飛んじゃいますよ。ここまでせっかく来てくださったんやから、さあ、どうぞ。――手を引いてもいいですか？」

安波がゆっくりと奥さんの腕を触ると、彼女もその手に応えるようにおずおずと更衣室の方に歩き出す。

早苗は秋好から彼女の分の浴衣とタオルを受け取り、その一歩後をついていく。その間も、奥さんは「迷惑じゃないですか」と気にしていた。

「ごめんなさいね。目が見えないんじゃ、そもそも入れてもらえないんじゃないかって、覚悟はしてたんです。主人と、それでも試しに聞いてみようって話になって、ここまで来てしまったの。ダメって言われたら、諦めるつもりだったんですよ」

「砂湯にはいろんなお客様がいらっしゃいますよ。今はお手伝いできる、手が空いてる砂かけもたくさんいる時間帯ですけん、気にせんでください」

奥さんの気弱な声に、安波が何度も励ますような声をかける。「段差がありますよー」とか「はい、ここがうちのお客様用更衣室です」と、場所の説明も忘れない。

「更衣室の横はお風呂とつながっとって、砂湯の後の砂はそこで落とせます」

説明しながら、安波がてきぱきと奥さんの着替えを手伝っていく。屈んで浴衣の紐を結び、話すことで、奥さんの緊張を少しでも和らげようとしているように見えた。

普段の砂かけでは、お客さんの身体にここまで密接に触れることはない。しかし、それができることは選ばれた人の才能なのだ、とマイスターのすごさをここでも思い知る。安波の、気遣いが行き届いた物腰に見惚《みと》れながら、早苗も脱いだ服を畳んだり、荷物をロッカーに入れたり、手伝う。

「はい、行きますよ」

目の不自由なその奥さんが、恥ずかしがったり、申し訳なく思ったりする隙を与えないほどの素早さで着替えの介助を終え、安波が外につながるドアを開ける。砂湯の方に、彼女の手を引いて歩き出す。両手でしっかり奥さんの両手を握り、自分は後ろ向きに歩いて、ゆっくりと先導していく。

先に着替えて待っていたご主人が、奥さんと安波のその姿を見て、安心したように表情を和らげた。

砂湯で横になった二人のうち、奥さんに砂をかけるのはもちろん安波だった。いつもの調子で五分ほどで砂をかけ終え、「ここから十五分、入りますよ」と奥さんの顔のすぐ横で言う。

「もし熱うなったらいつでも言うてくださいね。私はここにおりますから」

「はい。……あのう」

「なんでしょう？」

「こんなこと言って申し訳ないんですけれど、ここは、ラジオか何か、音楽が聴けるようなものは、ないですか」

「え？」

それまでずっと淀《よど》みなくやり取りをしていた安波の顔が、初めてきょとんとする。仰向けになって目を閉じた奥さんが続ける。

「ないならないで、いいんです。でも、私は時計が見えないから」

そう聞いて、その場にいた砂かけが、みんな柱にかかった時計を見る。確かに砂湯に入った時、お客さんの多くはあの時計を見ていることが多い。

「あとどれくらいっていうのが、目で見てわからないから、ラジオや歌があればそれが目安になるんですけど、ここでは音楽は流していないんですね」

安波が申し訳なさそうに首を振る。

「ああ、そうですね。ごめんなさい。海辺の波の音を聞いてもらうのが一番いいかなって、普段から音楽はつけとらんのです」

「ええ。さっきから、波の音は、とてもいい気持ち」

砂に埋まったまま、奥さんがにっこりと笑う。その横で、旦那さんが「お前、十五分なんてすぐだよ」と砂湯に入った状態で、顔だけ奥さんの方に向ける。

「あとどれくらいかが気になるなら、途中で俺に聞けばいい」

「ああ、そうね。こんなふうに話している間にも時間は経つんだもの、十五分なんてすぐね」

奥さんが言う。砂かけたちに向け、謝った。

「皆さん、おかしなことを言ってすいませんでした」

「あの……っ！」

その時、早苗の口から咄嗟に声が出た。

安波や、その場にいた砂かけたちが一斉《いっせい》にこちらを見る。勢いのまま、言ってしまう。

「よければ私、歌いましょうか」

「えー！」

驚きの声はお客さんたちではなく、砂かけたちの方から上がった。それも当然かもしれない。口にした早苗自身、そんな勇気が出たことに驚いている。

しかし、想像してしまったのだ。

早苗自身も入った経験があるからわかるけれど、砂湯の中では時間が何倍も長く感じられる。それが気持ちよく感じられればいいけれど、目安となる終わりの時間がわからなければひょっとしたら不安な気持ちになるかもしれないし、もし熱くなったら、その時間が苦痛にならないとも限らない。せっかく砂湯に来たのにそんなふうには思ってほしくなかった。

「ご迷惑でなければ、ですけど」

苦笑しながら、早苗が言う。

「これでも私、若い頃、劇団にいたことがあるんです。舞台の上で歌ったこともたくさんあります。もしよければ、好きな歌をリクエストしてください。あとは、私が歌詞をちゃんとわかればいいんですけど」

「――じゃあ、あれは、どうかしら」

奥さんが言う。最初だけ、歌う。

「はーるを愛するひーとーはー、っていう、春夏秋冬のことを歌った歌」

「あ、『四季の歌』！」

横で作業していた姫野が言う。そのまま彼女が「ちょっと待っててくださいねー」と鋤簾をその場に立てかけ、走り出す。

タイトルは知らなかったけれど、その歌なら早苗にもメロディーとだいたいの内容がわかった。「わかりました」と答えて、深呼吸をする。その間に、姫野がぱっと戻ってきて、「歌詞です」と自分のスマートフォンを早苗の手に渡してくれる。検索してくれたのだろう。

早苗はそれを受け取って小さく頷き、そして、歌い出した。

春を愛する人は　心清き人
すみれの花のような　ぼくの友だち

最初の〝春〟を歌った瞬間に、砂かけの同僚たちが息を呑む気配があった。すごい、うまい、という声が洩れるのが聞こえたが、早苗は努めて気にしないようにする。知り合いの前では当然照れくささもあるが、舞台に立っていた頃に気持ちを合わせていく。

夏を愛する人は　心強き人
岩をくだく波のような　ぼくの父親
秋を愛する人は　心深き人
愛を語るハイネのような　ぼくの恋人

歌う途中から、砂湯に入っていた奥さんとご主人の表情が柔らかくなったのがはっきりわかった。旦那さんの方も、今は目を閉じている。
ひょっとすると、二人にとっては何か思い出のある歌なのかもしれない。奥さんの方が、小さな声で、早苗の歌う声に合わせて「……ハイネのような」と一緒に口ずさんでくれる。

その声が届いたのか、旦那さんの方も、少し遅れて、一緒に歌う。

冬を愛する人は　心広き人
根雪をとかす大地のような　ぼくの母親

重なる歌声を聞きながら、歌詞がふっと、早苗の胸を打った。

この歌の中で、母親は、冬に登場するのだ。

母親という存在が、無条件にあたたかいものだと信じられているからこそ、きっと、厳しい寒さを歌う冬に出てくるのかもしれない。

不思議なものだと思う。昔、この歌を聞いた時、早苗は、「友だち」とか「恋人」の言葉の方に気持ちが向いていたように思う。「父親」と「母親」は、当然、自分にとっての父と母のことを考えていた。

しかし、今歌うと、考えるのは力のことだ。歌の中に登場する「父親」と「母親」は、自分や、夫のことを想像してしまう。

目の前の、これから冬に向かうであろう広い広い海を見る。歌声が、その向こうに見える、白い太陽の中に吸い込まれていくように感じた。

秋の空が、とても高い。

歌い終えると、姫野をはじめとする、他の砂かけたちがびっくりした顔のまま、早苗を見ていた。姫野が胸の前で小さく手を合わせ、ジェスチャーだけで音が出ない拍手をする。他のみんながそれを真似しようとする気配があったところで、安波が「そろそろお時間ですね」と、砂に入った二人に言った。

お客さんの前で身内同士が褒め合うような場面は、早苗としても見せたくなかった。第一、照れくさい。

そそくさと身を屈め、安波を手伝う。砂を払った奥さんが砂から起きる時、「失礼します」と腕を取ると、声でわかったのか、奥さんが「ありがとう」と言ってくれた。

「あなた、とても上手ね。歌手になれそう。驚いちゃった」

「そんな……。とんでもないです」

苦笑しながら言うと、彼女が「ううん」と首を振る。見ると、頬に一筋、涙が流れたような跡が見えて、早苗は驚いた。彼女が続ける。

「この歌ね、私、本当に大好きなの」

ありがとう、ありがとう、と早苗の手を取って、何度も言う。

砂湯から建物の方に戻り、内湯で砂を完全に落とすのを手伝う。準備の時より安波も早苗を頼りにしてくれて、身体を拭くのも着替えるのも、早苗がやらせてもらった。一緒に歌った、というただそれだけのことだけれど、お客さんも砂湯に入る前の恐縮した様子が消えて、早苗の手にすんなりと任せてくれた。

砂湯であたたまったおかげももちろんあるだろう。奥さんの白かった頰に赤みが差し、手伝っていても、身体からはふんわりとした熱が感じられる。

ご主人とともに何度もお礼を言いながら帰っていく二人の姿が車に消えていくまで、安波と二人、手を振って見送った。

「喜んでもらえてよかったですね」

早苗が言うと、安波が頷いた。

「たまにね、介助が必要なお客さんが来る時には、こげんやって着替えや入浴まで手伝うことがあるんよ。せっかく来たんやもん。入っていってほしいよね」

安波が早苗を見る。そして笑った。

「早苗ちゃん、あんたしっかり売り物、あるやないの」

「え？」

「砂かけ師にとっての一人一芸」

あ、と思う。

だいぶ前にマイスター試験の話をしていて、安波に言われたことだ。ここの砂かけ師たちはみんな、何か一人一芸を持っている。砂かけ師としての自分の売り物が何かということを、考えておくようにも言われた。

「あげん歌がうまいなんて知らんかったわ」と言われて、顔が上げられないほど、今更恥ずかしくなる。

「単にカラオケがうまいとか、そういううまさと違うんは、うちにだってわかったよ。腹式呼吸っていうん？　おなかから声が出てて、ひとつひとつ、言葉がはっきり聞こえよって」

「……指導してくれた演出家が、厳しい人だったんです」

言いながら、安波が前に言っていた言葉を思い出す。

――自分が取り柄やと思っちょらんようなことでも、他の人から見るとすごいっちゅうことがある。

そう聞いても、自分にはそんな取り柄は何もないと、今の今まで、本当にそう思っていた。

だけど、思い出す。剣会の中で、誰がどの役をする、という、役者に合わせたあて書きの脚本を鶴来が書く時、早苗が演じる役には必ず歌のシーンが入っていた。歌わせるなら早苗だ、と厳しい鶴来が思ってくれていることが伝わり、そのことがとても嬉しく、誇らしかった。

こんな私にも、取り柄はあったのだ。

13

十二月になった。

別府に来た八月の終わりから、季節がはっきりと変わったのがわかる。東京を離れて迎える冬がやってきた。

その日、力が母の働く砂湯に自転車で向かうと、何か様子が違った。駐車場に大きなワゴン車が停まっていて、人の姿がたくさんある。お客さんではなく、近所の人が集まっているような雰囲気だ。砂湯の方には入れないらしく、建物の前で、みんなが砂湯の方向を気にしている。

何かあったのかな？　と自転車を降りると、駐車場に純子のクリーム色の車を見つけた。広場のテーブル席に座っている。胸には湖恋が抱っこされていた。

「力くん」

「何かあったの？」

日中学校に行っていない力にとっては、砂湯は数少ない貴重な居場所のひとつだ。ここの人たちはみんなだいたいの事情を知っているのか、力に学校のことをどうしたこうした、と聞かない。

純子が答えた。

「年始にやる旅番組の収録なんやって。テレビが来とるんよ」

「へー！」

「すごいよね。しかも全国放送」

「芸能人来てるの？」

「来とる来とる。さっき、中に入りよるとこ見えたよ」

母から、砂湯にはそういう取材やテレビ収録も多いのだと聞いていた。力が少し前にいいと思っていたアイドルグループの子が来た時のサインを見せてもらったこともある。今はそんなにいいと思っていないのに、うっかり口にしたばっかりに他の砂かけの人たちの前で「ほら、あんたの好きな子の」と言われて恥ずかしかった。しかし、マジックの文字の掠れ具合などから、あ、本当にこの場で彼女が書いたのだ、と思えるのは、確かにちょっと嬉しかった。

「芸能人、誰がいた？」

「ちょっと前に連ドラでお母さん役やっとった、大御所《おおごしょ》女優の森井裕子《もりいゆうこ》とか、芸人のマカベとか。森井裕子、めちゃめちゃキレイ」

「へー」

「あとあれ。イケメン俳優、名前なんやったっけなぁ」

純子が一生懸命思い出そうと宙を見つめ、もどかしそうに指で顎をトントン叩く。すると、近くで見ていたおばあさんが、「あん子じゃろ、おととしの大河に出ちょったわ」と教えてくる。知り合いというわけではなく、たまたま居合わせただけの人のようだったけれど、このあたりで会う人たちは、みんな口調がこんなふうに親しげだ。

そのおばあさんが、言う。

「松浦高馬《まつうらこうま》くん」

「あ、そうだそうだ。松浦高馬」

頷き合う純子たちを前に、力は目を見開いた。

松浦高馬なら、知っている。テレビで観たことがある、というだけでなくて、実際に観たことがある。

あの事故があって父が出られなくなったシアターメテオのお芝居に、その人も出ていたからだ。見学に行った稽古場で、信じられないほど腰が細くて手足が長くて、だけどダンスが力強く上手な人がいて、一緒に行った母も、「あの子、かっこいいね」と言っていた。

――あの人が来ているのか。

不思議な偶然に、砂湯の方を見る。

収録の間は、部外者はここで待つしかないのだろう。中の様子はまったく見えない。

「終わったら、またここ通るかなー。サインくれたり、一緒に写真撮ったりしてくれんかなー。お母さんたち、会えてズルいよね」

純子が無邪気に言う声に、力は「うん」とだけ答える。

胸が、微かにざわついていた。母に、急に会いたくなる。自分でもどうしてかわからない。母のところに、無性に行きたかった。

14

その日の朝、早苗は早番だった。

更衣室で作務衣に着替えていると、同じく早番の安波に「ああ、早苗ちゃん、ちょっと」と呼び止められた。

「なんですか？」

「これ、前に話しとった不動産屋さんから。もろうてきたんよ。よければ見て」

安波が書類を何枚か挟んだクリアファイルをくれる。見て、あっと思う。部屋の間取りや物件名、家賃などが書かれた賃貸物件の情報のようだった。何枚かある。途中に付箋《ふせん》が貼ってあるのに気づいて、見ると、「北小」とか「第二小」とか書いてある。

「物件によっては学区が変わるけん。どこの学校がいいかとかも、今、考えてる最中やろう？　北小は小さいんやけど、清末さんの娘も通ったとこで、第二小は大きうて、活気がある学校。――砂湯と近いこの辺と、今早苗ちゃんが住んどる駅の方を中心に出してもらったけど、他にも気になるところがあれば、まだまだ相談に乗ってくれると思うよ」

「ありがとうございます」

安波の気遣いに、心の底から感謝する。力の学校のことは、学期が切り替わるこの十二月でどうにかしようと思っていた。三学期からこちらの学校に通わせることを考えているということを伝えていたから、それに合わせて物件を探してくれたに違いなかった。

間取りの書かれた紙を前にすると、まだ見ぬ暮らしが楽しみになってくる。

「気になるところがあったら、見せてもらいます。力と回ってみます」

「うん。あとで、不動産屋さんの場所も教えるわ。うちの紹介だって言えば話も早かろうけん」

もらったファイルをありがたく鞄にしまう。

早番の砂かけたちを集めて始まった朝礼に、今日は観光協会の職員が来ていた。普段はないことなので、何かあるのかな、と思っていると、彼が秋好と一緒に並び、「今日、午後からテレビ番組の撮影があります」といきなり告げた。

早苗は、目を丸くする。ああ、話には聞いていたけれど本当に突然なんだな、ギリギリまで教えてもらえないんだ――と驚く。

他の砂かけたちは、テレビ撮影は初めてではないだろうけれどそれでも興奮した様子で

「ああ、そう」と頷き合いながらも顔つきが嬉しそうだ。

「収録には、有名な人は誰か来るの？」

早苗や姫野のような若手が聞けないでいることを、代わりに安波が聞いてくれて、みんな興味津々といった様子で観光協会の職員を見る。けれど彼は、はぐらかすように首を振った。

「来てみてからのお楽しみ。たとえ誰が来ても平常心でね」

力の好きなあのアイドルグループの中には、九州出身の子も何人かいるはずだ。その子がくればいいのに、一緒に写真なんか撮れたら喜ぶだろうにな、と早苗は思う。

——そんなふうに無邪気な考えを起こしていたことを、午後になって、早苗は後悔する。

お昼休み、まず、撮影隊のワゴン車がやってきたところから、楽しみが急にしぼんだ。

嫌な思い出に心が引きずられていく。

車内が見えないよう窓ガラスにすべてカーテンが引かれたワゴン車は、テレビなどの撮影隊によく使われるものだ。こういう車を何度も見た。あの東京の、マスコミに追いかけられる日々の中で。

スタッフに続き、出演者たちが降りてくる。

メインの出演者は、旅番組などでもよく姿を目にする大物女優と芸人のようで、彼女たちを迎えるのは、やはりマイスターの小手川や安波だ。早苗の出番はない。しかしその時、もう一人、長身の男の子が最後に車を降りてきた。

おしゃれな帽子をかぶり、首回りにストールを巻いた彼の姿が見えた瞬間、早苗は咄嗟にぱっと顔を伏せていた。

松浦高馬。

遥山真輝と拳が出演する予定だった舞台に出ていた若手俳優。あれだけのスキャンダルがあっても、あの舞台は中止にはならなかった。興行の世界はシビアでしたたかだ。事故に遭った二人に急遽《きゅうきょ》代役を立て、本来の予定通り、夏にシアターメテオで上演された。だから、彼も夏の間は毎日舞台に立っていたはずだ。

そして、松浦高馬は、エルシープロ所属の俳優だ。遥山真輝の後輩という縁であの舞台に配役された、と拳から聞いたことがあった。

作務衣の下で、心臓が、おかしいくらいにぎこちなく鼓動を打っていた。彼が降りた後ろから「高馬さん」と呼ぶ声がした。目を逸らしたいのに逸らせない。ペットボトルの水を彼に手渡す、眼鏡の男性の顔に見覚えがあった。エルシープロの、松浦高馬のマネージャーだ。拳に連れていってもらった稽古場で見たことがある。

大丈夫だ――、と思う。

大丈夫。きっと、彼らは早苗のことなんかわからない。忘れている。第一、ここで働いているなんて、夢にも思わないはずだ。

身体の中身がひっくり返りそうなほど大きくなる心臓の鼓動を抑えるように、早苗は自分に言い聞かせる。あの人たちと接するのは、マイスターだけ。こんな心配、自意識過剰もいいところだ。早苗はただ、隅の方で存在感を消していればいい。

そう思う。繰り返し、そう思おうとする。

しかし、それよりも強い衝動で、早苗は考えていた。今からでも、具合が悪いとかなんとか言って早退してしまった方がいいんじゃないか――、いや、こんなタイミングでそんなことを言いだせば、かえって不審に思われるだろうか。

逃げ出してしまいたい、という自分の気持ちに嘘がつけない。

「よくいらっしゃいました。どうぞよろしくお願いいたします」

有名人にも動じない、と姫野に言われていた安波が、やってきた人たちに挨拶をしている。砂湯を前に、ロケーションについてなど、簡単な打ち合わせがあるようだったが、それに入るのは、観光協会の職員と、実際に砂をかけるマイスターたちだけだ。

マイスター、という呼称の紹介があったのか、スタッフとキャストから「へえ！　素敵な呼び名ですね」と声が上がるのが聞こえた。テレビドラマなどでよく見るベテラン女優の森井裕子。大御所なのに物腰がとても柔らかく、安波にも親しげで明るい。

女優にもさまざまなタイプがいるのだ、と思う。

もしこれが遥山真輝だったら、きっと打ち合わせ段階ではほとんどこちらと打ち解けなかったのではないか。

他意なく、客観的に、遥山真輝という女優はそういうタイプだった、と思う。カメラが回って初めて人の目を意識して微笑むような、そういう緊張感が漂っていて、稽古場に行った際にも、彼女が来ている現場では席を外すように言われた。スタッフもみんな、かなり気を遣っているのがわかって、気難しい人なのかもしれないな、と思っていた。——だからこそ、その彼女が、自分の夫のような平凡な人間に心を開いたことが信じられなかった。

テレビスタッフとの打ち合わせの様子を、早苗は俯いたままで鋤簾を動かしながら、全身で意識していた。他の砂かけもみんな気にしているのがわかる。

「私ら砂かけは一人一芸なんです。手話ができたり、英語をしゃべったり。マイスターの試験に向けて中国語を勉強しよる子もおるしね」

「へえ！　それはすごい」

「あとは歌がうまかったりとか」

安波の口からそんな言葉が出て、背筋が凍る。意識しすぎだ。手元に集中して鋤簾で砂場を一生懸命に均す。

——しかし、打ち合わせが終わり、スタッフたちがいったん砂場からいなくなった後で、ディレクターらしき男性が「すいません」と戻ってくる。安波に、そして尋ねた。

「さっき話していた、歌がうまいという砂かけさんはどなたですか？」

声を聞き、早苗は反射的に顔を上げてしまった。そうしてから、しまった、と思った。

安波が屈託のない口調で「ああ、あの子ですよ」と答える。

「本条さーん」と、早苗を呼んだ。

苗字を呼んだのは、テレビとはいえ、お客さんの前で砕けた〝ちゃん〟づけの呼び方をするのに抵抗があったためだろう。しかし、よりにもよって、という思いで早苗の一度は収まっていた心臓の鼓動がまた、どくん、と跳ね上がる。

「……はい」

「ちょっとこっちへ」

「いえ、私は――」

そうしている間に、他のスタッフや出演者がこちらに戻ってくる。中に、松浦高馬とそのマネージャーの姿も見えて、早苗は顔をぱっと逸らす。

早苗は俯きがちに、安波とディレクターのもとに行く。

そのディレクターからは、信じられないことに「歌ってほしい」と言われた。申し出に、早苗は「とんでもない」と首を振る。

「勘弁してください。素人の歌なので、とてもテレビで流せるようなものじゃないですよ」

「いや、かえってそれがいいというか。歌いながら砂かけをしてる様子も風情《ふぜい》があって素敵なんじゃないかと」

「それでもちょっと……」

「私は上手だと思うけど、本条さんの歌——」

安波が言って、泣きそうな気持ちで彼女を見る。すると、安波がこう続けた。

「でも、恥ずかしいわなあ。プロの歌を聞きなれとる皆さんや視聴者の前じゃね。うんうん、それはわかる」

茶目っ気を出すようにそう言って、助けてくれたのだとわかる。ディレクターが「うーん」と腕組みをして悩む仕草をしてから、「じゃあ」と早苗を見た。

「砂かけ師は一人一芸で、歌が上手な人もいる、と画面で紹介するくらいなら構いませんか？」

「それもちょっと……。すいません、あまり目立つことが得意じゃないんです。歌が上手な人も、と誰かが言葉で触れるだけなら構いませんけど、私自身はあまり映りたくないです」

「そうね。じゃあ、そうしよう！」

場を収めるように、安波が強引なほどの明るい声を出す。早苗がおずおずと視線を上げると、目を見て、頷いてくれた。

——夫から、という説明だったけれど、早苗が〝逃げている〟事情を思い出してくれたのだろう。安波がディレクターに言う。

「それでいいですか？」

「わかりました。残念ですけど」

その声にようやく、ほっと息がつけた。

しかし、その時——。

ふいに、視線を感じて、早苗はちらりと後ろを振り返る。そして、そのまま、固まった。

エルシープロの、松浦高馬のマネージャーがこちらを見ていた。はっきりと、早苗のことを。

打ち合わせをしている様子が、たまたま気になっただけかもしれない。しかし——、目が、合ってしまった。

いきなり不躾《ぶしつけ》に視線を外すような真似はできなかった。早苗はゆっくり、なるべく不自然に思われないように、彼から、その横に立つ別のスタッフたちの方に視線を移す。はじめから、そちらを見たかったんですよ、というように。たった数秒のその動きが、とても長く感じられた。

筋を痛めたように、首の後ろが緊張している。

相手が今にも自分に話しかけてきそうで、肩が小さくきゅっとすぼまる。全身が緊張で硬くなる。それきり、怖くて顔が上げられなかった。

結局、収録が終わるまで、早苗は誰にも話しかけられることはなかった。

本当は収録の間は、砂湯の方からも遠ざかって内湯の掃除でもしていたいくらいだったけれど、常時五人が働いているこの雰囲気が撮りたい、と言われてしまうと、歌うのを拒絶した分、断るのが躊躇われた。俯きながら、なるべく、砂かけをする安波たちマイスターから離れて、作業に集中する。

「ああー、いい気持ち。波音も、とてもいいですね」

「ボク、このまま寝たい」

女優と松浦高馬の、気持ちよさそうな声がそれぞれ聞こえてくる。

撮影隊が帰ったその後、駐車場の方から力がやってきた姿を見た瞬間、その小さな身体に縋りついてしまいたい衝動に駆られた。

「お母さん」と力が早苗を呼ぶ。今日は早番だから、もう一緒に帰れる時間だ。

さすがに人前で抱きつきはしないが、早苗もまた「力」と息子の名を呼び、反射的に手を握った。力も嫌がらなかった。

力のすぐ後ろに、湖恋を抱いた純子がいた。駐車場で、収録を終えた芸能人が出てくるのを待っていたのだと教えてくれる。

「……きちんと見られた？」

「見られましたー。森井裕子、手ぇ振ったら振り返してくれて、超いい人！」

はしゃいだ声で応える彼女の声に、素直に応えられない。「お母さん」と力がもう一度、呼んだ。早苗の作務衣の袖を引っ張る。その顔が笑っていない。

「……松浦くん、いたね」

松浦くん、という呼び方は、拳がしていたものだった。松浦くんはダンスがすごい、若いのにしっかりしている云々《うんぬん》。食卓でも、よく聞いた名前だ。

彼が遥山真輝と同じエルシープロ所属だという事情までは、力はおそらく知らない。だから力の顔が今曇って見えるのは、早苗の胸にあるような深刻な不安ではないはずだ。

しかし、父親を感じさせる存在に偶然出会ってしまった衝撃が、息子の中でどれほど強いものなのか。早苗にもわかる。

「うん」

早苗は頷いた。

「相変わらず、すごくかっこよかったねー」

この声がなるべく能天気なものに聞こえればいいと願いながら、力に向けて微笑む。

本当は不安だった。このことが、何か——よくないことを連れてくるんじゃないか。一度そう思ってしまうと、足が竦む。上人ヶ浜の、普段は心地よくしか感じられなかった波音が、初めて、自分の足元から砂を削りとっていくような——そんな不穏な音に聞こえる。
大丈夫だ。――考えすぎだ。
根拠は何もない。けれど、そう思い続けることでしか、力と自分の今の生活を守れない。

15

その人は、クリスマスが終わった後の上人ヶ浜に、唐突にやってきた。

砂湯の建物に飾られていたクリスマスツリーの飾りが撤去されると、海にも松林にも急に年末の気配が濃くなった。建物の入り口にはツリーに替わるようにしてお正月用の門松が飾られた。

クリスマスの少し前、母が、三学期から通うことになるかもしれないという小学校に、力を連れて行った。東京で通っていた学校と比べたら小さかったが、新しい校舎はきれいで、グラウンドもよく整備されていた。不安はもちろんあるけれど、あそこに自分が通うところが、ようやく少しイメージできるようになってきた。

年末のその日、力は母の職場の前にあるベンチで図書館から借りた本を読んでいた。ちょうど、母が作ってくれた弁当を先に食べ終えたところだった。――弁当が入っているのは、四万十を出る時に遼たち親子が貸してくれた重箱だ。一緒に獲ったエビを素揚げにして持ってきてくれた時のもの。いつか返す、と約束したその重箱を、母と自分は今、弁当箱にしていた。この中に二人分の食事を詰めて、母の職場で昼間、一緒に食べることが増えていた。母とは「いつか遼くんのところに返しに行こうね」と話している。

四万十にいた夏が、だいぶ遠くなった。いつかまた、彼らに会えるだろうか。

広げっ放しのランチクロスの上に重箱を片付け、本を読んでいると、砂湯の駐車場にふと人の気配を感じた。顔を上げると、タクシーが一台停まっている。エンジンを切っていないようで、車の後ろから白い煙が上がっていた。

誰か、タクシーで来た観光客がいるのだろう――、珍しいことではないからふっと目を本に戻そうとしたところで、「おい」と声をかけられた。

もう一度、顔を上げる。すぐそばに人が立っていた。

おい、という無遠慮な呼び方に違和感があった。しかし、続けられた声はさらに遠慮がないものだった。

「――お前って、ひょっとして、本条力？」

高校生くらいの男の人だ。ぼさぼさの髪に、表面に光沢のあるダウンジャケット。ダボッとした少し大きめのジーンズをはいている。にきびの目立つ顔は肌が荒れて赤い。レンズの大きな眼鏡をかけていた。

眼鏡の奥の目を細め、顔をしかめるようにして、力になおも尋ねる。

「違う？」

「――誰？」

力は尋ね返した。

見たことがない顔だ。彼が再び顔を歪めた。

「答えろよ。本条力なのか？」

「――そうだけど」

急に話しかけてきたその人の、染めたことのなさそうなもっさりした黒髪や、あまりおしゃれでない眼鏡の感じは、とても不良には見えないし、どちらかといえば真面目でダサいくらいの印象だ。だけど、万が一カツアゲか何かだったらどうしよう。咄嗟に、みんなのいる建物の中に逃げこめるだろうか――、そんなことを考えていると、彼が続けた。

「俺、タツミユウト」

聞き覚えのない名前だった。力が怪訝に思って首を傾げると、彼が言う。力を見つめる眼鏡の奥の目がまたじっとりと細くなる。

「お前の父ちゃんが問題起こした女優の息子って言ったら、わかる？」

時が止まった。

力は黙って、彼を見つめ返す。名乗ったばかりのタツミユウトもまた、じっとこちらを見ていた。

タツミユウトは、漢字では「達海佑都」と書くらしい。

タクシーの後部座席で字の説明を受けながら、力は彼とどう接していいかわからずにいた。

彼の母親は、遥山真輝。苗字が違うけれど、遥山というのは芸名なのだろう。芸能人の中には、本名と違う名前で活動している人が多いということは、力も知っていた。達海、というのは、結婚した、佑都の父親の名前なのだろう。

突然現れた佑都は、絶句する力の前で、砂湯に続く建物を見つめ、「お前の母さん、中？」と聞いた。

「うん」

あまりに驚いていたから、反射的に頷いてしまった。頷いてから猛烈な焦りが込み上げてきた。この人は、母に会いにきたのか。

「でも、お母さん、今、働いてるから」

急いで続ける。声が掠れた。

「仕事終わるの、夕方ぐらい。それまでは会えないし、話せないよ」

「ふうん」

力の焦りをよそに、佑都は落ち着いているように見えた。

達海佑都が、砂湯の建物と力とを順番に見つめ、そして、いきなりこう聞いた。

「お前、今、時間ある？」

「え」

「――暇なんだったら、ちょっと付き合えよ。話さないか」

力がますます驚いて答えられずにいると、佑都がタクシーの方へすたすたと歩き出した。タクシーのドアが開く。彼が再び、こちらを振り向いた。

「なあ、来いよ」

一瞬、迷った。一瞬だけだ。

佑都と母を、すぐに会わせたくなかった。彼が何をしにきたのかは知らないが、それが好意的な目的だとはまず考えられない。砂湯の中に、佑都を入れたくなかった。

力を、佑都がタクシーの中に促す。

ドアが閉まると、佑都が運転手に向けて「次は高崎山動物園まで」と行き先を告げた。

力はゆっくりと瞬きして佑都を見た。高崎山動物園は知っている。純子たちに聞いた、猿の餌付けをしている山。

「なんだよ」

力の視線に気づいた佑都が、すぐ隣で力を睨《にら》む。

佑都は一人きりだ。一人だけでここに来たようだった。

「なんで？」

「は？」

「なんで、高崎山に……」

力が口にしかけると、佑都が不機嫌そうに顔を逸らした。理由も言わず、ただ「いいだろ、付き合えよ」と言った。

佑都くらいの年の人がタクシーに乗る、というのは普通にあることなのだろうか。タクシーは大人が乗るもの、というイメージがある力は戸惑うが、さっきから運転手に行き先を告げたりする佑都はタクシーに乗ることにも慣れている様子だ。女優の息子だけあって、金持ちなのだろうか。

けれど、遥山真輝と佑都は、全然、似ていない。母親みたいに目に輝きがあるわけでも、鼻が高いわけでもない。瞼は腫れぼったい印象だし、鼻だって低くて丸い。黒髪に眼鏡の佑都は、スタイルもよくはなかったし、格好も取り立てておしゃれだというわけではない。テレビで観る芸能人とは——たとえば、この間砂湯に収録に来た松浦高馬のような人とは、雰囲気がまったく違う。

有名な芸能人の子どもは、親と同じように整った顔立ちをしているのだとばかり思っていた力には意外だった。佑都が地味な外見をしていることに驚いていた。

佑都が本当に遥山真輝の息子だというなら、年は高校生のはずだ。自殺した母親を、帰宅した高校生の息子が発見したと、新聞に出ていた。――そこまで考えて、力は、はっとする。

報道の通りなら、佑都は――力の横に今座っているこの人は、自分の母親の遺体を見つけたのだ。

「父親に似てるな」

呟くように佑都が言って、力は「え？」と彼を見る。佑都が再び言った。

「父親に似てる。――だから、ベンチに座ってるの見て、すぐにわかった」

力は答えられない。

一緒に来たのは失敗だったかもしれない。窓の向こうに景色が流れていくのを見ながら、シートに沈めたお尻がむずむずとして、どんどん落ち着かない気持ちになっていく。

この人は一体、何をしに来たのだろう。

佑都にとって、力の父は、自分の母親を殺したのも同然の相手だ。そう思われていても、不思議はない。

エルシープロの人たちと、彼も同じなのだ。父を捜し、そして、おそらくはそのために、母と力を追いかけてきた人なのだ。

高崎山自然動物園は、市街地からそう離れていない場所にあった。佑都と二人で長時間タクシーに乗ることを覚悟していたのに、窓の外の景色からビルや繁華街の町並みがあっという間に消えて、だだっ広い車線の多い道路の脇に山しか見えなくなる。

動物園の案内板が見えて、車が入り口の前まで来ると、佑都が「ここでいいです」と運転手に言った。お金を払って、先に降りる。力もあわててその後を追った。

佑都は無言だった。チケット売り場まで歩き、窓口に並んでから佑都が「なあ」と力を振り返った。

「お前って、市内の学校通ってる？」

「え？」

「市内だと割引になるんだって」

どうやら窓口の係の人に、力の分も入場料を払おうとしていたようだ。力は首を振った。

「通ってない」と答えた時、佑都が微かに目を細めた。

学校に行っていない後ろめたさがまた胸を圧迫するように感じて力が俯いてしまうと、佑都が窓口の人にてきぱきと「割引なしで、小学生一人、高校生一人」と伝えた。

「ほら」

佑都から差し出された入場券を受け取る。「払う」と言ったけど、佑都は「いいよ」と言って、入場料を受け取ってくれなかった。

「猿のいる上の広場まで、どうやって行く？」

佑都がいきなり尋ねてきた。力がきょとんとしていると「モノレールで行くか、歩いてくか」と続ける。佑都が指さした先に、「さるっこレール」と書かれた案内表示がある。すでに何人かが待合室のような場所に座って、モノレールがやってくるのを待っているようだった。

「もうすぐ次の便が出るよ」

自分たちの会話が聞こえたらしい係の人がそう教えてくれて、佑都が「じゃあ、乗ります」と答えた。待合室にあるベンチにどっかりと腰掛ける。

力も仕方なく、後についていく。横に座る気がせず、近くに立ったまま、一緒にさるっこレールを待つ。

もうすぐ、と言われたけれど、乗車案内の声はなかなかかからなかった。

冬休みに入った動物園はけっこう混み合っていて、親子連れや子どもの姿も多い。高崎山に、まさかこんなふうに来ることになるとは思わなかった。別府にいるうちに来ることもあるかと思っていたけれど、その時は母や、清末一家と来るのだとばかり思っていた。

手持ち無沙汰《ぶさた》に待合室の壁を見ると、高崎山の紹介や、〝ボス猿〟と呼ばれる猿たちの写真などが飾られていた。それらを眺めていると、「ここさ」と佑都が話しかけてきた。

「猿、飼ってるわけじゃないって知ってる？　野生の猿の群れを呼んで見せてる」

「──知ってる」

純子に教えてもらった。力の受け答え一つで佑都が急に機嫌を悪くしてしまうんじゃないかと気が気ではなかったが、佑都は「あ、そう」と頷いたきり、また力を無視するように目を逸らした。スマートフォンを取り出して、画面を何か操作している。

誰かに連絡を取っているのだろうか、と思うと、力には気になった。おなかの底の方が重たくなってくる。

聞きたいことがたくさんある。

何をしにきたのか。自分と母に会いにきたのか。だとしたら、どうしてここに自分たちがいることを知ったのか。他の人たちもみんな、母と力がここにいることを知っているのか。自分たちはこれからどうなるのか。

気になって気になってたまらないけれど、とりあえず、今聞けそうなことは一つしか思い当たらなかった。もうすぐモノレールが来てしまうし、何より周りには、自分たちの他にもたくさん人がいて、話す内容を聞かれてしまうのではないかと気がかりだった。

「……どうして、高崎山に来たの」

尋ねると、佑都がスマホから顔を上げた。

「──昔、来たことがあるんだよ。大昔だけど」

ついでのように言う。

「母親が撮影で別府に来たことがあって、その時に寄った。俺がまだ小一くらいで、あの人もまだロケとかに子ども連れてってた頃」

モノレールがようやくやってきた。佑都が立ち上がり、力も彼の後ろをついて、一緒に中に乗り込んだ。

車内には、園内での約束事が貼られていた。「食べ物を持ち込まないこと」「サルをさわらないこと」などの一つに「サルの目をじっと見つめないでください」とあった。「サルがケンカをうられたとカンちがいして怒ります」と書かれていて、少し緊張する。偶然目が合ってしまうことだってあるかもしれないのに、なんだか怖い。

上の広場に近づくにつれて、窓の外からおかしな音が聞こえた。「おーい、おーいおいおい」「おーいおいおいおい」という大きな声だ。一瞬、猿の鳴き声なのかと思ったが、それにしては人間っぽい。

力が首を傾げていると、乗り合わせた親子連れのお父さんが「群れを呼んでるんだ」と自分の子どもに話しかけていた。

「サル寄せ場に猿の群れを時間差で呼んでるんだって。今いる群れの次に来る群れに、あやって係の人が声をかけてるんだよ」

その説明に力が内心でへえ、と感心していると、次の瞬間、車内で「わあ！　猿や！」

と声が上がった。力よりも小さな子が、窓に顔をくっつけるようにして外を見ている。見れば、本当に猿がいた。レールのすぐ先を、すばやくささっと渡っていく。そのすぐ近くに、親子猿の姿があった。車内の別の誰かが「子ザルや！　かわいい！」とまた声を上げる。

母猿のおなかにぶら下がるようにしてくっついた子猿が、母猿がレールから近くの岩に飛び移ろうとした弾みでバランスを崩して落っこちそうになる。

力を含め、車内の何人かから「あっ！」と声が上がるが、次の瞬間、母猿が器用に子猿をがしっと掴み直し、二匹が再びくっついて去って行く。車内から「ほーっ」と安堵の息が洩れた。

「さすがお母さんやね」と、誰かが言うのが聞こえた。

そんな光景を見ながら、力は一人、感動していた。純子に聞いた通り、ここでは猿が本当にすぐ、手を伸ばせば触れそうなほど近くにいる。

モノレールが上に着き、降りると、猿を呼ぶ「おーいおいおいおい」という声がますます大きくなった。広場のあちこちから、スピーカーで山の方に声を流しているようだ。

猿は、たくさんいた。

さっき車内の窓から一匹一匹見つけて興奮していたのが滑稽《こっけい》に思えるくらい、本当に見渡す限り、あちこちにいる。サル寄せ場と呼ばれる広場は、寺の境内になっているようだ。

地面や建物、階段の上、ちょっと気を抜いて歩いたら、子猿を踏んでしまうかもしれない。それくらい、一面に猿の群れが広がっている。観光客たちが写真を撮ったりする横を、まるで人間などいないかのように猿たちが悠然と寝そべったり、歩いたりしている。

人間が怖くないみたいだ、と気づいて、力は、ああ、本当にそうかもしれない、と思う。力には猿の姿が珍しいけれど、ここの猿たちにとってみれば、人間の方が自分たちの世界に入ってきただけという意識なのかもしれない。

「もうすぐ猿の餌やりの時間ですからね」

広場の真ん中で、帽子をかぶった係員の女の人がマイクを持って説明している。自由気ままに動いている猿たちも、その人のことだけは意識しているようで、周りを囲むようにして集まっている。餌がもらえると知っているからかもしれない。

「ここで食べる餌は猿たちにとってはおやつ程度。普段はみんな、山の中のものを食べています。過酷な自然の中で、群れ同士、縄張りを守りながら生活しています」

係員が説明する姿をちらりと一瞥《いちべつ》した佑都が、すっと広場の中央を離れる。力もその後ろを黙ってついていった。

けれど、説明するマイクの声は大きくて、広場の中央から距離を取っても、まだよく聞こえた。

「猿の群れの中は完全な年功序列です。ボス猿であるナンバーワンやナンバーツー、スリー、フォーは全部、群れにいつ入ったかで決まります」

お姉さん、この猿はナンバーいくつー？　と質問する声がして、力が振り返る。指さされたすぐ近くの猿を見て、係員のお姉さんが「これはナンバーフォーのランタ」と答える。力の目から見ると、たくさんいる猿は全部同じ顔に見える。けれど、係員のお姉さんにはわかるのか。驚いていると、お姉さんが続けた。

「猿の群れは、お母さんやおばあちゃん、あとは子猿たちが中心の女社会です。子猿のメスはこれからも群れにいることができます。――オスはどうするの？　って当然、思いますよね？　はい、オスの子猿たちは成長すると群れを出ていかなければなりません」

お姉さんが続ける。

「群れを出ていくと、オスたちには過酷な山での生活が待っています。厳しい自然の中で暮らしながら、やがて、所属する群れを自分で探すんですね」

お姉さんが自分のすぐ足元に座っている猿をちらりと見る。

「えーと、今、ここにいるオス猿のマロンくん。この子はお母さんから自立できなくて、もう群れを出ていく年なのにまだお母さんと一緒に群れの中にいます。他の大人のオスたちに認めてもらうこともできないし、このままじゃマザコンです」

マザコン、という言葉が出て、説明を聞いていたお客さんたちの中からどっと笑いが起きた。お姉さんが言う。

「ほら、どうですか？　もう子猿って大きさじゃないでしょう？　――次の巣立ちの時にちゃんと出ていけるかどうか、我々職員も注目していまーす」

改めてあたりを見ると、親子でいる猿たちの姿が多かった。おなかに子どもをくっつけたり、背中を毛づくろいしていたり。そういう親子の猿を見ると、確かに力は、母猿と子猿だ、と思う。父猿だというふうにはあまり思わない。猿の群れが、そんなにも徹底して父親不在の社会だとは知らなかった。

聞くとはなしに説明を聞いていた力のすぐ前で、佑都は黙ったまま寺の境内や建物を見ていた。

やがて、佑都がぽつりと言った。

「あんまり変わってない」

猿のいる境内から、下に降りる階段があった。

佑都と力、どちらから言い出したわけでもなく、二人でそこを降りていく。背の高い木々に囲まれたゆるやかな坂は、森になっていた。

境内から遠ざかり、ふもとに近くなると、猿の姿がどんどん少なくなっていく。自分たちの他に歩いている人の姿もなかった。

その時になって、ようやく、力は自分から聞く勇気が出た。

「どうしてオレたちに会いにきたの」

佑都が足を止める。無言で振り返った。怖かった。勇気を振り絞って、力はさらに聞く。周りには、人も猿も、誰もいなくなっていた。

「うちの父さんを、捜してるの?」

「──テレビが来たの、知ってる? お前の母親が働いてるとこに」

「うん」

初対面なのに、お前、という乱暴な呼び方をされることには、まだ違和感があった。偉そうな喋り方にも慣れない。佑都が言った。

「それに行ったっていう、高馬くんから聞いた。違うかもしれないけど、ロケ先で本条拳の奥さんらしい人を見たって」

「高馬くんって、松浦高馬?」

「そう」

佑都が頷いた。ぶっきらぼうな口調で言う。

「俺に電話くれた。高馬くんのマネージャーも、確かに似てるって言ってたって。うちの母親と同じ事務所だから、高馬くん」

佑都の顔が少し歪む。歪んで、笑う。

「あんな母親だけど、後輩には割と慕われてんだよ。高馬くんはよくうちにも遊びにきてたし、今回も俺に連絡してきてくれた」

「じゃあ佑都……さんは、エルシープロの人と一緒に来たの？」

胸がドキドキする。初めて佑都の名前を呼んだ力を、彼がじっと見つめた。

次に佑都が何か答えるまでの時間を、とても長く感じた。佑都が首を振る。

「来たのは俺一人だよ。他に誰もいない。高馬くんもまだ事務所には言ってないって言ってたけど、マネージャーも気づいたんなら、正直、時間の問題かもね。まだ誰も来てない方が奇跡だと思った方がいいんじゃない？」

頭の奥をがつん、と大きく打ちつけられたように思った。母と自分が恐れていたことがとうとう起きてしまった。見つかってしまった。

「──お母さんのところに、また、エルシープロの人たちが来るの？」

声が咽喉《のど》に絡んだ。四万十で、母が青ざめた顔をして自分のところに走ってきたのを思い出す。震えながら、あわてて逃げるしたくをしたのを思い出す。

するとその時だった。唐突に、佑都が笑った。彼の鼻先で、ふっと空気が揺れる。

「あのさ、お前ってマザコンなの？」

力は目を見開いた。

「お母さん、お母さんって、お前、小学生らしいけど、もう高学年だろ？　俺、お前くらいの年の頃にはもうそんなふうに親に懐いてなかった気がするけど。──さっきだって、俺が母親のいる建物に入ろうとしたら焦って止めたよな。そんなに母親が好きなわけ？」

何を言われたのか、わからなかった。ただ、耳の後ろがかっと熱くなる。

「お前たち、まさか自分たちのこと、被害者だと思ってるわけじゃないよな」

佑都の声が冷たかった。目も冷たかった。口元は笑顔を浮かべているのに、顔つきも目の奥も暗い。

被害者、という言葉が力を立ち竦ませる。

16

昼休みになり、早苗が砂湯の建物の外に出ると、外のベンチで昼ごはんを食べていたはずの、力の姿がなかった。

寒いから中で食べたらどうか、と誘おうと思っていた息子が、どこにもいない。

「力？」

姿の見えない息子の名前を呼び、作務衣のままベンチの方に歩き出す。

空気が乾燥した冬の海沿いの駐車場には、今日は車もまばらにしか停まっていない。どこかに行ったのだろうか。深く考えずにもう一度、「あれ？　力？」と独り言のように呼びかける。ベンチやテーブルの周りを捜す。

テーブルの上に、見慣れた包みが置かれたままになっていた。四万十からここに来る時、遼のお父さんから貸してもらった重箱の包みだ。中を開けると、詰めた弁当は力の分が空になっていた。

それを見ると、胸騒ぎがした。

「力」

名前を呼んで、もう一度、駐車場の方を見る。誰もいない。

駐車場の隅、自動販売機のすぐ近くのいつもの場所に、力の自転車が立てかけられていた。自転車は残っている。遠くには行っていないはずだ。

冬の寂しい浜辺のどこに行ったというのだろうか。あの子が暇を潰せる場所が、この近くにあるだろうか。

空が冷たい色をしている。冬の、色のない白い空が、海の上を覆っている。

17

立ち尽くす力に、佑都が言った。

「何しにきたのか聞いたよな。——顔が見てみたかったんだよ」

目が、力をじっと見ている。

「父親が逃げ出して、マスコミや事務所の人たちに追われて、お前たち、どうせ自分たちはかわいそうな被害者だと思ってるんだろ？　何も悪くないのに、東京に住めなくなったって。なんでこんな目に遭わなきゃならないんだって、何の責任もないのに巻き込まれたくらいに思ってる。──挙句《あげく》、こんなとこまで逃げてきて、それでのうのうと暮らしてるのかと思ったら、腹が立った」

声を聞くたび、心と身体の奥から見えない冷たい水がどんどん沁み出してくるようだった。目を逸らすこともできず、力は棒立ちになってその声を聞く。佑都がまた、あの嫌な表情を浮かべて鼻先で笑う。

「どんな顔してそんな都合のいい気持ちで逃げてるんだって、ずっと顔が見てみたかったんだよ。事故が起きたのも、巻き込まれたのも、もとはといえば、お前の母親がしっかりお前の親父のことを見てなかったせいだろ？」

佑都を怖いと思っていた気持ちがその言葉を聞いた途端、消えた。

「うるせえよ！」

同学年の男子と喧嘩をする時のような、尖った声が出た。佑都が再び笑った。

「マザコン」

さっき背後に流れていた係員の説明を、佑都も耳にしていたのだろう。だからすぐに、こんな言葉が出てきたのかもしれない。自立できていない、というさっきの係員の説明と、その後で上がった観光客からの笑い声までもが、まとめて今、力をバカにしたように感じた。

「マザコンじゃねえよ！」

夏からずっと、母と二人だけで生活してきた。しかし、それは仕方なくだ。好きでそうなったわけじゃない。

遥山真輝が――、今、力をマザコンとバカにしたこいつの母親が事故を起こしたからだ。父さんを巻き込んだからだ。

ずっと発散できずにためてきた怒りが、ふーっと身体の深い部分から溢れ出してくる。止まらなくなる。

高校生だ、ということを忘れて、力は佑都に摑みかかった。

弾き飛ばされるかと思ったが、呆気なく、佑都の身体が倒れた。馬乗りになって、振り上げた手を顔に振り下ろす。殴られた佑都の顔が横にぶれた。眼鏡が飛んだ。間髪入れずもう一発殴ろうとしたところで、佑都が暴れた。彼が振り回した手が今度は力の顔面にぶつかって、衝撃が弾ける。目の前に火花が飛んだ。

言わないでおこうと思ったのに、言ってしまう。

「全部、お前の母さんのせいだろ！」

遥山真輝にも家族がいる、ということを、力はこれまであまり考えたことがなかった。

事故を起こした、大けがをした、自殺をした、と聞いても、それはただ、女優という華やかな人がどこか知らないところで勝手にしたことだという気がしていた。それが、佑都を前に、初めて爆発してしまう。

責めたくなんか、なかったのに。

「事故だって、お前の母さんが運転して起こしたんじゃないか。あれがなきゃ、みんな、あのままでいられたのに！　自殺、したのだって——」

父さんは——。

目を閉じると、暗い視界に涙が滲みそうになる。すんでのところでこらえて、目を開ける。

「父さんは悪くない！」

言ってしまった後で、力は歯を食いしばる。

佑都の手が再び力の顔に飛んでくる。殴られる。もう片方の手に爪《つめ》を立てられ闇雲に顔面を摑まれると、ぎゃっと声が出た。痛い。

「知るかよ！」

佑都が叫んだ。息が切れている。その顔がとても苦しそうだった。

「仕方ないだろ！　——あんなどうしようもない母親でも、いいとこも少しはあるんだよ！　あったんだよ！」

痛みの中で、力は、え――と息を止める。

佑都と揉み合う中で、そして、気づいた。

会ってからずっと、佑都が自分の母親のことを「あの人」とか「あんな母親」と呼び続けていることを。力が何も責めていないうちから、佑都はそう言い続けていた。

遥山真輝にいいところがない、なんて誰も言っていないのに。

佑都が宙に拳を突き出し、その手をそのまま力なく投げ出す。足がバタバタ、駄々をこねるように地面を蹴った。

「どうしてだよ……」

絞り出すような声がした。力はもう佑都を殴り返す気力も失せて、ただ茫然《ぼうぜん》とその声を聞いた。

「どうしてお前ら、よりにもよって別府になんか、いるんだよ」

泣く時のように、声の表面が震えている。佑都が両方の手のひらで顔を覆い、そのせいで表情が見えなくなる。

別府が――高崎山が、どうやら佑都にとって、特別な思い出が沁み込んだ場所なのだということが、震える声と声の間から伝わってきた。

昔、佑都と母親は、この場所に来たことがある。大昔、と佑都は言った。

母と自分が、別府といえば砂湯や、住んでいるお風呂屋さんの二階を思い浮かべるように、佑都は、別府といえば、高崎山を思い出したのかもしれない。だから、来てみたのかもしれない。

「——あ」

佑都の上に馬乗りになったまま、力が呟く。その声に、佑都が静かに反応した。顔から手を外し、力が見つめている視線の先を見た。

「猿……」

子猿が一匹、群れを外れたのか、こんな方にまで下りてきていた。細くて短いしっぽと薄茶色の毛並みが木々の間から差し込む光に照らされている。

子猿もまた、こっちを見ていた。時が止まったように、力たちも、子猿も、互いに目が離せない。

猿と目を合わせてはいけない、という決まりのことを思い出したが、子猿は怒ったりする様子もない。

子猿の、丸い、透明な光を帯びた目が、ただじっとこちらに向けられている。

それはごく短い時間の出来事だった。

子猿のもとに、キキッと声を出して、母猿がやってくる。その途端、止まっていた時間が急に動き出したように、子猿がぱっと向きを変える。

母猿と一緒に、山道を上へ上へ、駆けていく。

猿を見送り、少しして、力と佑都はのろのろと起き上がった。佑都が地面に落ちた眼鏡を拾ってかける。

そのまま、森の中の舗道の隅に腰掛ける。相変わらず、あたりには誰もいない。互いに気まずく沈黙したまま、顔が合わせられない。

やがて、佑都が言った。

「……悪かったよ」

力は顔を上げる。ふてくされた顔の佑都がそこにいた。

「小学生相手にキレて、殴って、大人げなかった」

「オレも、ごめん。先にやったの、オレだし、あんなにあっさり、倒れると思わなくて」

そう言うと、佑都が嫌そうに顔をしかめた。

「何だよ、弱いって言いたいのか？」

「ううん、違う。倒れると思わなかったから驚いただけ」

「――俺も驚いたよ。急にあんなふうに摑まれると思わなかった」

佑都が力なく笑う。初めて、暗いところがあまりない笑い方をしたように思えて、力も少しほっとする。

山の上の方から、まだ「おーいおいおいおい」という、群れを呼ぶ声がしていた。観光客の笑い声や、猿たちのキキッという高い鳴き声も聞こえる。少し距離があるだけなのに、にぎやかな広場の様子が聞こえると、森の中の静けさがよりいっそう意識される。

思い切って、力が言った。

「お母さんのこと、ごめん」

佑都は黙っている。力は続けた。

「かっとなってつい言っちゃったけど、オレも、オレの母さんも、遥山真輝さんのことは、そんなには……」

遥山真輝は、もう亡くなってしまった人なのだ——という事実を、改めて思い出す。生きていたらわからないけれど、少なくとも、母は力の前で彼女を悪く言うことはなかった。それに、正直、誰かのことを責めるとか悪く言うとか、そんな余裕もないくらい次々にいろんなことが起こって、責めるというところまで気持ちが行き着かなかった。

遥山真輝はもういない。佑都からしてみると、自分たちは、母親を殺したも同然の相手の身内だ。力たちを責めたいのは、むしろ佑都の方だろう。

気になるのは、佑都の言い方だった。あんな母親。佑都はまるで、誰かに自分のお母さんを責めてほしいみたいだ。

佑都は長く、黙ったままだった。しばらくして、ぽつりと、呟くように力に尋ねた。

「うちの母親が、世の中からどう思われてるのか、知らないの」

今度は力が黙ったまま、彼を見る番だった。佑都がふーっと大きく肩で息をする。

「母親失格の、わがままで高飛車な人間だって、みんな知ってるよ。そういう記事もいっぱい出たし、ネットの世界なんか見ると、もっとひどい。——俺、お前くらいの年に偶然、自分の母親のことあることないこと書いてるサイトに行き着いて、熱出して寝込んだ」

「うわー、それは……」

想像してみることしかできないが、それは随分重たいことのように思える。力だって、父のことを事故の後でクラスメートたちが検索した、と聞いた時には、恥ずかしさと怒りで気が遠くなりそうだった。

佑都が「だろ？」と頷く。少し柔らかい表情になる。

「まあ。書かれてること、全部がでたらめってわけでもなくて、たちが悪いことに、その通りなこともあるし、当たってるとこもあるんだけど」

佑都が言う。疲れたように頬が引きつり、いびつな笑顔を作る。

「あの人のマネージャーとか、周りからは、『あれを読むと、ここに書いてる人たちって遥山さんのことが本当に大好きなんだなって思いますよね』とか言われる始末だし」

「え、そうなの？」

「……本当に嫌いなら無関心でいるはずなのに、いちいち時間割いて書き込むくらい、本当は遥山真輝が好きなんだって言われた。慰めるみたいに」

佑都が笑う。それからまた真顔になった。

「実際、あの人、母親には向いてなかったんじゃない。恋多き女みたいに言われたし、俺のことも自分の母親にまかせっきりだったし」

自分の母親、というのは、佑都のおばあちゃんのことだろうか。祖母のことをそう表現するのも、力にはピンとこない。佑都が言った。

「よく怒られてたよ。子どもほったらかしにしないで、もう少し会いにきたらどうか――とか。まあ、俺の前でそういう電話とか露骨に自分の娘にかけちゃうばあちゃんもどうかと思うけど」

「そう……なんだ」

自分の母親や祖母に距離を取ったような言い方をする佑都の物言いは、大人のようでもあるけれど、子どもっぽくも聞こえた。

力から見ると、高校生はだいぶ大人に近く見える。佑都と会ったばかりの時は確かにそう思えていたのが、不思議なことに、今は、どちらかと言えば子どもの自分と近いように感じられた。

「だから、うちは母親、いるのかいないのか、わかんない感じだったよ。もっとも外面《そとづら》はいいから、たまに学校の行事とか来てたけど。だけど、結局、あの人は自分のことが一番大事で、今回だって、それはそうだから」

力が答えられずにいると、佑都がちらりとこちらを見て、付け加えた。

「あ。今回って、不倫じゃなくて、死んだことの方な」

ますます何も言えなくなった力の前で、佑都が唇を一度閉じた。ややあって言う。

「反応、困るよな。ごめん」

その姿に、ふいに、クラスメートの、喧嘩した光流のことを思い出した。報道直後、誰も皆、力に接する時は気まずそうで、彼らにそんな顔をさせることがしのびなかった。一緒にいると、互いに気を遣っているのがわかって窮屈だった。

――この人も、同じだったのかもしれない。

力がそうだったように、この人も、みんなから遠慮されたり、気を遣われてきたのかもしれない。

だとしたら、力にはその気持ちがわかった。思い切って聞いてくれたりした方が、気を遣われるよりずっと楽なことも、ある。

そして、気づく。

あの時は怒ってしまったけれど、光流は数少ない、面と向かって力と話そうとしてくれた相手だったのかもしれない、と。

力は、座り込む佑都を見た。日常が壊れたのは、力の家だけではない。あの事故で、佑都の家もまた日常を失ったのだ。

「……お母さんと、あんまり会ってなかったの？」

力が尋ねると、佑都が顔を上げた。なんということはないように頷いて、彼が答える。

「会ったり、会ってなかったり。でもたぶん、世間で思われてるほどには、ほっとかれてるわけでもなかったよ。あの人は相変わらず自分が一番だったし、よく荒れてたけど」

「あのさ」

「ん？」

「佑都さん、あんまり、世間とか、言わなくていいよ」

力が言うと、佑都が怪訝そうな目をしてこちらを見た。力が続ける。

「世間とか、ネットの評判とか、オレは、知らないから……」

佑都が力を見る。唇をまた閉じた後で、「そう？」と言った。「わかった」と。

「だけど、わがままだったのは事実だよ。性格も悪かった、と思う」

佑都がとぎれとぎれの声で、ぽつぽつ続ける。

「同年代の女優の誰より出番が多いとか少ないとか、自分の方が若いとか売れてるとか、そういうのを家の中でもすごく気にしてたし、若い頃より人気がなくなってるのもわかってたんだろ。ちょっとしたことで、よくキレてた」

佑都が静かに力を見た。ふっと、鼻から息を抜くようにして笑う。

「世間で言うより――って言うと、お前、また、気分悪いだろうけど」

「うん」

「あんな性格なのに、父さんとは、そんなに仲悪くなかったんだよ。よく相談もしてたし、父さんも、母さんのこと慰めたり、励ましたりしてた」

佑都の口から、初めて「母さん」という言葉が出た。父親のことも初めて聞く。佑都が続ける。

「俺もそんなに、あの人のこと、嫌いじゃなかったよ。あんな母親なのに、不思議だけど」

佑都の目が、猿のいる境内の方を見る。薄暗い森の中から、眩しそうに目を細めた。

「高崎山にも、三人で来たんだ。父さんと、母さんと。——母さんがそうしてほしいって言って、俺も父さんも学校や仕事、よくそんなふうに休まされた。自分の仕事より価値があるものなんかないと思ってたんだろうなぁ。俺の学校の行事と重なってようとお構いなし。わがままだよな」

「——本当は、達海真輝なの？」

「は？」

「お母さんの名前。結婚してるから、遥山じゃなくて、苗字、達海なのかなって……」

ずれた質問をしてしまっただろうか。おそるおそる力が言うと、佑都が「ああ——」と頷いた。

「違う、絵美子《えみこ》」と答える。

「達海絵美子。真輝も芸名」

「あ、そうなんだ。全然違うね」

力が言う。すると、佑都が「だろ?」と頷いた。

「全然違うんだ」

佑都の顔が、泣き笑いのような表情に歪む。見てはいけないものを見た気になって、力はさりげなく目を伏せた。

しばらくして、佑都が言った。

「本当は、伝えにきたんだ」

「え?」

「ここに来た理由。——何も、本当にお前たちを責めるためだけに、追いかけてきたわけじゃない」

佑都が森の上に覗く色の薄い空を見る。「そろそろ戻るか」と立ち上がった。

18

午後の仕事が終わる時間になっても、力はまだ戻らなかった。

早苗は今日、早番だった。みんなより一足先に仕事を終え、控室のある受付の方に戻ると、秋好から「力くん、まだ戻らんの？」と声をかけられた。

「ええ……」

一体、どこへ行ってしまったというのか。秋好にも周りを捜してもらったけれど、どこにもいないのだ。

ひとまず着替えようと、奥の控室に入って、作務衣の紐を解《ほど》く。

壁に立てかけておいた早苗の鞄の端から、不動産の資料が覗いていた。この間、安波にもらったものだ。今日は早番だから、この後、力と二人でいくつか候補の物件を見せてもらおうと思っていたのに。

すると、その時だった。受付の方から、「あ、力くん！」という声が聞こえた。

早苗はあわてて、控室から外に出る。脱ぎかけだった作務衣の紐を元通り結ぶ。秋好が外を指さし、「あれ、あれ」と教えてくれる。

「タクシーで戻ってきたみたい」

タクシー？　と違和感を持ちながら、早苗はそのまま外に出る。

建物のすぐ前にタクシーが停まっていた。力が立っている。

「力！」

早苗が駆け寄り、息子の顔を見てほっとしたのも束の間、怪訝に思って、息子の隣を見る。力は一人ではなかった。知らない、高校生くらいの男の子と一緒だ。

早苗が何か言うより早く、その子がすっと一歩、前に出た。早苗に向けて、聞く。

「本条さんの奥さんですか？」

「そう、だけど……」

咄嗟に返事をしてしまってから、あ、と思う。

本条さんの奥さん、という呼ばれ方は、もう長く、誰からもされなかった。夫を知っているのか、という思いで彼を見る。彼が、言う。

「俺、遥山真輝の息子です。――達海佑都って言います」

息を吞み込む。すぐには声が出ない。

早苗は唇を閉じ、彼の横に立つ力を見た。力は何も言わず、母親ではなく、名乗ったばかりの達海佑都の方を見ている。

達海佑都が頭を下げた。

「はじめまして」

「……はじめ、まして」

礼儀正しい言い方に早苗はますます戸惑う。遥山真輝の息子、という言葉がまだ頭の中に沈み込んでいかない。何をしに来たのだろう。エルシープロの人は一緒だろうか。どうして、自分に向けてこんなに丁寧な口を利くのだろう。わけがわからなくて、混乱する。

何より、どうして彼と力が一緒にいるのか。

「ここで働いているんですね」

佑都が顔を上げた。早苗の作務衣を見てそう言ったのだろう。はっとして、襟元に手をやる。佑都が深い意味などなさそうに、早苗を見た。

「砂湯で働いてるって聞いたけど、本当にそうだったんだ」

後ろめたい思いがした。東京から逃げて逃げて、ここで生活を築こうとしていたことを遥山真輝の息子に咎められたような気持ちになる。

そしてはっと思い出す。

遥山真輝が死んだ時、それを見つけたのは彼女の息子だった。目の前の、この子だ。

佑都の顔を、まともに正面から見られなくなる。目を伏せた早苗に向け、彼が言った。

「母の事務所の人、まだ来てませんか」

「来てない、けど」

「じゃあ、今からたぶん、来ます」

早苗は目を見開いた。

「テレビの収録で来た、松浦くんとマネージャーが、奥さんがここにいること、気づいたみたいです。似た人を見たって教えてくれました。事務所にも、だから、連絡がいったと思う」

佑都の声は淡々としていた。

「明日かあさってかわからないけど、とにかく、一度確かめにくるんじゃないかな。高知で逃げられたって、捜してたみたいだから」

「あなたはどうして……」

どうして、そんなことを遥山真輝の息子が教えてくれるのだろう。

佑都がふっと笑った。そして、驚くべきことを告げた。

「旦那さん、たぶん、今、宮城《みやぎ》にいます。仙台《せんだい》のあたり」

早苗は絶句する。すると佑都が再び言った。

「知らないんじゃないかと思って。旦那さんが今、どこにいるか」

「そうだけど」

認めてしまってから、今のは認めてしまってよかったのだろうか、と冷や汗をかく。この人たちの前で、何をどう答えるのがよいのかわからない。遥山真輝の関係者は、すべて自分たちの敵なのではないか。

すると、それまで黙っていた力が、初めて口を開いた。

「……佑都さんは、それを、母さんに伝えにきたんだって」

早苗はますます驚いて、力を見た。力が佑都の方を気遣うように見つめ、それから母を見る。

「すぐにエルシープロの人が来てもおかしくないから、その前にって……」

「事務所の人たちは、旦那さんが仙台にいることはまだ知らないと思います。知ってたら、奥さんや子どものこと、こんなに捜したりしないだろうし」

「どうして、そんなことをあなたが……」

佑都に向け、どう言っていいかわからない気持ちで早苗は問いかける。

夫は、この子にも会ったことがあるのだろうか。遥山真輝と夫の関係がどんなものだったのかを、早苗は知らない。向こうの家族と会うほどに、親しかったのか。

嫉妬《しっと》に似た重苦しい気持ちが胸をいっぺんに締めつける。しかし、そんな早苗の気持ちとは裏腹に、佑都の物腰も――それに、力の表情も静かだった。

「罪滅ぼしだから」

佑都が言った。小さな声だった。

「――うちの母も悪かったってことくらい、わかってます」

独白のように呟いて、佑都の目の色が翳った。

「もう俺、行きます」

「ちょっと待って」

引き留める言葉を反射的に口にするが、頭の中は真っ白だった。これ以上、何をどう続ければいいのか、何から聞けばいいのか、わからない。

佑都が微かに笑った。

「ご迷惑、かけました」

そう言って、ぺこりと頭を下げる。早苗と力、両方を一度ずつ見やり、そのまま、タクシーに乗り込む。

頭の中が真っ白になったまま、早苗は立ち尽くし、彼を乗せたタクシーが駐車場を出ていくのを見送る。ただ、そうすることしかできなかった。

「お母さん」と、力がそばにやってくる。

そうしてから、じわじわと、佑都に言われた言葉が胸に込み上げてきた。全身をぞっと寒気が襲う。

——エルシープロの人たちが、ここに来る。すぐにも。

そして、もう一つ。

嚙みしめるように、言葉を反芻《はんすう》する。

——夫が、仙台にいる。

上人ケ浜の、ざーん、という波音が、静かに胸の奥を打つ。

どうしていいかわからない。喜怒哀楽の、すべての感情がいっせいに心をかき回しているようだった。

力がこっちを見ている。その手を取って、早苗はその場にへたり込む。

会ったばかりの佑都の目に見つめられた時、後ろめたい思いがしたこと。ここで働いていることを咎められたようにも思った。しかし、その一方で、もどかしい、怒りに似た思いが込み上げてくるのを抑えられなかった。

どうして、そっとしておいてくれないのか。静かに暮らしては、いけないのか——。

早苗ちゃん、という声が聞こえたのはその時だった。

安波の声がする。砂湯の方から、こっちに向けて、駆けてくる。

「力くん、無事だった？　大丈夫？　ああ、よかった」

安波が心配そうに顔を曇らせながら、こっちにやってくる。座り込んだ早苗の様子に気づいて、顔を覗きこんでくる。

「早苗ちゃん、どげんしたん？　力くんが見つかって、よかったなあ」

力の手を握りしめたまま、早苗はまだ動けなかった。安波の柔らかい声に、心が震える。

視界が揺れる。涙が目の端に滲む。力が、母親と安波の両方を見ながら困っている気配を感じる。

一つだけ、もう確かなことがある。

早苗は今日、安波に紹介してもらった不動産屋を訪ねていくことはない。

「どげんしたん、早苗ちゃん。気分でも悪いの？」

繰り返し声をかける安波の優しい手が、早苗の額に包むように触れた瞬間、早苗は震えながら彼女に縋りついていた。

ごめんなさい、と咽喉を破るような大きな声が出た。力の手を持ったまま、安波の作務衣を摑む。三人で抱き合うような格好になる。

「安波さん、ごめんなさい。私——」

どう続ければいいのかわからない。ここにあの人たちがやってくる。四万十の時と同じように、東京の日々と同じように。

「ここに」と続ける声が咽喉の途中で掠れた。胸が痛んだ。

「私、もう、ここにいられないかもしれない」

もう逃げるのは嫌だった。

けれど怖い。ここでまたあの人たちに追いかけられるのが怖い。追いかけられ、責められる自分たちをここの人たちに見られるのがつらい。

心が引きちぎられそうになる。今すぐここで消えてしまいたいような気持ちになる。

安波が、驚いたように息を呑み、早苗を見た。力も戸惑っている。事情を知らない安波からしてみると、力の戸惑いも、早苗の混乱の理由も、きっと、何もわからないに違いない。

けれど、その時——。

安波が静かに頷いた。「うん」と声に出してくれる。力の手を重ねたまま、早苗の手を握りしめ、背中をゆっくり、撫でてくれる。

「いいよ」と、安波が言った。

「いいよ、いいよ。早苗ちゃん、気にせんでいいけんな」

安波が言う。

「また、戻ってくればいいけんなあ」

目を閉じると、涙がきゅっと瞼の下で溶けた。

早苗の手の中に、さっきまで握っていた鋤簾の重さが残っている。温泉と砂の感触がはっきりと残っている。

早苗を抱いた安波の作務衣から、あたたかい、砂湯の匂いがした。

第四章　あしたの写真館

1

いそいで、走った。

いそいで、いそいで、いそいで、自分の家に取って返す。家だと思っていた、お風呂屋さんの二階の荷物をまとめる。持ちきれない荷物、さりとて、どこかに送るということもできない荷物。

家賃は毎月、月末の後払いにしてもらっていた。払っていこうと思ったけれど、運悪く煙草屋さんがお休みだった。普段は営業が休みの日でも家にいることが多いのに、家族でどこかに出かけているのか、店舗の裏にある家の呼《よ》び鈴《りん》を押しても、声をかけても誰も出てこない。

年末だ。ひょっとすると、どこかに行ったのかもしれない。

必要最低限の荷物だけを手に黙って出ていくのは、夜逃げと一緒だ。

泣きそうな気持ちで砂湯にいる安波に電話をかけた。今日のうちに別府を出ていくことを、彼女と秋好だけには伝えていた。

家賃をちゃんと払っていけない、みんなの前から逃げ出すように消えるのは嫌だ――、気持ちが焦るせいで額に汗が滲み、相談する電話の声が崩れていく。

「しゃんとしな！」

安波から、ぴしゃりと言われた。

「後のことはなんとでもなるわ。家賃も、部屋に置いときゃあ、英子ちゃんには、後で私が事情を話しに行くけん」

この場所に生活をまるごと置き去りにするのが、悔しかった。

また戻ってくればいい、という安波の言葉が支えだった。またこの街で暮らしたい、砂湯でまた働きたい。それなのに、こんなふうにすべてを投げ出してしまっては、もう戻ってこられなくなってしまうのではないか。どうしようと胸がつぶれそうになる。

佑都がタクシーで去った後、砂湯で、早苗は安波に、初めて自分たち親子が抱えた事情について打ち明けた。短い時間での、混乱しながらの早苗の説明にも安波は動じなかった。普段、どんなお客さんが来ても対応を変えないのと同じように、ただ、早苗の手を取り、「そう。とっても大変だ」と言った。

あれだけお世話になった清末が、シフトが違うせいで今日は砂湯にいなかった。きちんと別れを言っていけないことも本当に悔しく、涙が出る思いがする。

「ハガキをちょうだい。ハガキだけでいいけん」

砂湯を出る時、安波に言われた。

「住所も名前も、なんにも書かんでいい。何か短い挨拶みたいなのが書いちょるだけで、私には、それであんたからやってわかるけん」

「わかりました」

親切なこの人のところに、エルシープロの人たちが来ることを想像すると息が詰まる。

しかし、安波も秋好も「後のことは心配せんでいい」と言った。

砂湯に置いてある荷物をかき集める時、秋好が、ここで使っているタオルを一枚くれた。

「また　来ちょくれ」と書いてあるタオル。ビニールに入ったままのそのタオルを、力いっぱい握りしめて、鞄にしまう。

今日のうちに別府を出ていく、という母親の急な決定に、力は逆らわなかった。聞き分けがよすぎるほどの素直さで「わかった」とただ答え、自分の分の荷物をまとめる。

遥山真輝の息子と何か話したのかもしれない。二人でどこに行って何をしていたのか、詳しく聞きたかったが、今はそれどころではなかった。

朝は、今日、ここを離れることになるなんて思っていなかったのに。

炊飯器もトースターも、揃えた家電はそのままだし、別府の生活で増えた荷物は、鞄の中に全部は入りきらなかった。部屋の隅にまとめてきたけれど、心残りだ。本当だったら残していきたくなんかない。

力が背負ったリュックサックも、四万十や家島の時より大きく膨らんでパンパンだ。それだけの時間を、ここで過ごした。

荷物をまとめ、停留所まで走って、バスに乗って、大分空港へ向かう。

駆け込むようにして空港に辿《たど》りついた頃には、あたりがすっかり暗くなっていた。

飛行機のチケットを取る。空港の窓口で直接、飛行機の空きを確認して予約するなんて初めてだった。

十九時を過ぎた空港には、これからの便があるかどうかもわからなかった。今から間に合う便を探す。二十時十分発の羽田空港行きが目に入る。しかし、羽田、という文字を見た途端、理屈でなく、胃がぎゅうっと引き絞られるように痛み、頭から血の気が引く感じがあった。東京。東京。東京に戻ることを考えたら、猛烈な拒絶の感覚が身体の奥底から込み上げてくる。

羽田行きの便の一つ後に、「名古屋」の文字が見えた。中部国際空港への便が、五分後の二十時十五分にある。

――東京からやってきたエルシープロの人たちが、今、この空港にいてもおかしくないのだ。その可能性に初めて気づいた。

いそいで、いそいで、いそいで。

あせって、あせって、あせって、チケットの手配をする。

中部国際空港行きの飛行機に、すべり込むようにして乗り込む。

年末の移動は席がいっぱいなのではないかと心配だったが、幸い、早苗と力、二人分の席はまだあった。

大分空港から飛行機が飛びたった瞬間、身体中からぶわっと力が抜けた。ただし、まだ安心はできない。額にも脇の下にも汗が滲んでいて、機内はあたたかかったけれど、その分、冷たくなった汗が張りつく嫌な感じが残った。

機内で急に、誰かに話しかけられたらどうしよう。自分たちを見つけたエルシープロの人間が、一緒に乗っていたら。そんなことがあるはずない、と思うのに、背中がぞくぞくして、嫌な想像が止まらない。

名古屋に着いても、心はまだ休まらなかった。

大分から直行便があるのが名古屋だと、あの人たちは当然気づくだろう。最終近いこの便に自分たちが飛び乗ったことだって、きっとすぐにわかってしまう。

空港にできるだけ近いビジネスホテルに泊まり、夜のうちに、明日の朝の飛行機の便を調べる。

眠れなかった。

これからどこに行けばいいのかもわからなかった。

東京の家に戻ることは当然考えられない。胃の、引《ひ》き攣《つ》れるような痛みが強くなっている。

「力」

ホテルの部屋、薄い掛け布団にくるまる息子に尋ねる。寝てしまったかと思っていたが、力は起きていた。

「なに」と短い返事があって、力が身体を起こした。

拳が仙台にいる、というのは嘘かもしれない。自分たちをそこに行かせるための罠《わな》かもしれない、と、道中何度も考えた。しかし、佑都が自分たちにそんな嘘を吐く理由はない。自分たちを捕まえるためなら、そんなことは言わずに、あのまま別府で捕まえればよかったはずだ。

「遥山真輝さんの子は、信用できそう？」

二人で高崎山に行ったことを、飛行機の中で力から聞いていた。別府が、彼ら親子にとっても何か特別な思い出がある場所だったらしい、ということも。

早苗が尋ねると、力が小声で短く、何かを答えた。咄嗟に聞き取れなくて「え？」と尋ね返すと、力が早苗にまっすぐ顔を向けた。「佑都さんだよ」と言う。

「遥山真輝さんの子、じゃなくて、名前、佑都さんだよ」

「……わかった。佑都さんは信用できそうかな？」

まるで、自分の友達を呼ぶようだ、と思う。力のその様子を見て、答えは聞かなくてももうわかった。

息子たちが何をどんなふうに話したのか、詳しいやり取りはわからない。しかし、力と佑都の間には、何か通い合うものがあったらしいのだ。今日初めて会い、午後を一緒に過ごしただけだというのに。

しかも相手は、自分たちを追い詰めた、あの遥山真輝の子どもなのに。

奇妙なことだと思うけれど、佑都に実際に会った早苗にも、力の気持ちは少しわかった。眼鏡に丸い鼻、ずんぐりとした佑都は、あまり母親に似ていなくて、早苗にも礼儀正しかった。

タクシーに乗り込む時に見せた表情の、目の感じを見て、初めて少し母親に似ていると思った。眼鏡をかけているせいですぐにわからなかったけれど、佑都は、よく見れば、切れ長の美しい目をしていた。それを見て、ああ、この子は母親を失った子なのだと改めて思った。力から聞いた高崎山の話に、胸が張り裂けそうになった。

力が少し間を置いてから答えた。

「佑都さん、嘘はついてないと思う」

「……そうだね」

自分が夫に会いたい、と思っているのかどうかわからない。

しかし、拳には聞きたいことがたくさんあった。

仙台を目指す、と心が決まる。どのみち、他に行けるあてがあるわけでもない。

宮城には、これまで一度も行ったことがなかった。まったく土地勘のない場所だ。

別府からずっと、肩と首が緊張したように強張《こわば》って、目の奥が重たく痛む。それなのに、頭がさえて、少しも眠れない。

「早起き、できる？」

早苗の言葉に、力が「うん」と答えた。

はやる気持ちで、朝一番の飛行機で仙台に向かった。

仙台空港に到着し、飛行機から降りると、まだ建物の中だというのに、はっきりと、大分とも名古屋とも違う、東北に来たのだと実感できた。鼻の先にあたる空気が、明らかに温度を変えている。季節が急に何段階も冬の度合いを上げてしまった気がした。

空港の窓から見える、まだ午前中の滑走路は霜を思わせるように白くて、寒々しかった。天気もあまりよくない。雲の多い空を見ると、たったそれだけのことで、自分たちがこの土地に歓迎されていないように思えてしまう。

仙台駅を目指す。

目指せる場所は、とりあえずそこしかない。飛行機を降りて荷物を受け取り、電車に乗る。

夫がいる、と聞いて来てしまったけれど、駅に着いたその先のことは考えていなかった。仙台と一口に言っても広い。闇雲に捜したところで夫に巡り合えるとは到底思えない。

空港も駅も、年末の帰省客と思われる家族連れや、旅行者ふうの中高年夫婦の姿で混み合っていた。それを見ると、本当なら今の時期は別府で過ごしているはずだったのに、と惨《みじ》めな気持ちになってくる。おせちを作って、清末たちとお正月を迎えられる予定だった。力に、こんな知らない場所で、母子二人だけ、おせちもお雑煮《ぞうに》もない過ごし方をさせるとは思わなかった。情けなかった。

駅に着いたら、まず、今日泊まれるところを探そう。別府で働いた分の給料があるとはいえ、何日もホテルに滞在できるほど裕福なわけではない。

いつまでここで過ごせばいいのだろう。

考えれば考えるほど、頭の中で思考がぐちゃぐちゃともつれてくる。先が見えない状況に、苛立ちと不安ばかりが募っていく。

「……仙台って、地震、大変だったんだよね」

「え？」

電車の中でふいに力が言って、早苗がそれに顔を向ける。力は車窓に流れる景色を見ていた。

「建物、みんな、壊れたりしてないね」

「……ああ」

東日本大震災のことを言っているのだ。七年近く前の震災の時、力はまだ四歳だったが、東北が受けた被害の大きさを漠然とでも知っているのだろう。

「仙台はだいぶ元通りになったって、何かの報道で見たよ」

「そうかぁ」

力が言って、再び窓の外を見る。息子にそう言われて、早苗は改めて、そうか、東北は被災地なのだ、と思い出す。ただ佑都の言葉のままに目指してきてしまったけれど、夫はここで何をしているというのだろう。

電車の中は、暖房がよく効いていたが、それでも、外の空気がはっきりと冷たいのがわかる。顔を近づけた窓から、冬に特有の静謐《せいひつ》な空気の匂いが感じ取れる。

喉が微かに痛い。呼吸するたび違和感がある、ということに、今朝から気づいていた。

昨夜、よく眠れなかったせいで、頭もぼうっとしている。注意力も記憶力も落ちているようで、すっきりしない。背中や、身体の節々が痛い。気のせいだと思おうとしたけれど、背中にぞくりとした寒気が走る回数が、飛行機を降りてから多くなっている。

仙台駅に着いた後は、周りを見るより先に、宿を確保することに一生懸命だった。携帯電話で検索した宿は、年末でどこも混んでいて、電話をかけてもすでに予約でいっぱいだった。少し値段の高い宿や、仙台駅から離れた駅の最寄りに切り替えて電話をしても同じで、途中から「電話番号を伝えておくので、万が一、キャンセルが出たら連絡してください」と相手に頼むようになった。

そうこうしているうちに、その中の一軒からようやく電話がかかってきた。「今日から二泊の予定だったお客様が急にキャンセルになって」という相手の声が、大袈裟でなく、天からの救いのように感じた。

「お願いします」と、二泊、予約する。

駅から離れた場所にあるそのホテルには、タクシーを使った方がよさそうだった。駅のベンチにうなだれるようにして腰かけていたのを立ち上がり、「力、行くよ」と手を引く。すると、力がびっくりしたように、早苗を見つめ返してきた。

「お母さん、熱い」

本当に驚いた様子なので、早苗は緩慢に、ああ、そうなのだ、と自覚する。この子にわかるくらい、身体がもう、熱くなっているのだ。

だけど、それを認めてしまうのが怖かった。認めたら、もう立てなくなってしまいそうで、「力、行こう」と、なおも言う。

ホテルに着き、チェックインのため必要な書類にサインする。住所は別府で暮らしていた時のお風呂屋さんのものを書いた。ボールペンを持つ手に力が入らない。書き終え、鍵をもらって、力と一緒に七階の部屋に向かう。

日当たりの悪い部屋だった。

空いた部屋にそのまま通されただけだから、禁煙か喫煙か、ということを聞かれなかったけれど、うっすらと煙草の匂いがする。ベッドが二つと、テレビが載った小さな机が一つあるだけの狭い部屋だ。

二泊。

今日からあさってまで過ごせる場所が、どうにかある。二泊できるということはいつまでいられるということだろう。年越しとお正月まで、過ごせるだろうか。

今日が何日で、滞在できるあさってが何日なのか、思い出そうとするのに、頭が重たくて、答えが全然出てこない。狭い部屋に漂う、冷たい日陰のような匂いに、鼻腔《びこう》を押される。

荷物を入れたボストンバッグを、床にどさりと置く。

目の前にある大きなベッドに倒れ込みたい欲求が、もう抑えられなかった。

「お母さん！」

驚いたような力の声がする。

ごめんね、と思うけれど、一度閉じてしまった瞼は張りついたように再び開けることができなくなる。ごめんね、ごめんね、ごめんね、力。今、起きるから。思うのに、身体が言うことを聞いてくれない。

頭が、とても痛い。

ベッドに身体を倒したまま、声も出てこない。起き上がれなかった。

2

母の熱は、だいぶ高そうだった。

移動の疲れで、風邪を引いたのかもしれない。身体に触れなくても、顔の赤さや息遣いの荒さで狭いホテルの部屋の中に、母の熱がいっぱいに広がって感じられる。

熱を測りたくても、体温計すらなかった。

大丈夫なのか、と尋ねても、母は「大丈夫」と答えるだけだ。

「病院に行った方がいいよ」

力が言っても、「うん」と上の空のように頷いて、首を振る。

「大丈夫。ちょっと寝てれば、よくなるから」

今日来たばかりの場所だ。病院がどこにあるのか、力も母も知らない。

ベッドに身体を横たえた母は、着替える気力すらないようだった。ぐったりと目を閉じたまま、唇が動く。何かを言ったのだと気づいて、「何？」と口元に耳を当てると、か細い声が「寝て、いいかな？」と聞いた。

熱い息が、力の頬にあたる。

力はぐっと拳を握りしめた。

「いいよ」

本当は不安だった。知らない場所に来て、母と話したいことや、話さなければならないことがたくさんあるように思ったし、起きていてほしかった。

けれど、母の顔がいつもと違う。目に光がないし、声が弱っている。

「力」

うわごとのような声で、母が言った。振り返ると、ベッドから起き上がろうとしている。

自分の鞄を開こうとしているのを見て、あわてて言った。

「いいよ、寝てなよ」

「お金を渡すから、コンビニかどこかでお弁当とか、夕ご飯を買ってきて。あと、もし、ドラッグストアがあったら、風邪薬を」

母の目が気遣うように力を見る。

「店員さんに、熱に効く薬があるか、聞ける？」

「聞ける」

「じゃあ、お願い。あと、マスクも」

そう言って、一万円札を渡される。

部屋を出ていこうとした時に、「寒い」という声がした。振り返ると、ベッドの中で母が身体をエビのように丸めている。

「お母さん？」

尋ねるが、返事がない。力に向けた声ではないようだった。

布団を顔までかけた母は、顔が見えなかった。苦しそうに、少しだけ見えた頭がゆるりと動く。

それを見たら、唇を嚙んでいた。ポケットの中の一万円を握りしめる。普段の母だったら、力に絶対、こんな大きな金額を渡すことはない。「寒い」なんていう弱音も吐かない。母のそばにいなければならない気もしたし、弱った母をこれ以上見てはいけないような気もした。思いを断ち切るようにして、部屋を後にする。


ホテルの近くに、ドラッグストアはなかった。

コンビニはあったから、ひとまず、そこでおにぎりとお弁当、インスタントの味噌汁を買って帰る。力もおなかが空いていた。

部屋のドアを開けてすぐ、母の声がした。

寝ていないのか――と、重たい袋を床に下ろしながら、ベッドの方に顔を向ける。すると、身体を半分起こした母が、窓の方を向いて電話をしていた。

「あさってからです、はい、二人。シングルの部屋でも構わないです。一人は子どもなので、一緒に寝られますから」

掠れた声で、どうやら母はあさってからの宿泊予約の電話をしているらしかった。力が帰ってきたことにも気づいていないようだった。

いい返事がなかったらしい。「だったら――」と電話の向こうに続ける母の声が泣きそうに歪む。

「じゃあ、私の分はいいです。子ども一人だけでも、どうにかなりませんか」

窓の前で背中を丸める母が、携帯電話に縋るように手を添えている。

その姿に、力は全身が痺《しび》れるようなショックを受けていた。

力や父や、おばあちゃん――身内以外に、母がこんな声を聞かせているのは初めて見た。第一、子ども一人だけで宿泊なんかできるはずない。

おかしな要求をしていることに、当の母も気づいたようだ。「はい。そうですよね、すいません、はい――」と、電話の相手に向け、見えるはずがないのに、力なく頭を下げる。

自分が今の会話を聞いていたと、母に知られたくなかった。買い物袋をそのまま床に置き、飛び出すように部屋を出た。

鼻の奥がツン、と痺れる。目の周りが乾いたようになって、痛い。顔を床に向けるようにして、エレベーターを目指す。

──子どもなので。

──子ども一人だけでも。

母が話していた声が蘇る。自分が子どもで、母に守ってもらわなければ寝る場所すら確保できないこと、母に熱があっても何もできないことを思い知る。ドラッグストアが見つからず、母に薬さえ買って帰れなかったことも。

エレベーターを降り、ロビーに到着するまでの間、父親のことをずっと考えていた。父さん、父さん、父さん──。助けてよ、父さん──。

そして、気づいた。

こんな時にも、自分は、誰かに助けを求めることしかできないのか、と。

考えてみれば、四万十でも、別府でもそうだった。

小学生の自分には、お金を稼ぐことは当然できない。それで当たり前だから、と思っていたけれど、東京にいた頃、同級生の中には、家業を手伝ったり、劇団に入って子役をしたりしている子たちだっていたのに。

母が今倒れたことと、力が何もせずにいたことは関係ない。関係ないのに、なぜ、今、こんなことを思い出すのだろう。

エレベーターが一階に着く。フロントに若い男性がいた。力たちが到着した際にチェックインの手続きをしてくれた人だ。

ありったけの勇気を振り絞るようにして「あの」と声をかける。

「はい？」

「この辺に、ドラッグストアはありますか。あと、病院も」

「病院？」

「はい」

誰か具合が悪いのか、と聞いてくれないだろうか。一瞬、期待した。しかし、そうは聞かれなかった。彼がただ、「あることはあるけど」と続ける。

「病院は大《おっ》きな救急病院みたいなところ以外はどこも休みでないかな。もう年末だから」

「年末……」

そうだった、と絶望的な気持ちで思い当たる。若い従業員が「うん」と頷く。

「ドラッグストアも、歩いていける距離にはないなぁ。近くに個人薬局があるけど、そこも、もう年内の営業は終わってるし。正月明けまでは、やってるとこは少ないんでないかな」

3

頭が割れるように痛かった。

朦朧《もうろう》とする意識の中で、早苗の頭の中では、これまでの日々のことがめまぐるしく巡っていた。

こんなに高い熱を出すのはひさしぶりだ。別府でも、仕事がどれだけきつくても身体はずっと丈夫だったのに。

寝ている間に、拳と早苗、両方の実家から電話があった。

「早苗さん、拳からは連絡があった？　こんなことになって申し訳ない」と謝る、拳の母からの電話。

「今年は帰ってこないの？」「無理しないで、しばらくうちに来たら……」と気遣ってくれる実母からの電話。

二人とも、「力は元気にしているのか」と気にしていた。

それらの電話を、早苗はベッドの上で、「大丈夫です」「大丈夫だから」と受け流すように返事をして、切る。「よいお年を」という言葉を添えて。

年末年始はそういう時期なのだ。離れた家族が連絡を取り、互いの無事を確かめ合う。

しかし、今、ベッドに横になりながら、早苗はその電話を皮肉に思う。力の夏休みに東京を出てから半年近く、自分たちは東京の家に帰っていない。それなのに、実の母でさえ、そのことに気づいていない。心配をかけまいとその後について詳細を伝えずにきたのは自分だが、電話を受ける早苗が平気そうな声を出せば、自分が発熱していることも、親子二人だけで知らない土地のホテルにいることさえ伝わらないのだと思ったら、急に大声で泣いてしまいたい気持ちになった。力の学校からも、二学期はじめに早苗がしばらく休むと電話した後は、一切連絡がない。

こちらから連絡しなければ、誰も、自分たち親子を気にして振り返ってはくれないのだ。

このホテルに泊まれるのはあさってまで。そこから先の居場所を確保しなければと気ばかりあせって、早苗は電話をかけまくった。

――しかし、力を買い物に行かせた後のホテルの部屋で、携帯電話を片手にそうやって闇雲にやったことの、どこまでが現実でどこからが夢か、わからなかった。実母と話したあの会話も、熱が見せた幻かもしれない。

気づくと、気絶するように寝ていて、目覚めた部屋が暗かった。

部屋の中に息子の姿がなく、「力？」と呼びかけるが返事がない。すると、おなかの底がずん、と重たい痛みを訴えて、早苗はトイレに駆け込んだ。

咽喉の上に手を置き、身体を屈めて吐きながら、あの子はどこに行ったろうと考える。知らない場所に一人きりで平気だろうか。ふいに、別府で毎日あの子を放っておいたことが悔やまれた。もっと、あの子を構ってあげるべきだったんじゃないか。別府と違って、駅からタクシーで来る途中の道には、大きなショッピングセンターやゲームセンターなんかもありそうだった。そういう場所であの子が遊んでいたら――、それならまだいいけど、誰かに攫《さら》われでもしていたら――、脈絡のない、嫌な想像が止まらなくなる。

トイレを出て、暗い床の上を見ると、力が買ってきたらしい買い物袋が置かれていた。中にお弁当やおにぎり、お茶があった。

買い物袋を机の上に置き、中からペットボトルのお茶だけを取る。咽喉が渇いていて、貪《むさぼ》るように夢中で飲むけれど、飲んだ後はまた気持ち悪かった。普通の水か、スポーツドリンクのようなものが飲みたい。

ベッドに戻り、また寝ていると、しばらくして力が帰ってきた。

「お母さん」と呼ばれ、肩をゆっくり揺すられる。「うん」と生返事をすると、力が机の上のお弁当の袋を見た気配があった。

「ごはん、食べてないの？」

「……今は、ちょっと。力、あんた、食べなさい」

力が答えない。

やがてぽつりぽつりと、「ドラッグストアが近くになくて」と言う息子の声が遠くに聞こえた。うん、なら仕方ないよ、と答える自分の声も遠い。身体の節々が痛い。

次に目を覚ました時、部屋の中は明るかった。いつの間にか夜が明けていて、カーテンの向こうから黄色い陽が差している。

早苗ははっとして、ベッドから身体を起こし、「力？」と呼んだ。

昨日よりはいくらか身体が軽くなったような気がする。だけど、すぐにまた、頭の奥にも、おなかの底にも重たい痛みが蘇る。

部屋の中は静かだった。外から、どこかの部屋を清掃する掃除機の音がしている。部屋の時計を見ると、十時を回っていた。手つかずのお弁当が、机の上にそのまま残っている。食欲は、まだなかった。

大きく息を吸い込み、再びベッドに身体を倒す時、自己嫌悪が襲ってきた。小学生の息子を知らない土地で一人にしてずっと寝ていたなんて、無責任にもほどがある。

シャワーが浴びたかった。昨日、仙台に着いた時の格好から着替えてさえいない。力に朝ごはんを食べさせてさえいない――。

泣きそうな気持ちで、息子を捜しに行こうと思った、その時だった。

部屋の外で、「ここだよ」と言う、力の声が聞こえた。部屋のドアが開く。

「お邪魔します」という、知らない女性の声がした。

知らない声に、早苗は目を見開く。戻ってきた力はちゃんと昨日の服から着替えていた。そして、息子は一人ではなかった。見知らぬ、若い女性と一緒だった。

驚く早苗に向け、「ああ、そのまま、そのまま」と、彼女が言った。

ダウンジャケットにジーンズ姿、髪の短い、活発そうな女性だ。早苗よりは若そうだけど、二十代には見えない。三十代前半、というところだろうか。彼女が言った。

「ごめんなさい。急に来ちゃって。力くんから、お母さんが旅先で病気だって聞いて。私、コミュニティデザイナーという仕事をしてる、谷川《たにかわ》ヨシノと言います」

彼女が身を屈め、力の方を振り返る。「あたたかいごはんを」と続けた。

「雑炊《ぞうすい》ですけど、持ってきました。食べられますか？」

彼女の横に立った力が、発泡スチロールの器を持っている。だしの匂いと、仄《ほの》かな醤油の匂い。器から、白い湯気が上がっている。

その匂いに包まれた、と思った瞬間、空っぽだった早苗の胃の奥から、思い出したように、くう、と小さな音が鳴った。

4

助けを求めるんだ——。

頭の中で、その声だけがずっと響いていた。

子どもだから何もできない、かもしれない。

だけど、子どもだからこそ、助けを求めていい。世の中の大人の全員が助けてくれるわけじゃないかもしれない。しかし、誰か一人が助けてくれなくても、次に声をかける別の一人は助けてくれるかもしれない。

──少なくとも、力の父さんや母さんなら助ける。そうだろう?

身体の奥底から聞こえるようなその声を支えに、走った。近くにはない、と言われたドラッグストアだけど、道順は聞いた。ドラッグストアで薬を買ったら、ホテルのフロントに戻って助けを求めようと決めていた。

昨夜、母は力が買ってきたお弁当を食べなかった。寝ながら、何度も何度もうなされていて、これは絶対に薬が必要だと思った。冷たいおにぎりは、力だってあまりおいしいとは感じない。あたたかいごはんを食べさせてあげたかった。

まだ午前中の街をジョギングのような速度で走って、ドラッグストアに向かう。息が白かった。この間までいた別府の街とは、朝の温度がまるで違う。

知らない街を走るのは、不安の連続だった。書いてもらった地図では、大きな道に出れば、あとは、距離はあるけれど一直線のようだ。しかし、迷ったら、もう母のところまで帰れないんじゃないかと気が気でなかった。

どうにか開店すぐのドラッグストアに駆け込み、熱に効く風邪薬を出してもらう。力が風邪の時に母によく飲ませてもらったスポーツドリンク二本とマスクまで買うと、帰り道に荷物が重くなって、飲み物は近くのコンビニで買えばよかった、と後悔する。

戻った時に、母がひょっとして動かなくなっていたりしたらどうしよう。──距離が離れただけで、そんな可能性が浮かんできて、ぞっとする。できるだけ急いで帰る。

するると、来る時は静かだった、公民館みたいな場所の前に、人が集まり始めていた。大きなワゴン車が何台か停まって、誰もいなかったはずの場所に活気が出ている。

足を止めてしまったのは、そこから、いい匂いがしていたからだ。あたたかいお醬油の匂いと、だしの匂い。顔を向けると、さっきは気づかなかったポスターが貼られていた。

『お正月　子どもお楽しみ会』

鏡餅《かがみもち》の絵と、羽根つきをする子どもたちの絵。その下に、小さな文字で「人形劇、お雑煮・おしるこサービスあり」と書かれていた。

その文字を見て、匂いの正体がわかった。これはお雑煮の匂いだ。まだ年末だけど、年始にあるお楽しみ会の準備をしているのかもしれない。設営されたテントの下に、給食の時に使うような銀色の大きな鍋が見えた。

助けを求める、という声が、まだ胸の奥底で鳴り響いていた。

このまま立ち尽くしていても、あわただしく動く大人たちは誰も力に気づかないかもしれない。

一歩、テントの方に足を踏み出す。この辺の子どもたちのための行事だ。図々しいと思われるだろうけれど、そんなことは構っていられなかった。

「すいません」と声を出す。一度目は小さく萎縮《いしゅく》した声になって、二度目にもう一度、おなかから声を張り上げる。

「すいません！」

作業をしていた大人が気づいた。力の母より少し若いくらいの男の人だ。力を見て「あ、ごめんね」と言う。

「今日はまだ準備だけなんだ。明日の朝からお正月の三日まで、ここで毎日違うことやるから」

「お雑煮を分けてもらえないですか」

喉の真ん中が熱くなる。男の人がきょとんとした表情を浮かべた。

「ぼく、ここに住んでる子どもじゃなくて、旅行……してきて。ホテルで今、母さんが風邪で寝てるんです。ごはんを食べさせたくて」

力が話すうちに、他の大人たちが気づいて集まってくる。なんだなんだ？　というその表情を見て、恥ずかしくて、頬がかっとなった。

「ごめんなさい。お願いします」

頭を下げ、俯いてそう言った時だった。

「謝らなくていいよ」という、あっけらかんとした女の人の声がした。

顔を上げると、いつの間にか、ダウンジャケットにジーンズ姿の女の人が、すぐ前にいた。唇を嚙みしめる力に、「大変じゃない」と呼びかけてくる。

「お母さんと二人なの？　ホテルは近い？」

「遠い」

咄嗟に言ってしまったけれど、おそらく車ならそうたいした距離ではないのだと思い直す。走ってきたせいで鼻の奥が痛かった。

力のたどたどしい物言いでも、その人は何かをわかってくれたようだった。「一人で歩いてきたの？」と聞いてくれる声が優しくて、身体中に入っていた嫌な力がようやく少し和らいだ気がした。

「私、行くよ。案内して」

車の鍵らしきものを手に、その人が言った。

5

「お餅は消化が悪いので、同じおつゆにごはんを入れて雑炊にしました。ちょっと冷めちゃったけど、食べてみてください」

谷川ヨシノと名乗った女性の物言いは力強かった。

「私も旅行者みたいなものなんです。自宅じゃない場所で体調を崩すの、つらいですよね。気持ち、わかります」

ドラッグストアの帰り道、力が初対面の彼女に助けを求めた、と聞いて早苗はとても驚いた。知らない人に急に話しかけるようなことはできない子だと思っていた。まして、自分たちは、人にすぐに言えないような事情を抱えている。

「力がそんなことを……」

思わず声が出ると、力から強い視線で睨まれた。

「オレ一人じゃ、どうしようもなかったんだよ。助けてもらおうよ！」

息子の声に気圧されて、すぐに「違うの」と首を振る。

「驚いただけ。――ありがとう、力」

力は顔を背け、うん、とも、ああ、とも答えなかった。ヨシノが続ける。

「別府からいらした、と聞きました。今は体調を元通りにすることだけ考えてください。今日は大晦日《おおみそか》ですし」

そう聞いて、ああ、そうか――と思い当たる。明日には、年が明ける。新しい年が来る。

「泊まれる場所にも心当たりがあるので、ちょっと待っててくださいね。このホテルは今日までで、どこも予約がいっぱいなんだって力くんから聞きました。明日の夜から泊まれるか、今、確認しています。もし、その間に市販の薬で体調がよくならなければ、私たちと一緒に活動しているメンバーにお医者さんもいるので、その人に診《み》てもらうこともできますから」

早苗が恐縮する隙も与えず、ヨシノが言う。

ヨシノがしているコミュニティデザイナーという職業は、自治体などからの依頼を受けて、その場所が抱える課題や問題の解決を手伝う仕事なのだという。行政と住民、民間企業などの間に入って、その場所をどうしていくのか、互いに働きかけることで一緒に考えていく。そんな職業が世の中にあることを、早苗は初めて知った。

安易な話だが、行政、という言葉を聞いて、見知らぬ彼女に対する緊張が少し薄らいだ。

「今回は、前に一緒に活動していたNPOが、年末年始にイベントをするのでその手伝いに来ています。『プロセスネット』というのが私の会社名です。ネットで検索すると会社のページが出てくるので、よければ見てみてください」

怪しい者ではないことを示すように、名刺を渡して、そう教えてくれる。

「そこまでお世話になるわけには——」

迷惑をかけてしまう。どうしてこんなに親切にしてくれるのか。顔を上げる早苗に、彼女が即座に首を振る。

「気にしないで。夜にまた来ます」

敬語ではなく、力強い口調で断言される。その言葉に、彼女がどうしてここまでしてくれるのか、少しわかった気がした。力だ。力が助けを求めたから、きっと子どもを放っておけなかったのだ。すると、今度は力が言った。

「お母さん、オレ、手伝ってきてもいい？」

早苗は無言で力を見返す。

「雑炊もらったし、お返しに」

「でも……」

力とヨシノを順に見る。力にできることなんかあるのだろうか。すると、早苗の心を読んだようにヨシノが微笑んだ。

「じゃあ、お母さんさえよかったら、手伝ってもらおうかな。ありがとう。助かるよー」

「ご迷惑じゃないですか」

早苗があわてて言うと、「全然」と首を振る。

「夕方までには戻りますね。私がまた送ってきます。何かあれば電話ください」

気軽な調子でそう言って、二人が出ていく。閉じたドアの向こうから、力がヨシノに「ヨシノさん、これ」と何かを話しかけて、彼女の方も「あ、本当だ」と笑い返す気配がした。

再び静かになった部屋で、早苗はゆっくり、食事をとった。雑炊は少し冷めていたが、口にすると、身体中に深く沁み込んでいくようだ。

会ったばかりの人に息子を預けてしまってよかったのか。考え始めると不安は尽きなかったが、一人でゆっくり寝られることが今は何よりありがたかった。それに日当たりの悪い狭い部屋で一緒に過ごすことで、力に風邪をうつしてしまうことの方も心配だ。

雑炊を半分くらい食べて、薬を飲み、マスクをつけて眠る。二時間ほどして目覚めると、痛みとともにずっと頭にかかっていた靄《もや》が少し晴れた感覚があった。買ってきてもらったスポーツドリンクを飲み、携帯電話を使ってネットでヨシノの会社名を検索する。

あちこちの自治体を手伝っている、というのはどうやら本当らしい。日本全国、さまざまな土地での彼女たちの活動が紹介されていた。寂れた雑居ビルの再生や、地域の主婦を集めてのNPOの立ち上げ、子どもたちの防犯体制作りや、独居老人を孤立させないための試みなど、大きな仕事をたくさん請け負っている。

早苗たちが行った兵庫県の家島にもいたことがあるようで、見覚えのある港近くの写真が掲載されていて、それを見ると、遠い夏の日が懐かしかった。それとは別に、シングルマザーの島、と呼ばれる場所で、子どもを育てる母親たちの活動を手伝う様子も紹介されていて、ああ、こういう人たちをあちこちでたくさん見ている人なのだ、と納得する。だから、早苗と力のことも助けてくれたのかもしれない。

ヨシノの言葉通り、力は夕方には帰ってきた。コンビニのものではない、どこかこのあたりの個人商店のものらしいお弁当を二つ持ち帰ってきた。

「ヨシノさん、明日の朝に迎えに来てくれるって」

「泊めてもらえるところが見つかったたってこと？」

「うん」

あまり高いホテルや旅館だと支払いが心配だ。このホテルと自分たちの様子を見ているから、おそらくは大丈夫だと思うけれど、別府で働いて得た貯金が、ただ寝泊まりしているだけであっという間に消えてしまうのが苦しい。仕方のないことだけど、悔しかった。

弁当は二段になっていて、下の段にざるそばが入っていた。手作りされた様子の煮物に味がよく沁み込んでいて、一切れ入った卵焼きも甘くておいしい。袋に入ったそばつゆを容器に出していると、遠くで鳴る除夜の鐘らしい音が聞こえてきた。

「手伝いって何したの？」

「人形劇のしたく」

「人形劇、するんだ」

「うん」

「演目は？」

「『長靴をはいた猫』」

「力は何を手伝ってるの？」

「何って――、いろいろ」

ぽつぽつとそんな会話をする横で、ごーん、とまた一つ鐘の音がする。

翌日、力の言葉通り、ヨシノが迎えに来た。今日は彼女の仲間らしい若い男性も一緒で、チェックアウトを終えた早苗たちの荷物をワゴン車まで運んでくれた。

「市街からはちょっと離れた場所なので、車で行きますね」

熱はだいぶ下がったが、手ごわい頭痛がまだ残っていた。二日ぶりに外に出ると、冷たい空気に頰がぴりっと引きつる。「すいません、お世話になります」と謝りながら、後部座席に座る。力は、昨日一日でヨシノたちとだいぶ打ち解けた様子で、助手席に座らせてもらっている。外の景色を興味深そうに眺めて、彼らに何か質問したりしている。市街地の大通りを抜けると、あたりには森や畑も多くなっていく。

知らない土地の町並みが窓の外を流れていくのを、早苗はぼんやりと見つめた。

のどかな町並みだった。新年だからか、通り過ぎる神社や公園に人が集まって、焚火《たきび》のようなことをしている様子も目についた。

「ここだよ」

ヨシノが言って、車が停まる。後部座席から身を起こした早苗はしかし、目を見開いた。

「ここ、ですか――?」

まだ、細い田舎道の途中だ。とても旅館やホテルがあるようには見えない。

車を降りるように言われ、顔を上げると、すぐそばに新しそうな建物があった。コンクリート打ちっぱなしの壁に、大きな窓。都会で「デザイナーズ」と呼ばれている住宅が、こんな外観をしているように思う。

入り口の近くの窓辺に視線が吸い寄せられた。たくさんの写真が外に向けて飾られているのだ。若いカップルの結婚式の写真や、全員が真面目な顔をした家族写真。赤ちゃんや、子どもがおしゃれをしてうつっているものも多い。

門の近くの郵便ポストの上に看板が出ていることに、遅れて気づいた。

『樫崎《かしざき》写真館』

そこにはそう、書かれていた。

6

「ああ、来たね。こっちだよ」

樫崎写真館から顔を出したのは、若い男の人だった。丸首のニットにジーパン姿で、年は大学生かそれより少し上くらいに見える。レンズの丸いおしゃれな眼鏡をかけていて、背がひょろっと高い。その人に向け、ヨシノが「よろしく。耕太郎《こうたろう》くん」と声をかける。

力と母が連れていかれたのは、写真館の建物ではなく、そのすぐ隣にある家だった。おしゃれで新しい雰囲気の外観をした写真館とは違い、こちらは古い日本家屋だ。案内された畳の部屋には、大きな箪笥《たんす》と仏壇があった。

「あの——」

母が、当惑したように、ヨシノと、彼女が「耕太郎くん」と呼んでいた男の人の方を見る。

「こちらは、ホテルとか、旅館の営業をされているんですか。その、民泊とか」

「あ、違います。宿の営業をしているわけじゃなくて、知り合いをただ泊めてるだけなんですけど」

ヨシノからは、力もただ「泊まれる場所が見つかった」としか聞いていなかった。まさか、親戚でもない家の仏壇がある部屋で寝泊まりすることになるなんて思わなかった。

耕太郎が説明する。

「ヨシノさんやプロセスネットのスタッフもよく泊まるし、震災の後、ボランティアの人たちを泊めることも多いです。最近は、俺が東京にいた頃の専門学校の仲間が何人か寝泊まりして仕事を手伝ってもらってたんだけど、今はみんな実家に帰ったりして、たまたま誰もいないんです。普段はうち、じいちゃんと二人だけだし、部屋は余ってるんで」

「耕太郎くんは、写真も撮るけど、写真の加工とかデザイナーの仕事もしてて、私たちも仕事でちょくちょくお世話になってるんだ。今回みたいなイベントも手伝ってもらったり」

ヨシノが補足する。

「今日からしばらく私も一緒に泊まってお世話になることにしたので、安心して滞在してもらっていいよ」

「それは助かりますけど……、でも、いいんでしょうか」

躊躇うような母の声に、ヨシノが微笑む。

「気にしないで。そのかわり、今日も日中、力くんを借りていいかな。イベントを手伝ってもらいたいんだ」

「いいよ」

母の代わりに力が答える。眼鏡の耕太郎くんが、母に向けて「具合、大丈夫ですか。今、布団を用意しますね」と声をかけ、てきぱき用意をしていく。力の目から見ても、母はまだ気分が悪そうだった。

イベントの手伝いに行くため、ヨシノたちと車の方に戻ると、隣の写真館からおじいさんが出てきた。身体が大きくて、背中が少しだけ丸い。暖かそうなニットの帽子をかぶっていた。彼に気づいたヨシノが「おじいちゃん」と呼んだ。さっきの耕太郎の祖父なのだろう。

「この子たちか」

「はい。お母さんの方は今、母屋《おもや》で耕太郎くんにお願いしてきました。まだ具合が悪そうなので」

ヨシノが力を見て、「よろしくお願いします」と言う。力も遅れて「よろしくお願いします」と頭を下げた。樫崎のおじいちゃんがうんうん、と二回、頷く。あまり表情が変わらなくて、自分たちが来たことが迷惑だったんじゃないかと気になる。しかし、次の瞬間、おじいちゃんがその顔のまま、「餅は好きが」と聞いた。

「……はい」

「帰ってくるまでについでおぐべ」

そう、言ってくれた。身体の線に沿った細身のニットを着ていて、服装があまりお年寄りっぽくなかった。写真を撮る仕事をしているからかもしれないけれど、身軽そうでかっこよく、かぶった帽子の感じもどこか芸術家っぽかった。

仙台市内のイベント会場に向かうまでの車中で、ヨシノが写真館について教えてくれる。

「もともと、樫崎のおじいちゃんがおばあちゃんと夫婦二人でやってたんだけど、おばあちゃんが亡くなってね。耕太郎くんのお父さんは写真やってなくて、東京でサラリーマンをしてるんだけど、孫の耕太郎くんがまた写真の勉強をして、今はこっちに来ておじいちゃんとあの写真館をやってるんだ。建物も新しくして」

「そうなんだ」

「力くんは写真館で写真って撮ったことある?」

「入学式の時とかで行ったとこがそうなのかな」

父と母と力、三人で、祖母の家の近くにあるショッピングモールの中に入っている店で写真を撮った。けれど、そこはスタジオなんとか、というカタカナの名前で、樫崎写真館とはだいぶ雰囲気が違う。

元日のイベントは盛況だった。

近くに神社があるとかで、そこでお参りをした人たちが大勢立ち寄っていく。力も頼まれて、出来上がったお雑煮をお盆に載せてみんなに配ったり、ゴミの片付けなどをした。人形劇で子どもの役があるということで、「人形の操作まではしなくていいから、声だけあててよ」とヨシノに頼まれた。

会場の近くの道にマイクロバスが何度か横づけされ、そこからたくさんの人が降りてくる。

バスを降りたのは、みんなこの辺の人なのだろうか。降りて来た人たちが、「ひさしぶり」とか「まあまあ、あけましておめでとう」と互いに挨拶をし合っている。

お雑煮を食べたり、大人がざわざわ世間話をしている会場で、人形劇を観る人なんてあまりいないかもしれない、と思ったが、午後になって劇が始まると、ビニールシートを敷いて作られた簡易ステージの前には結構な人数が集まった。親子連れや子どもだけではなく、お年寄りたちのグループも多い。

ステージの隅に屈んで、力が子どもの人形に声をあてると、来ていたお年寄りの間から「今の、子どもでないべか」「子どもがやってんだっちゃ」と声が洩れて、それを聞いた途端、気恥ずかしさで顔がかっとなる。だけどすぐ、「うまいもんだ」と声が続いて、それを聞いたらものすごく嬉しかった。

劇の終わりには、お客さんみんなが拍手をしてくれた。

「今日バスで来てたみんなはね、この近くの仮設住宅からそれぞれ来たんだ。もともと同じ地区に住んでた人たち同士なんだけど、今は別々に暮らしてるから」

片付けを終え、母が待つ写真館に戻る途中の車の中でヨシノが教えてくれる。

仮設住宅、という言葉は、テレビや新聞の中で何度も見聞きしたものだ。七年近く前、東北を襲った震災のことは、まだ小学校に入る前だった力もなんとなく覚えている。

バスを降り、懐かしそうに、来ている人同士が「あけましておめでとう」「元気だった?」と腕や肩を互いに叩き合って話していた光景を思い出す。

ヨシノに何かを言いたいと思ったけれど、何を言えばいいかわからなかった。被災して今も仮設住宅で暮らしている人がいる、ということを、頭では知っていても、実感したのは初めてだ。何を話しても軽はずみな言葉になってしまいそうに思えて、言葉が何も出てこない。——そうやって反応できないこともなんだか悔しく、誰にともなく申し訳ないような気持ちがする。

家に戻ると、母の顔色が朝よりだいぶよくなっていた。昼間、耕太郎に卵の入ったおかゆを作ってもらった、と言う。

写真館は、新年ということもあって、着物姿の家族写真を撮りに来るお客さんが何組もあったそうだ。明日以降も予約がたくさん入っているという。

「明日にはもう起きられると思いますから、私にも何か手伝わせてください」

母が言うと、耕太郎もヨシノも「いいよ、まずは身体をちゃんと治して」と笑った。

「風邪がぶり返したりしたら、元も子もないですよ。元気になって、もし何かお願いできることがあったら言いますから」

夕ごはんの食卓の真ん中に、朝、この家のおじいちゃんが約束してくれた餅が置かれていた。あんこ餅と、緑色の餅がそれぞれ一皿ずつ。緑のものは〝ずんだ餅〟というのだと母が教えてくれた。おじいちゃんは口数が少なくて、力にも母にも話しかけてこなかったが、思い切って、「おじいちゃん、ありがとう」と言ってみる。おじいちゃんが、「ああ」と頷いてくれた。

その夜、知らない家の天井を眺めて、力と母は並んで眠った。ヨシノは奥の部屋に泊まるそうだが、まだ起きているのか、居間の方から話す声が微かに聞こえる。

ずっしりとした重みのある客用布団は、干したばかりのお日さまの匂いがした。

7

ヨシノたちのイベント最終日を終えた日の夕方、力から「お母さんに頼みがある」と言われた。

樫崎写真館でお世話になって三日目。もう熱も下がり、頭痛も腹痛もない。病み上がりのだるい感じが多少残っているものの、ようやく回復してきた。

イベントの手伝いを終え、寝泊まりする部屋に帰ってきた息子の真剣なまなざしに、一瞬、何事だろうか、と身構えたが、頼みごとはたわいないものだった。

「ヨシノさんたちが使ってる人形劇の人形さ、見たら、結構ボロボロなんだ。衣裳《いしょう》が破れてたり、綿がはみ出てたり」

「うん」

「お母さん、直せないかな」

人形劇で、力が子ども役の声をあてさせてもらっていたことは聞いていた。もじもじした様子で、早苗の顔を見ずに続ける。

「オレ、言っちゃったんだ。ヨシノさんに。うちの母さんなら、多分、直せるって」

「なんだ。いいよ、そんなこと」

早苗が言うと、力の顔がぱっと輝いた。「本当?」と声が弾む。

「うん。見てみないとわからないけど」

「オレ、ヨシノさんに言ってくる」

力が和室を飛び出していく。少しすると、ヨシノが段ボール箱を抱えて、部屋を訪ねて来た。

「ごめんね、これなんだけど」

段ボール自体も、随分年季が入っていて、角が少し丸くなっている。中を覗くと、人形の数はそう多くなかったが、確かに埃っぽく、力の言う通り衣裳がほつれているものが多かった。

「ああ――。これ、洗った方がいいかもしれないですね」

「人形って洗っていいものなの? 知らなかった」

「確かに洗濯機でいっぺんにってわけにはいかないけど、中性洗剤で手洗いすれば大丈夫じゃないかな。あとは洗剤を沁み込ませた布で拭いたり」

ヨシノの口調に合わせて、早苗の口調も砕けたものに変わっていく。

「わあ、助かるよ。私、お裁縫も洗濯も、全然ダメだから。古い人形だから、いつかはどうにかしなきゃなって思ってたんだ」

「すぐに使う予定はありますか?」

「次に使うのは来月かな。といっても、今度は私が直接かかわるわけじゃなくて、別のNPOに貸す予定なんだけど」

ヨシノが早苗の手元の人形を見る。

「でも、無理しないでね。早苗さんたちももう帰るでしょ？　やり方さえ教えてもらえたら私やスタッフで洗うから」

「それは——大丈夫、なんですけど」

もっとも、それは早苗たちの都合で、体調が回復すればここからも出ていかなければならないだろう。そう考えると、ここ数日忘れていた不安におなかの底が重たくなる。早苗のそんな様子には気づかないのか、ヨシノが軽い調子で「助かるなぁ」とまた呟く。

「この人形、うちも、たまたまお付き合いがあった劇団が解散する時に譲り受けたものでね、だから、もう相当古い。あちこちに貸してるし、いろんな土地を回ってる」

「劇団の人たちとお仕事することもあるんですね」

ヨシノの仕事なら、確かにそうなのだろう。劇団が公演するのには場所がいる。地方公演やボランティア公演などで関わることも多いのだろう。

「——本条拳、という人を知りませんか」

聞けたのは、その場の勢いだった。

仙台、という土地勘のないはずの場所に夫がいるとすれば、それは、劇団関係の何かをしているからではないか。震災後にいろんな劇団や歌手が被災地で公演をしたように。

「本条拳さん？」

「夫です。力の父親。こっちに仕事で来ているはずなんだけど、連絡が取れなくて」

「本条拳さん――」

ヨシノが復唱する声に、この人なら夫を知っているんじゃないか、という期待と、それとは別の、去年からのスキャンダル報道で知られているかもしれない、という不穏な気持ちが入り混じる。

しかし、ヨシノがあっさり首を振った。

「ごめん、わからない。だけど、大変じゃない。それ、働いてるお父さんを訪ねてきたのに、行方がわからなくなってるってこと？　私、周りに聞いてみようか？」

「夫は、東京で劇団員をしていて――」

話しながら、心配そうにこちらを覗き込むヨシノを見ていたら、胸がふいに押された。思い出したのは、力の言葉だ。ホテルで倒れ、ヨシノを連れて戻ってきた力が、「助けてもらおうよ！」と叫んだ。あの声が、まだ耳に残っている。

夫を捜そう。やり直すにしても、ダメになるにしても、まずはそこからだ。

「ヨシノさんにお願いがあります」

自分たちが逃げていること、夫を捜していることを打ち明けよう、と決めた。捜すのを手伝ってほしいこと、見つかるまで、ここに置いてもらえないか、ということも。

「人形の管理でもなんでも、できることはやります。だから——お願いします」

そう言って、深く、深く、頭を下げる。

8

「何してるの？」

写真館の床に掃除機をかけ終えて、スタジオ奥の机で作業をしている耕太郎の手元を覗き込む。

ここに来てから、写真館の朝の掃除は毎日、力の役目になった。今日でもう二週間。最初の一週間、樫崎写真館には、お正月の写真を撮るお客さんが途切れなかったが、冬休み期間と成人の日を過ぎて、ようやく少し落ち着いた。

やってくるお客さんたちから、「お。新しいアシスタントが入ったの」と聞かれることもあったが、そういう時は、力が何も言わなくても、耕太郎とおじいちゃんが「まぁ、そんなとこです」と答えていた。これまでもボランティアとか、いろんな人たちが出入りしていたせいか、二人がそう言うとお客さんたちもそれ以上は何も聞かない。

詳しい経緯は聞かされなかったが、母からは、ここにしばらくいてもよいことになった、とだけ聞いていた。

——劇団さ、いたことがあんだったら、あんだ、ヘアメイクできる？

自分たち親子を残して、ヨシノが次の仕事のためにここを出ていく日の夜、おじいちゃんが母に聞いた。

この年の人が〝ヘアメイク〟という単語を使うのが力には意外だったが、母がそれに「できます」と答えたのにはもっと驚いた。いつも、控えめな物言いをする母は、きっと「私にできるかどうか」とかなんとか、もっと遠慮した言い方をすると思っていた。母が毅然《きぜん》とした口調で、「劇団をやめても、たまに衣裳やメイクの裏方には駆り出されてましたから」と、おじいちゃんの顔をまっすぐ見て、きっぱり続ける。

おじいちゃんは「そうが」と呟くように言って、その後、母を写真館のスタジオの方へ案内していた。

その次の日から、母は、頼まれればお客さんのヘアメイクを引き受けるようになった。お客さんに、「どんなふうにしましょうか」と堂々と話しかけ、事前打ち合わせにやってきたお客さんに衣裳のアドバイスをすることまである。着付けの手伝いもできるようにと、来週から近所の美容院に着付けを教えてもらいに行くらしい。

昨日も、家族写真を撮りにきた家の赤ちゃんがぐずると、おじいちゃんがカメラを構える後ろから「ほーら、こっち見てごらん！」と母がぬいぐるみを振り回して笑わせ、カメラの方を向かせていた。

働く母の姿を見て、力は、母が劇団で過ごしていた時間というものに思いを馳せる。うちで演劇と言ったら父の仕事だったけれど、母もまた、若い頃はその世界の人だったのだと実感した。

力も写真館の掃除をしたり、手伝えることは極力手伝う。

「何してるの？」と力に聞かれた耕太郎が「うん？」と手元から顔を上げる。耕太郎の前には、新聞紙が広げられ、その上にたくさんの封筒が置かれていた。中の一つから、写真らしきものが出されている。〝らしきもの〟だと思ったのは、表面が茶色く汚れていたり、一部分がこすれたように消えていたり、色が薄れていたりするからだ。泥の塊が右半分にこびりついたようなものもある。

「それ、写真？」

耕太郎の返事があるまで、少し、間があった。耕太郎が「お茶でも飲もうか」と、作業をそのままに立ち上がる。ほうじ茶を淹《い》れ、力にもくれる。

「この写真館は、新しく写真を撮るだけじゃなくて、写真の復元もしてるんだ。僕の方でやりきれない分は、東京にいる学生時代の仲間や別の専門機関の助けも借りながら」

耕太郎が飲んでいるお茶をふーっと冷ます仕草をする。それから言った。

「津波で、思い出の写真を失ってしまった人たちがたくさんいるんだよ」

その言葉に力は、あ、と思う。机の上のたくさんの写真を改めて見つめた。

「震災の時、俺は東京にいたけど、じいちゃんがもともとこっちに住んでたし、少し落ち着いてから、写真の学校の仲間とボランティアで海沿いの町の片付けに行ったんだ。そしたら、津波で運ばれた瓦礫《がれき》の中に、どこかの家のアルバムとか、写真がいっぱいあった。ほとんどが泥まみれになって、一部が消えたり、破れたりしてたけど。俺らはみんな、写真が好きだから、それを見たら、なんだかたまらない気持ちになった」

　机の上の写真の一枚を見る。

　小学校の運動会か何かを写したものらしい写真の真ん中に、稲妻のような黄色い亀裂が走っている。そのせいで、中央にいる子たちの顔が全部消えていた。

「素人が汚れた写真をあわてて洗うと、写ってるものまで傷つけてしまうことが少なくないんだ。泥まみれでも、なんでも、まずはうちにそのまま持ち込んでもらえるようにって、お願いしてる」

　耕太郎たちは、片付けの際に持ち帰った写真を注意深く洗って、できるだけきれいにしたそうだ。その写真を近くの避難所に持っていくと、持ち主が見つかるものも多かった。たとえ持ち主自身が見つからなくても、「誰々が写ってる」という話になれば、その人が「あの時、誰に撮ってもらったものだ」と、撮影者を思い出してくれた。

　その様子を見て、耕太郎は、仙台に来て、おじいちゃんと写真館をやることを決意したのだという。東京の仲間と連携して、持ち込まれる写真の洗浄を今も請け負っている。

「写真の仕事は、きのうとあしたの仕事の両方があるんだと思ったんだよ」

「きのうとあした？」

「うん。そんなふうに失ってしまった〝きのう〟を取り戻す手伝いをする仕事と、これからのこと――〝あした〟の思い出を残していく仕事。ここではその両方をやってるんだ」

その言葉に、力はこの二週間、ここで見たお客さんたちのことを思い出す。

写真館は、みんなの〝あした〟を作る仕事。――今は誰もいない、椅子が置かれただけのスタジオを、力はじっと、黙って見つめる。

この写真館は、以前からボランティアやいろんな人たちが出入りしていた、とヨシノから聞いたけれど、力たちが来てからも、ボランティアの人はたまにやってきた。その中には写真洗浄を手伝う人もいて、力や早苗も、その人たちと一緒に写真を洗った。

泥を吸った写真は、お湯で拭くと、泥の匂いが一気に強くなる。その匂いの中で、知らない大人と一緒に作業をするのが、力はだんだん、好きになっていた。

二月に入り、やってきた写真洗浄のボランティアの女の人が、作業の合間、母と何かを話していて、ふいに泣き出した。

遠目からそれを見ていた力は何もできずに見ていたが、その人にも何か――力や母が逃げてきたのと同じような、わけがあったのかもしれない。

「泣かないで」

早苗が言って、その人の頭を柔らかく、小さい子にするように撫でていた。

これまでずっと、泣いたり、慰《なぐさ》められる側だったように思っていた母がそう言っている

ことが、力には、なんだか新鮮だった。

その女の人は、短い間だけ写真館にいて、すぐにまた別の場所に行ってしまった。写真館に来る大人には、そういう人が多かった。自分たちのように土地を移っていく人たちが他にもいるのだと思うと、力も励まされるような思いがした。

9

樫崎写真館にその家族がやってきたのは、二月の終わりだった。

ちょうど前の週に降った雪が、写真館の庭にまだたくさん残っていて、力が耕太郎と雪だるまを作っていた。東北地方はどこも、冬は常に雪が見られるように思っていたけれど、仙台はそんなに雪が積もらない。写真館のあたりは、年に数回、大雪があれば積もる程度なのだと聞かされて驚いた。

その日、早苗は、ハガキを二枚、近くのポストに投函《とうかん》しに行った。宛先は、四万十の聖子と、別府の安波だ。砂湯を去る日の安波の「ハガキをちょうだい」という声が、胸の奥

にずっとこだましていた。

――住所も名前も、なんにも書かなくていい。何か短い挨拶みたいなのが書いてあるだけで、私には、それであんたからだってわかるから。

年賀状の時期をすでに遠く過ぎた。正月前後はとてもそんな余裕はなかったけれど、今なら書ける。聖子にも安波にも、名前を書かずに、ただ、「お世話になりました。また挨拶に行きます」とだけ書いた。それだけでも、まだ自分が彼女たちとつながっていられる気がした。

しかし、郵便ポストを前に、一瞬、ハガキを入れる手を止める。

居場所も差出人の名前も書かなかったけれど、ハガキの消印はここのものが押されてしまうということに思い至ったためだ。迷いが頭をよぎったが、二人に、せめておおまかな居場所だけでも知っていてほしいという思いもあって、結局そのまま、ハガキを投函した。

するとその時、ふと、胸に疑問が湧いた。

仙台にいる――、という夫の居場所を、遥山真輝の息子はどうやって知ったのだろうか。エルシープロの人たちも知らない情報を、佑都は、仙台、という大雑把な都市名だけで自分たちに伝えた。拳がどこに身を寄せ、何をしている、ということは知らなかったのだろうか。

早苗がそう思うのには理由がある。

それは、佑都のその情報がデマではなかったからだ。

樫崎写真館に世話になる間、早苗はヨシノに夫の捜索を頼んでいた。事情を打ち明け、彼女の仕事の人脈に頼って、心当たりを聞いてもらっていた。すると、本当に、夫のことを知っている、という人がいたそうなのだ。

「このあたりを中心に活動してる劇団の人が、大道具や舞台監督の仕事を手伝ってもらったって言ってたよ。去年の秋ごろ。旦那さんが東京にいられなくなった事情についても聞いたって」

ヨシノに言われて、胸が締めつけられるような思いがした。心臓の鼓動が速まるのを感じながら、「今は、どこに」と尋ねる。しかし、ヨシノはこれには首を振った。

「わからないみたい。また違う劇団とか、演劇関係の裏方の手伝いで別の場所に行ったんじゃないかって言ってた。もう仙台にはいないんじゃないかって」

「そうですか」

「ただ、その人が一緒に仕事をしてた時は、旦那さん、東京に戻ることを考えてるような雰囲気だったたって。必要なところに、自分で話をしにいかなきゃって」

早苗は小さく息を呑み込んだ。長く会わなかった夫の肉声をひさびさに聞けたように思った。

そして、身体中から力が抜ける。ああ――、と天を仰ぎたい気持ちになる。

夫は、生きている。クローゼットにしまわれた血の滲んだタオルと包丁を見た瞬間から、最悪の想像がずっと止まらなかったけれど、あの人は、確かにここにいたのだ。佑都の話も、嘘ではなかった。

「だけど、よかった。旦那さんを捜してるって聞いた時、一瞬、震災で行方不明になって、それで捜してるのかと思ったから」

ヨシノが言った。去年の夏に我が家を襲った一連の事件を、早苗は秘密を打ち明けるような覚悟を持ってヨシノに伝えたが、予想に反して、ヨシノはそれほど驚かなかった。拍子抜けするほどいたって普通に聞き、「わかった。大変だね」とだけ言って、夫捜しを手伝ってくれた。

「生きて、逃げてるってことならよかったよ」

彼女のその声の奥に、ヨシノがこれまで仕事でいろんな家族を見てきたのだということが伝わってきた。感謝と、申し訳なさが入り混じったような気持ちで、早苗はヨシノに「ありがとう」と頭を下げた。

ハガキを投函したポストを前に、しばらく佇む。

夫がもう仙台にはいないらしいと聞いたけれど、どこに行けばいいのかがわからなくて、早苗たち母子は、ここでまだ写真館を手伝わせてもらっていた。写真館には、ボランティアやヨシノの仕事仲間や、いろんな人たちが出入りしていたが、こんなに長く滞在させてもらっているのは自分たち親子だけだ。

羽織ったコートのポケットの中で、携帯電話が震える。出ると、耕太郎からで、今からお客さんが来るからすぐ戻ってこられますか、と聞かれた。

「大丈夫です。すぐ帰ります」

携帯をポケットにしまい、雪の残る道を小走りに戻る。

その家族は、母親と二人の娘たちだった。

娘たちの、姉の方が華やかな桜模様の振袖を着ていた。妹の方は高校のものらしい制服で、五十代前半と思《おぼ》しき彼女たちの母親は、子どもの入学式にでも出る時のようなツイードのスーツを着ていた。パールのネックレスをして、胸には大振りなコサージュをつけている。

ひと月遅れの成人式の写真のようだった。

振袖姿のお姉ちゃんはすでにヘアセットもメイクも美容院でしてきた後で、早苗が頼まれたのは高校生の妹の簡単な化粧と、髪を整えることの方だ。後は、いつものように写真を撮るのに合わせて肌が光らないよう気を配ったり、髪に乱れがないかどうかをカメラの後ろでチェックする。

早苗が戻ってきた時、家族はもう来ていて、樫崎のおじいちゃんや耕太郎とすでに何かを話していた。「急に来ちゃってからごめんなさいね」と、母親がおじいちゃんに頭を下げていた。

「本当は一月のうちに撮った方がいかったんだろうけど、成人式の当日は、式に出ることと挨拶に行くことで手いっぱいで、写真にまで気が回らなくて。ほんでも、やっぱり写真はあった方がいいかなって」

「ええ」

おじいちゃんが横に座って頷く。振袖姿の姉が「だって」と母親を見た。

「友達に聞いたら、みんな着物の写真、撮ってもらったって言うんだもん」

「そんな話に急になってね。そしたら妹の方が今日なら行けるって言い出して。突然来て迷惑でなかったですか？」

母親が、高校生の妹の方を見て言う。

「うちは今、妹の方が休みも部活があったり、塾があったり、なかなか家にいなくて忙しいんだけど、今日ならいるって急に言い出したもんだから」

母親にそう言われ、妹が姉と顔を見合わせて肩をすくめる。姉妹は仲が良さそうだ。

「きれいなお着物ですね」

早苗が言うと、姉がこっちを向き、母親が微笑んだ。

「実は、私の時の着物なんですよ。実家にとってあってね。だからもう年代もの。古い着物だし、レンタルかなんかの新しいものの方がいいかなって思いもしたんだけど、お姉ちゃんがこれがいいって言ってくれたから」

「色が派手すぎないところがいいんだよ。レトロかわいいっていうか」

姉がおどけた様子で笑う。桜模様の着物は、薄い水色が徐々にピンク色になっていく色合いをしていて、落ち着いた雰囲気があった。袖に散る桜が流れる様子も華美すぎず、上品だ。

耕太郎から、高校生の妹の化粧を頼まれ、鏡の前に座ってもらう。最初は緊張した様子だったけれど、早苗が「若いし、肌がきれいだから、そのままで十分かわいいけど、どうする？」と聞くと、彼女の口元が微かに綻《ほころ》んだ。「少しだけ、やってみてほしい」と言われ、化粧水と乳液、薄くファンデーションだけつける。それを見て、姉が後ろから、「わあ、かわいいよー」と声をかけてくる。

準備が整って、スタジオに家族三人で並び、立ち位置を決める。中央に置かれた椅子に着物姿のお姉ちゃんが座り、その後ろに母親と妹が立つ。桜模様の華やかさで、一気にスタジオ全体が明るくなった。

その位置が決まってから、耕太郎が追加で椅子をもう一つ持ってきて、早苗はおや、と思う。母親の隣、着物姿のお姉ちゃんのすぐ後ろに無人の椅子を置く。他にも誰かいるのか――と周囲を見回しかけたところで、母親の声がした。

「これを、椅子の上に置いてください」

そう言って、耕太郎に何かを渡す。それは、男性物の眼鏡だった。しゃれっ気のない大きなレンズがはまった四角いフレームは、若い人のものではなさそうだ。右のレンズの隅に、大きく白いひび割れがあった。

早苗ははっとした。耕太郎が「わかりました」と言って、無人の椅子の上に眼鏡を置く。何も説明されなかったけれど、どういうことなのか、早苗にもわかり始めていた。家族三人と、眼鏡の席。この場にもう一人彼らの家族がいるのがはっきり伝わる。

「撮るよ。いい顔して」

樫崎のおじいちゃんが口をあまり動かさずに、ぶっきらぼうに言う。緊張した様子の妹は表情がまだ硬い。

「ほれ、笑わねどせっかく写真館まで来たのにもったいない写真になるべ」

おじいちゃんがそう言うと、妹がはにかんで、顔つきがようやく和らいだ。

フラッシュの光がスタジオを包む。何回も、何回も。口数の少ないおじいちゃんが「ほれ、人生で一番いい写真にしたいんだから協力してけらい」と言ったり、「お母さんのいい顔ってそいづ？　娘たぢの方が上手ださ」と言ったりするだけで、少しずつ空気があたたまっていく。

「最後だ。一番、とびっきりのいい顔して」

おじいちゃんが言う。家族みんなが、「もうこれ以上無理」と疲れたように笑う。シャッターが切られ、最後の撮影が終わると、三人が三人とも、まるで申し合わせたように、眼鏡が置かれた椅子の方に、視線を向けた。

母親が言う。

「お父さん、ヒロミが成人式だって。信じられないねえ」

母親の口から出た、〝お父さん〟の言葉が柔らかかった。目の表面が潤《うる》んで、スタジオの眩《まばゆ》いライトが涙の膜をはっきりと浮かびあがらせている。

やがて、お姉ちゃんの方が「見てほしかったね」と言った。呟くような言い方だったけれど、それだけで、伝わってくるものがあった。母親が目の端を指で拭い、顔を上げる。もう、笑顔に戻っていた。

「次は、また妹の時に来ますね。今度は成人式当日に、忘れないで予約しますから」

「わかりました」

家族三人が、おじいちゃんに「ありがとう」と頭を下げる。肩を並べて、写真館を出ていく。

「気仙沼《けせんぬま》から、震災の年にこちらに移ってきたそうです。親戚を頼って」

彼女たちが帰ってから、耕太郎が入り口の方をそっと見つめ、教えてくれた。

「お父さんを、その時に亡くされたんだと聞きました」

「――こういう形で写真を撮られる方は多いんですか」

耕太郎が用意した誰も座らない椅子を見つめて、早苗が尋ねる。耕太郎が「どうだろう。いろいろですね」と微かに笑った。

「去年は、子どもが生きていれば七五三の予定だったから、と写真を撮りに来たご夫婦がいました。亡くなったお姉ちゃんの衣装を用意して持ってきて、下に、二歳の子を連れて」

「二歳の……」

二歳ということは、その子は震災後に生まれた子どもなのだろう。その上のお姉ちゃんは、生きていれば七歳だったのか――。震災の時は、生まれた直後の赤ん坊だったのかもしれない。あの震災から、それだけの時間が経ったのだ。

胸が強く、押された。

子どもを失い、そこから、新しい子どもを再びその手に抱くまでに、家族がどんな時間を過ごしたか。どんな思いがそこにあったかを想像すると、会ったこともない彼らがこのスタジオに来た様子が思い浮かんで、息が詰まった。

「うちの写真を気に入ってくれたようで、そのご家族は今年のお正月にも写真を撮りに来てくれましたよ。その時は、お父さんから、上の子の椅子は用意しなくても大丈夫だと言われました」

耕太郎が言葉を止める。少し間を置いて、彼が続けた。

「こっちから聞いたわけじゃないんです。だけど、そう口にするまでの間にはいろんな思いがあったんだろうと思います」

「忘れるとか、そういうことではないのさ。忘れようったって、絶対に忘れられるもんではねえ」

耕太郎と早苗の間に割って入るように、おじいちゃんが言った。機材の片付けをしながら、こっちを見ずに続ける。

「いなくなった家族の写真を撮りさ来る人もいれば、これまで毎年来てたのに、もう来なくなった人もいる。今年ようやく来るようになった人もいれば、さまざまだ」

さっきまで家族がいたスタジオを見る。お母さんに連れられた二人の娘。大事な人を失った後も娘たちは成長していく。あの子たちのために前を向こうと決心した瞬間が、あのお母さんにもあったのかもしれない。妹の時にはまた写真を撮りに来ると、約束して帰って行った。

おじいちゃんが、スタジオの椅子の方を見てふいに目を細めた。

「写真館は、本当はもうやめっぺと思ってだ」

おじいちゃんの視線の先を、早苗は見る。誰もいないスタジオを。

「俺も年だし、いつまでも続けられるもんでもねえと思ってたとこさ震災が起きて、前の建物もいきなり傾いて、これはいよいよやめ時だと思った。だけんとも、そんでもこうやって、必要としてくれる人が出てくる。毎年来るって約束されっと、やめるにやめられなくなった。──耕太郎も来てけだし」

おじいちゃんが耕太郎を見る。震災前は東京で写真の勉強をしていたという耕太郎が、その言葉に無言で頷いた。早苗の視線に気づき、静かに微笑む。

「僕は、震災をきっかけにこっちに来たんです。それまでずっと東京だったけど、子どもの頃からじいちゃんの写真館が好きだったし、ここで仕事したい気持ちが強くなって」

耕太郎の目もまた、誰もいないスタジオの方を向く。

「実は、じいちゃんには最初反対されて、説得がかなり大変だったんですよ。今はやっと認めてくれるようになりましたけど、最初は、もう写真館はやめる、お前もこっちには来るなの一点張りでしたから」

「そうだったの」

では、きっと耕太郎が来たタイミングで建物も新しくしたのだ。耕太郎がおじいちゃんを見るが、おじいちゃんは素知らぬ顔でこっちを見ないままでいる。樫崎家とこの写真館がボランティアの人たちの宿泊所になっている理由が改めてよくわかる気がした。

耕太郎が苦笑した。

「今はスマホとかで誰でも簡単に写真が気軽に撮れる世の中ですけど、ここにいると、それでも写真館が必要とされてるってはっきり思えるんです」

写真には〝きのう〟と〝あした〟の仕事があると言った耕太郎の話を、早苗は力から聞いていた。失われた〝きのう〟を辿り、〝あした〟の思い出を新たに作る。この写真館で撮られる新しい写真は、〝あした〟を向く覚悟をした人たちの背中を押すものなのかもしれない。

――見てほしかったね、と成人式のお姉ちゃんが言ったことを思い出す。

お父さん、と呼びかけた、母親の声も。

その時ふいに、それらと共鳴するように「よかったよ」という声が耳の奥に蘇った。ヨシノに言われた言葉だ。

――旦那さんが、生きて、逃げてるってことならよかったよ。

その声を思い出した途端、思いが激しく、急な勢いを伴って胸を貫いた。

それは、自分はこのままでいいのか、という思いだ。

自分には、まだ会って、話ができる家族がいる。――生きて、いる。

つながりあえる家族がいるのに、このままにしておいていいのか。向き合わなくていいのか。その思いが全身を強く揺さぶる。

「お母さん」

家の方にいたはずの力が、お客さんが帰った気配を感じたのか、いつの間にか、写真館にやってきていた。ガラスの重たい扉を開け、太陽の光を背に受けながら、じっとこっちを見ている。

「力」

名前を呼んで、早苗は力のそばにいく。耕太郎とおじいちゃんに、「ちょっと、外に出てきていいですか」と断って、一緒に庭に出る。

初めて尋ねる、決意ができた。

「力」

「何？」

力と耕太郎が作った雪だるまの横に、雪かきをして集めた雪山ができている。その上を運動靴でざくざく踏みながら、力がこっちを見ないで返事をする。

早苗が聞いた。

「お父さんと連絡、取ってる？」

力の足が、止まった。ゆっくりと、早苗の方を見る。その表情を見たら、答えはもう聞かないでもわかった。

――自分には、まだつながれる家族がいるのにそのままでいいのか、と思った時、夫の拳より先に頭に浮かんだのが力の顔だった。

七ヵ月近く一緒に逃げて、二人だけで暮らしてきた、自分の息子。けれど、怖くて聞けなかったことがたくさんある。こんなに近くにいたのに、向き合わないで、逃げてきた。

早苗が言う。

「お母さん、力の部屋のタオルケットの中、見ちゃった」

ずっと、このことを考えてきた。ひょっとして、力が父親を刺したのではないか。ひょっとして拳がそのまま死んでしまったのではないかということまで、考えた。

しかし、夫が無事で逃げているというのなら、まったく別の考えが頭に浮かんだ。

タオルケットに包まれた、血糊のついた包丁。何があったのかはわからない。しかし、力は少なくとも、その時一度は騒動渦中の父親と会っているはずなのだ。

拳ならば——自分の夫ならば、その時、息子に新しい連絡先か何かを教えるのではないか。力と——自分たち家族と、つながり続けるために。

「何があったのか、教えてくれる？」

力の目を見て、ゆっくりと語りかける。そして聞いた。

「お父さんがどこにいるか、知ってるのね？」

「——うん」

こっくりと頷いて、力がそう、認めた。

10

助けを求めるんだ――。

あの時、頭の中で、その声だけがずっと、支えのように響いていた。

仙台に来てすぐ、母がホテルの部屋で倒れた時のことだ。子どもだから何もできない。薬を買う場所さえわからない。

苦しげにうなされる母を残して部屋を飛び出した時、情けなくて、涙が出そうだった。

だからひさしぶりに――父に電話をかけた。

最後に会った時に、教えられた番号だった。

人に追われ、これまでの携帯電話はもう使えない。その代わりの番号がこれだ、と渡されていた。

――何かあったらいつでもかけてくるんだと、そう言われていた。

「助けて」

つながった電話の先に向けて、力は懸命に訴えた。母が倒れたこと、自分が子どもで何もできないこと。父に、ここに来てほしいこと。

父は、力と母が仙台にいることを知って、とても驚いていた。しかし、すぐには自分たちのところまで来られないという。父はその時すでにもう仙台にはいなかった。「助けを求めるんだ」と、父に言われた。

すぐに駆けつけられないことを、父が詫びる。その声が震えていた。「行ってあげられなくて、本当にすまない」と続ける声が苦しそうに途切れ、まるで泣いているように聞こえる。その声が、懸命に力を励ます。

「子どもだから何もできないかもしれない。だけど、子どもだからこそ、助けを求めていいんだ。世の中の大人の全員が助けてくれるわけじゃないかもしれない。だけど、誰か一人が助けてくれなくても、次に声をかける別の一人は、きっと助けてくれる。力、助けを求めなさい」

「知らない人に？」

不安に胸が張り裂けそうだった。尋ね返す力に、父が答えた。「そうだ」と。

「少なくとも、お前のお父さんやお母さんは、困ってる子がいたら、たとえ知らない子だって助けるだろう？　──力、頼む。頑張れ。母さんを助けるんだ」

身体の奥底から聞こえるようなその声を支えに、力は走った。ヨシノたちがイベントの準備をしている広場に出て、「すいません！」と声を張り上げた。

母を助けたいという、その一心で。

その後、力が人に助けを求めたことを母が意外そうにしていた。「力がそんなことを……」という母に向けて、もどかしく、声が出た。

「助けてもらおうよ！」と。

時には人に助けを求めることだって必要なのだと、父が、教えてくれた。

「夏休みの最初の日、帰ってきたら、父さんが洗面所にいたんだ。お風呂場の近くで、傷を、タオルで押さえてた」

力がゆっくり話し出す。母がじっと、その声を聞いている。その目を見ながら、力は思い出していく。

母が大きく息を呑んだ。「傷？」と尋ねる。

「お父さんは怪我をしてたの？　どこを？」

「……手。右手の手のひらと、指の付け根とかを、深く切ってた」

四万十に行く前の、夏の日。

父が家に戻ってきていないという会話を、途方にくれたような母としたばかりだった。帰ってくると、洗面所から水が流れる音がしていた。その音に引き寄せられるように洗面所を覗くと、そこに父がいた。身を屈め、タオルで手を押さえていた。

驚き、咄嗟に声が出なかった。母はまだパートの仕事に行っていて、帰っていなかった。洗面台に、血がついた包丁が放り出されたように置かれている。水道が出しっぱなしになっていた。

こちらを振り返った父が、力を見て、まずいところを見られた、という顔をした。しかしすぐ、観念したように息を吐き出し、そして、場違いに「ああ」と軽い声を出した。

「力。……会いたかった」

力も同じ気持ちだった。

ひさしぶりに会う父の顔が、懐かしかった。会えず、話もできないまま、テレビや雑誌の記事でだけ見ていた父は、自分の知らない人になってしまったような気がしていたけれど、今こうやって顔を合わせた父は、力と一緒にいた頃のままで、変わったようには見えなかった。

「迷惑かけただろう? 本当にすまなかった」

すぐに家に戻りたかったけれど、マスコミや自分を追いかけるエルシープロの人たちに見つかることを考えると、帰ってこられなかったという。

人目を避けるようにして、どうにかやっと戻ってこられた、と父が教えてくれた。

「手、どうしたの?」

「心配かけてごめんな。切ったんだ」

「――誰かにやられたの?」

怖かった。父は自分に傷口を見せないように手をタオルで押さえたままにしている。しかし、洗面台に置かれた包丁と、それについた血を見ると、それだけで気が遠くなりそうだった。足が竦み、触ってもいないのに、自分の身体があの刃で切られるような感覚に陥る。

力の問いかけに父は首を振った。「違うんだ」と答える。

「違う。お父さんが、自分で包丁を摑んで切った。誰にやられたわけでもない」

「遥山真輝の事務所の人じゃないの」

力の家に繰り返しやってきて、乱暴な口を利いていたあの人たちのことを思い出すと、恐怖で肩が強張る。力の口から出た遥山真輝の名前に、父が息を呑む気配があった。自分のいない間にこの家で何があったのか、力たちが何を思ったのかを、その一瞬で思い知ったようだった。

しかし、父はなおも否定する。「違う」と答えて、それから声を詰まらせた。

「お母さんはどうしてる」

「……大変そう」

「そうか」

父は心底苦しそうだった。しかし、力は聞いてしまう。もう、こらえきれなかった。

「本当は、何があったの」と、怒ったような声が出た。

「お父さん、遥山さんって人と、何があったの」

「何もない」

父がきっぱりと否定した。力の目を見て、「信じてほしい」と言う。

「稽古が一緒になってから、確かに毎日のように相談に乗った。演技のことや、仕事のこと。あの人の家族のこと。今回の舞台に自分の全部を懸けて臨んでるってことも聞いたし、そのための練習にも付き合った。だけど、それだけだ。記事に書かれてるようなことは何もない」

父が力をじっと見る。「ニュース、見たんだろう？」と聞く声に、力は頷いた。父の顔がますます苦しげに歪む。

「嫌な思いをさせて、ごめんな」

遥山真輝の家族にも事務所にもきちんと話をするつもりだ、と父は言った。もちろん、母にもちゃんと話をする、とも。――しかし、母にはすぐには冷静に聞いてもらえないかもしれない、と心配していた。電話を途中で切られてしまった、と。

力や母に迷惑をかけたくない。自分で全部どうにかする、と父が言う。

けれど、力は怖かった。大袈裟でなく、父が殺されてしまうのではないかと思った。エルシープロの人たちが言っていた「責任」というのはそういうことなのではないのか。

しかし、父は「大丈夫だ」と繰り返した。

「ただ、この傷が治るまでは、ちょっと東京を離れようと思う。――医者をやってる友達がいるから、その人のところに行ってみるつもりだ」

本音を言えば、父には自分たちと一緒にいてほしかった。しかし、それと同時に、父がここにいてはいけないのだ、とも思う。この家にやってくるマスコミやエルシープロの人たちが、今の父の話をすんなり信じるとは思えなかった。

父がどうして怪我をしたのかはわからない。けれど、それは父にとっても予想外の出来事だったに違いない。この家に戻るのは危険なのに、それでもここに戻るしかなかったのだろう。東京を離れるということは、父はどこか遠くへ行くのだろうか。

泣きそうな気持ちで顔を上げると、父から連絡先を教えられた。これまでの携帯電話はもう使えないけれど、何かあったら連絡するように、と新しい携帯電話の番号を渡される。いざという時には、お母さんにこの番号を渡すように、と、メモを握らされた。

父が、母に会っていける時間はなかった。この家には、いつまた誰が訪ねてくるかわからない。父からは、「怪我のことは、お母さんに黙っておいてくれないか」と言われた。

怪我をした父の血がまだ止まっていない様子なのが、力には気掛かりだった。出ていって、外で隠しながら友達のところまで行くつもりなのか。

不安だったけれど、「わかった」と答えた。大変な目に遭った母は、今、父に対してどんな気持ちでいるのかわからない。離婚しないで、と言ってしまった自分の言葉にも、力は毎日、負い目のような思いを抱えていた。

父を手伝い、家の救急箱を持ってきて、傷口に包帯を巻く。父は、包丁も自分が持って行って処分する、と言ったが、力は家の中に隠そう、と突っぱねた。これから怪我を隠して出ていく父が、そんな物騒《ぶっそう》なものを持っていることで、途中、何かに巻き込まれたら、と思うと気が気ではなかった。

タオルケットに包丁をくるみ、自分の部屋のクローゼットに隠す。

家を出ていく時、父が、力の頭を撫でた。また、ごめんな、と言われるような気がして、力は俯いた。これからしばらくまた会えなくなるだろうに、これ以上謝られたくなかった。

しかし、違った。父はもう、謝らなかった。

「――お母さんを、頼む」

力の頭に手を置き、押し殺すような声で、ただそう言った。


力の話を、母は黙ったまま、じっと静かに聞いていた。

しかし、力がそこまで話したところで、その母が、初めて尋ねた。

「お父さんの怪我は、本当はどうしてだと思う？」

その尋ね方で、母にも予想がついたのかもしれないと思った。力は少ししてから、答える。

「――たぶん、佑都さん」

母親を失った佑都の、高崎山の猿たちを見つめた時のあの翳った目を思い出す。その彼が母と力に対して、「罪滅ぼしだから」という言葉を使ったことも。

力の答えに、母が目を閉じた。ああ、と声にならない大きな息を吐き出して、力を自分の方に引き寄せた。

母に抱きしめられるなんて、東京にいた時以来だ。その腕の中で、力は目を閉じる。普段だったら恥ずかしくて抵抗したかもしれないけれど、震える母の腕から柔軟剤の優しい匂いがして、今はそうしなくてもいい気がした。

最初に気になったのは、佑都から「父親に似てるな」と言われたことだった。

砂湯を訪ねてきた佑都が、そこにいた力を見て言ったのだ。

「父親に似てる。――だから、ベンチに座ってるの見て、すぐにわかった」

父は役者だったから、ポスターやチラシで顔を見て、それで言っているのかと思った。けれど、微かに違和感があった。舞台の宣伝用に掲載された父の写真の多くは、プロに撮ってもらったもので、かっこいいけれど、力からしてみると、かっこつけすぎていて普段の父とは感じがかなり違う。遥山真輝との事故の後、ニュースの記事や映像で紹介された写真も、多くがそういう舞台用のものだった。

力が父親に似てる、なんて、ああいう写真を見ただけでわかるものだろうか。――佑都は実際に父に会ったことがあるのではないか。

高崎山に一緒に行き、佑都と摑み合いの喧嘩になった。「マザコン」と呼ばれ、「被害者ぶるな」と罵《ののし》られ、力は「父さんは悪くない」と佑都に殴りかかった。それらのやり取りの中でも、佑都はこんなふうに言っていた。

――巻き込まれたのも、もとはといえば、お前の母親がしっかりお前の親父のことを見てなかったせいだろ？

――あんなどうしようもない母親でも、いいとこも少しはあるんだよ！　あったんだよ！

佑都はこの時、〝巻き込まれたのも〟と言ったのだ。父を責めているにもかかわらず、すべてが父の責任だとは言わなかった。

自分の両親と昔別府に来た思い出を話していた。絞り出すような声で、「どうしてお前ら、よりにもよって別府になんか、いるんだよ」と呟いて、両手で顔を覆った。

その時に、ふと、思ったのだ。

この人なんじゃないか、と。

父に怪我をさせたのは、この人なんじゃないか。

弱々しく、自分の家のことをぽつりぽつりと語る佑都は、高校生だけど、まだ子どものだとはっきり思った。力と同じ、子どもなのだと。

「本当は、伝えにきたんだ」

「え？」

「ここに来た理由。――何も、本当にお前たちを責めるためだけに、追いかけてきたわけじゃない」

佑都が森の上に覗く色の薄い空を見る。「そろそろ戻るか」と立ち上がった佑都に向け、だから、聞いた。

「――佑都さん、ひょっとして、オレの父さんに会った？」

佑都の顔にひび割れのような衝撃が走る。その顔を見て、やっぱり――と思った。

「オレ、東京で父さんに会ったんだ。手を、怪我してた」

佑都は母親を失った。好きなのか嫌いなのか、複雑な思いを抱えながら、それでも一緒に高崎山に来たことをあんなふうに話す、自分の母親を失ったのだ。自殺した母親を、発見したのは彼だ。

力の父を誰より恨んでいても仕方ない。

父の病院に、佑都は行ったのではないか。おそらくは、鞄か何かに、あの包丁をしのばせて。

佑都は長く、黙っていた。じっと俯き、やがて、話してくれた。

「会いに行った」と。

その息苦しそうな声の中に、すべてが表れているようだった。

「――止められたよ」

佑都が言う。重たい告白を、力に向けてする。そして、「ごめん」と謝った。顔が青ざめていた。

佑都が会いに行った時、父は人目を避けながら病院を出るところだった。佑都はそれを見つけ、途中の路地で、父に声をかけたそうだ。

その時の様子が、見てきたように思い浮かんだ。佑都がぶれた声で教えてくれる。震えながら包丁を取り出す佑都と、それに驚きながら、その刃を直接摑み、握りしめて止める父。あの傷は、そうやってできた。

驚き、怯む佑都に対し、父は言ったそうだ。

事故の時、止められなかったのは申し訳ない。お母さんの力になれなかったのも、申し訳ない。けれど、お母さんとの間には、本当に何もないんだ、と。

その言葉が真実なのかどうか、佑都がそれを信じたかどうかはわからない。しかし、その時まで佑都の中に溢れていた気持ちが、実際の血を見たことで形を変えた。刃物を摑まれた強い力と赤黒い血の色に、佑都もまた慄《おのの》き、混乱していた。

その佑都の気持ちを汲《く》み取ったように、父が、彼に言った。

「逃げなさい」と。

泣き出したいような混乱の中で、佑都が「でも……」と声を詰まらせると、父から「大丈夫だ」と言われた。

「これは、私が勝手にやったことだから。どうにかする。君は何もしていない」

父の手は、強くがっしりと、佑都が持った包丁の刃を摑んだまま離さなかった。血が流れ続けていた。その渾身《こんしん》の力に根負けするようにして、佑都は手を離した。ぎこちなく強張った両手の震えがしばらくずっと取れなかった。一度、勢いをそがれると、佑都もそれ以上、父には何もできなくなった。

それを聞いて、力は大きく息を吞み込み、そのまま、止める。やりきれない思いがした。

——この傷が治るまでは、ちょっと東京を離れようと思う。

父は、あの怪我を、あくまで「自分がやった」と力にまで言い続けた。母にも怪我のことは言うな、と口止めされた。傷を治し、なかったことにするつもりのようだった。

それは、佑都のためだったのだ。そのために、東京から離れざるを得なくなった。

佑都は父に、「無事を知らせてほしい」と頼んだそうだ。

佑都は、痛みに顔をしかめる父を見て、この人が死んでしまったらどうしようと、血を見たことで初めて思ったのだという。怪我をしたのは手だが、濃い血の色が目の奥から離れない。——この人が自分のせいで死んでしまうのではないか、と冷静になって思い至ると、自分がやろうとしたことの大きさが徐々にわかり始めた。

そんな佑都に対しても、父は、大丈夫だ、と繰り返すだけだった。死んだりするわけない、と。

しかし、それから後も佑都はずっと怖かった。自分のしたことは殺人未遂だ。あの傷で、父が警察に駆けこんだりしたら。どこかで倒れ、誰かに通報されたら、とずっと気にし続けていた。

身勝手な話かもしれない。父の心配というより、佑都が気にしていたのは、自分がやりかけたことへの保身の方だ。しかし、力には、佑都を責める気持ちは不思議とそこまで湧いてこなかった。

あの事故で、みんなが傷つき、日常を失った。そのことは、よくわかっていた。

「ハガキが、来たんだ」

力に向け、佑都が教えてくれた。

「差出人も住所もなかったけど、絵葉書に、『元気にしているので、心配しないでください』ってことだけ、書いてあった」

その消印が、仙台だった。

力と母が別府にいて、エルシープロの人間が訪ねるつもりでいるようだということを佑都が知ったのは、ちょうどその頃のことだったそうだ。

いてもたってもいられなかった、という。衝動的に東京を飛び出し、佑都は力たちに会いに来た。

「旦那さん、たぶん、今、宮城にいます。仙台のあたり」

そう教えられ、驚いた様子の母に続ける。

「事務所の人たちは、旦那さんが仙台にいることはまだ知らないと思います。知ってたら、奥さんや子どものこと、こんなに捜したりしないだろうし」

「どうして、そんなことをあなたが……」

「罪滅ぼしだから」

佑都が言った。呟くような、小さな声で。

「――うちの母も悪かったってことくらい、わかってます」

そう言って、帰って行った。

タクシーに乗り込む前、佑都と力は目が合った。佑都が小声で、力に向けて言った。

「ごめんな」と。

泣きだしそうに、その目が細く、歪んでいた。


力と父は、連絡を取り続けていた。

四万十にいた時も、別府で新しく生活を始めた時も。

父からは、電話をかける時に使うように、と最後に会った時に二千円をもらっていたが、携帯電話への通話ではそれがあっという間になくなってしまった。父と話したくて、母からもらうお小遣いが待ち遠しかったし、別府でお風呂掃除を手伝った際に煙草屋のおばちゃんからもらったお金がありがたかった。

四万十では公衆電話はなかなか見つからず、母が働く食堂の一階で、母や聖子に見つからないようにこそこそかけるしかなかったため、長く話せることはほとんどなかった。しかし、別府では駅に公衆電話があり、昼間自由になる時間も多かったから、人の目を気にせずに父と頻繁に話せた。

――父が仙台にいる、ということは四万十にいた頃、すでに電話で聞いていたが、年末のその頃もまだいるのかどうかはわからなかった。けれど、佑都が帰った後はただただ急いで荷造りして、逃げるように母と空港に行くしかなかった。父に確認する暇もなかった。

仙台のホテルで母が倒れたのは、そんな最中の出来事だったのだ。

力は母を見つめる。心に決めていたことがあった。

「お母さん」

呼びかけると、母がこちらを見た。その母が何か言うよりも早く、力は言った。

「離婚、してもいいよ」

母の目が見開かれた。

その顔を見て、力は、ああ、とうとう言えた、と思う。しかし、それと同じだけ強い気持ちで、言ってしまった、という思いの方も込み上げてくる。

本当は、両親には、ずっと一緒にいてほしい。

本当は離婚しないでほしいけれど、母を縛り続けているのが自分なのではないかという思いが、もうずっと長く、力の胸を支配し続けていた。その息苦しさにつぶれてしまいそうだった。

東京を出てからの母を、力はずっと見てきた。四万十を飛び出して力を問答無用に引っ張っていく母も、家島からの高速船で毅然と「学校に行かなくてもいい」と断言してくれたことも、砂湯で慣れない肉体労働を楽しそうにする姿も、この写真館で昔からの従業員みたいにおじいちゃんや耕太郎と接しているところも、全部、全部、見てきた。

正直、東京にいた頃には想像のつかない姿だった。母にこんなことができるのか、と最初は驚いていたが、今は少し考えが違う。

それは、こちらの方が本来の母だったのではないか、と思ったからだ。

力の母になる前の、若かった頃の母は、ひょっとしたら、こんなふうだったのかもしれない。

本当は、力はもっと早く、母に父と自分が連絡を取っていることを教えるつもりだった。

母は、父に対して怒っているだろうし、会いたくなんかないかもしれない。話も聞きたくないかもしれない。力だって、母に父の話はしにくかった。けれど、どうしようもなくなったら、そんなことは言っていられない。父に助けを求めようと、伝えるつもりだった。

そして、実際、大変なことはたくさんあった。

四万十でエルシープロの人が来た時の母は心底怯えている様子だったし、力ももちろん怖かった。別府でも、知らない土地に来て、これから暮らしていけるかどうかわからなかった。力だって不安だった。

しかし、母は、そのたび、次にどうするか、自分で決めた。

小さな島でなら目立たないかもしれないから、と家島に行き、力が学校に行きたくない、と告げると「もう少し逃げてみよう」と言ってくれた。別府に行って仕事を見つけ、そこの人たちと仲良くなった。力の誕生日だってその人たちと祝ってくれた。

物心ついた時から、力は、自分の家で一番頼りになるのは父だ、と思ってきた。しかし、母は自分で決断し、大変なことがあってもそれを乗り越えた。父を頼るまでもなかった。

――大人は自分が離婚したい時にはするし、子どもの言うことなんか聞かないよ。

家島で出会った、優芽の言葉を思い出す。

そうなのかもしれない。大人は結局自分の好きなようにするのかもしれない。けれど、優芽に言われたことで、だからこそ、伝えたいと思うようになってきた。

母との間で次に父の話になったら、言おうと決めていた。

「父さんと母さん、どっちかなんて、オレは選べない。だけど、母さんがどうしたいか、オレ、ずっと聞かなかった。母さんが離婚したいなら、そうすればいいと思う」

11

「離婚、してもいいよ」と力に言われた時、目の表面が大きく震えたように思った。

力の声は真剣だった。

「父さんと母さん、どっちかなんて、オレは選べない。だけど、母さんがどうしたいか、オレ、ずっと聞かなかった。母さんが離婚したいなら、そうすればいいと思う」

早苗は黙ったままでいた。目の前の力が、今、この言葉を口にするまでの間に、どれだけのことを考えたかと思うと、胸と咽喉が圧迫されたようになって、すぐには声が出てこなかった。

東京にいた頃、拳を捜してうちにやってきた人たちの影に怯え、力と部屋の隅で隠れるように身を寄せ合った。その時に、力の口から、涙と一緒に洩れた「離婚しないで」の声を、早苗はまだ覚えている。嫌だ、嫌だ、嫌だ。お父さんかお母さんか、選ばなきゃいけなくなるなんて、絶対に嫌だ——。

けれど今、母の顔をはっきりと見つめてそう言った力の声は、震えても、泣いてもいない。

　力が、足元に残った雪をざくざくとスニーカーの足で踏む。顔をまた下に向けた。

　その息子に、答える代わりに早苗は問いかける。

「――お父さんとは、ずっと、連絡取ってたの？　家島や、別府にいた時も」

「四万十と別府では電話したけど、家島では、してない。だけど、家島の話も、別府についてから、電話で話した」

　力がとつとつと続ける。

「別府では、お母さんから聞いたのと同じ話も、お父さんから聞いたよ。結婚する前、鶴来さんや劇団のみんなと別府に行ったたって。商店街でビラ配りしたり、舞台の後で地元の人とお酒飲んだりしたのが懐かしいって言ってた」

　早苗もまた、別府の商店街を歩きながら、若い頃に訪れた思い出がそこに重なって見えたことを思い出す。拳の胸にも、あの頃のことが蘇ったのか。

「――そう」

「お母さんが砂湯で働いてるって言ったら、驚いてた。力仕事だから心配だって言ってたけど……」

　力が何かを言いよどむ気配があって、早苗はつい「何？」と促す。躊躇いがちに、力が言った。

「オレが、お母さんに砂かけてもらったって言ったら、羨ましがってた。自分も砂湯に入れてほしいけど、母さん、怒るかなって」

「まあ！」

思わず、呆れたような声が出た。いい気なものだ、と思うけれど、力があわてて、「だから、父さんも、母さん怒るかなって気にしてたんだってば」とつけ加える。

そんな軽口のようなことまで力とやり取りしていたのかと思うと、改めて驚きだ。正直、ずるい、という気持ちもあった。自分がこんなに懸命に息子を守ってがむしゃらに働いてきたのに、遠くからも力と連絡を取り、つながっていたなんて――と。

しかし、その一方で、悔しいけれど、自分がほっとしていることも、認めざるをえなかった。拳は、息子を通じて、早苗と同じ別府の思い出を見ていた。遠くに行ってしまったように思っていたけれど、自分たちが何をしていたか、知っていたのだ。早苗とも、そうやって少しはつながっていた。

力が気まずそうに「だけど」と続ける。

「だけど、オレもお母さんが砂湯で働き始めたのは驚いた。――この写真館でもそうだけど、お母さん、こんなふうに働けるんだって」

「力のおかげだよ」

早苗が言う。力が再び、こっちを向いた。その顔を見て、早苗は微笑む。一度、この子にはちゃんと伝えなければならないと思っていた。

「母さんが、知らない場所でも勇気を出してそこに入っていけたのは、力のおかげ。――力がいなかったら、お母さんにはとてもそんなことはできなかった」

背負うものがある者は強い――。

砂湯で安波が言っていた言葉だ。この半年あまり、力の存在が、早苗にはずっと支えだった。ずっとこの子を守らなきゃ、と思ってきたけれど、この子に守られていたのは、間違いなく早苗の方だった。

遠い場所にいる拳もまた、そうだったんじゃないか。この子がいたから、一人でできたことが、たくさんあるのではないか。

「お父さん、お母さんが今、写真館にいて、そこでお客さんのメイクしてるって言ったら、嬉しそうだったよ。早苗は優しいからって言ってた」

「優しい？」

「劇団の役者さん、普段お化粧しない人も、お母さんがメイクしたり、衣裳を選んであげると、安心してた気がするって。お母さんが剣会にいた頃はそういう仲間がいっぱいいたんだって、お父さんが言ってた。演技のこととか、仲間同士ぶつかり合うことが多くても、早苗ちゃんの言うことなら聞けるって人もたくさんいたって」

「お父さんがそんなことを？」

びっくりして尋ねると、力が頷いた。

「お母さんは、自分で意見を言う方じゃなかったけど、その分、相手の話をよく聞いて、心の中に入るのが上手だったんだって、教えてくれたよ。お客さんと話しながらやるメイクの仕事は、だから向いてるかもしれないって。そうか、早苗は今そういう仕事をしてるのかって、嬉しそうだった」

早苗は小さく息を吸い込んだ。

拳から面と向かってそんなふうに言われたことは、これまでなかった。一緒に劇団にいた頃も、褒められた記憶はほとんどないのに。

夫が使ったという〝早苗は優しいから〟という言葉が、胸の真ん中に灯る。

まだ釈然としない気持ちはある。こんなふうに思ってしまうのは癪《しゃく》だけど――それでも、素直に嬉しく思った。

「お父さん、怪我の具合は？」

早苗が尋ねる。力が顔を上げ、母を見た。

「ほとんどもう治ったって」

「――佑都くんにも、それ、教えてあげた？」

「うん」

力が頷いた。

「高崎山で、教えた。佑都さん、泣きそうな顔してた」

「……そっか」

早苗は静かに考える。力と、黙りこくったまま見つめ合う。

力は拳に、佑都が別府に来たことも話したという。父の居場所を伝えにきてくれたのだということも。

拳は驚きながらも、「そうか」とだけ言った。「佑都くん、来てくれたか」と言って、それ以上、自分と彼の間にあったことについては話さなかった。その声を聞いたら、力からもまた、何も聞けなくなったという。

力は拳に、佑都が元気そうだったこと、二人で高崎山に行ったことを話した。あの場所が、佑都とその両親の思い出の場所だったようだと伝えると、拳が「聞いたことがある」と言った。

「遥山さんから、聞いたことがあるよ。昔は、映画やテレビ番組の撮影に合わせて、家族と一緒に旅行したりもしたんだって。檻のない猿山で猿をたくさん見て、子どもが喜んだり、怖がったり、大変だったたって言ってた」

最近はどうなのか、と拳が聞くと、遥山真輝は笑った。「もう高校生だから、親が頼んだってきっと付き合ってくれない。嫌がられるに決まってる」と。

そう聞いて、力は拳に頼んだそうだ。

その話を、いつか、佑都に聞かせてあげてほしいと。

佑都にとっての思い出の場所は、佑都のお母さんにとっても、ちゃんと思い出の場所だった。「どうしてお前ら、よりにもよって別府になんか、いるんだよ」と、うめくような声で言ったあの人に、そのことを知ってほしかった。

そう聞いて、早苗もまた胸が詰まった。力と佑都、ちぐはぐな組み合わせのこの子たちが、砂湯の外に並んで立っていた、あの姿を思い出す。

「――お父さん、もうすぐ、遥山真輝さんのことも、どうにかなりそうだって言ってたよ」

力が、ぽつりと言った。

「必要なところに話をしてきて、ようやく、聞いてもらえるようになってきたって。遥山さんの事務所とか、やる予定だった舞台で迷惑かけた人たちとか……。時間が経って、ようやく少し、話ができる雰囲気になったみたい。エルシープロの人たちとも、間に入って話をしてくれる人が、見つかったんだって」

「そう」

エルシープロとの話し合いが、果たして、拳の言う通りこのまま円満に行くのかどうかはわからない。事故の影響で舞台もだいなしになった。夫と遥山真輝の関係が報じられたような不倫ではなかったとしても、関係者たちにそれをちゃんと信じてもらえるかどうかはわからないし、深夜の事故で同じ車に乗り合わせていたことは事実だ。話し合いの結果、向こうの事務所や舞台の関係者に許してもらえたとしても、役者としての拳のこれからが前途多難なことは変わらないだろう。

そこまで考えて、初めて、自分の胸に問いかけてみた。

私はどうなんだろう――と。

世間が信じるか信じないかではなく、私はどうなのか。夫の言葉が信じられるのか。

そう考え、やがて、尋ねる気になった。

「お父さんは今、どこにいるの？」

「――北海道」

力が答えた。

「仙台でお世話になってたお父さんの友達のお医者さんが、今、そっちに行ってて、お父さんも向こうで仕事を手伝ってるんだって」

力が早苗を見上げた。母親の気持ちを覗き込もうとするような、その目に胸をぎゅっと引き絞られる。早苗は言った。「お母さん――」

「お母さん、お父さんに、会いに行きたいな」

力がゆっくりと口を開く。何か言いかけるようにしたその後で、唇をきゅっと噛み、吐息だけで「うん」と言った。手が、小さな拳《こぶし》を作っていた。その手を固く握りしめながら、力が言った。

「僕も、お父さんに会いたい」

最終章 はじまりの春

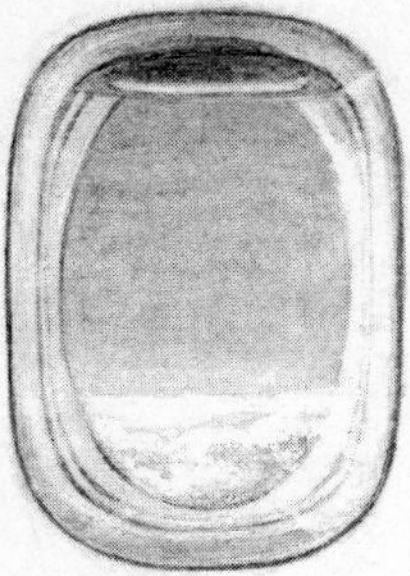

1

テレビの全国ニュースが、東京の桜が開花したことを知らせていた。

上野公園や目黒川沿いに気の早い花見客が押し寄せ、まだ少し寒いけれど、つぼみまじりの桜を楽しみにやってきた、という様子がテレビに映っていた。それを見て、季節というのは、日本全部に一緒にやってくるわけじゃないんだという当たり前のことを、力は実感する。東京にいた頃は、頭でわかっていても、それがどういうことか、こんなふうに考えたことはほとんどなかった。

仙台の桜は、まだ当分、開花する気配はない。けれど、それでも三月が終わりに近づいて、そっけなかった白い空に色が戻ってきた。

透き通るような薄い青が空に広がる日も増えてきた。

「力」

樫崎写真館の庭でぼんやり空を眺めていた力を、母が呼ぶ。その声に振り返ると、「そろそろおいで」と、写真館の前で耕太郎が手を振っていた。

父を訪ねて北海道に行く日程が決まったのは、三月のはじめのことだった。

四月からの生活をどうするかについてはまだ何も決まっていない。ひとまず父を訪ね、これからのことをそこで決める。

あの事故についてのエルシープロとの話し合いがそれまでには終わる、ということだった。

先日、電話で話した時、父の声は少し疲れていたが、何かが吹っ切れたようにすっきりとして聞こえた。

「話してきたよ」

「うん」

電話を握りしめて、力は頷く。なんと声をかけていいかわからなくて「大変だった？」と尋ねると、父が苦笑しながら「大変だった」と答えた。

父とずっと連絡を取り合っていたことを母に打ち明けた後すぐ、力と母は父に電話をかけた。まずは力が話し、母と、かわる。

電話口に「もしもし」と話しかける母は、父が相手だというのに緊張しているように見えた。力は外に出ているように言われ、父と母は、その日、長く話していた。

父は、力と母を仙台まで迎えに行きたい、と言ったようだったけれど、母の方で、北海道まで行く、と言ったらしかった。力も母も、北海道にはまだ一度も行ったことがない。

春を待つ北の大地を見てみたいという話を、二人でしていた。

父がいるのは、北海道の大空町という町だそうだ。網走《あばしり》の近くだという。力にも、電話でそう教えてくれた。

「いいところだよ」

「〝おおぞら〟って、あの大空のこと？　同じ字？」

町名を聞いて力が尋ねると、父が電話の向こうで「ああ」と答えた。

「空がきれいだから、町がそういう名前になったのかもしれないな。こっちの人たちは、晴れた日の空の色のことをオホーツクブルーって呼ぶんだ」

「オホーツクって海の名前？　海の色じゃなくて、空の色をそう呼ぶの？」

網走という地名も、オホーツク海も、言葉として聞き覚えはあっても、広そうな北海道のどのあたりなのか、力にはピンとこなかった。けれど、北海道と聞いて思い浮かべる風景は、確かに広い空のイメージがある。

父が答えた。

「うん。空の色のこともそう呼ぶ。もっとも、オホーツクブルーは、夏の晴れた日が一番きれいだそうだから、去年の冬に来たばかりのお父さんはまだその色を見てないけど」

空港がある、と父が教えてくれた。

「だから、空に飛行機が見える日も多いよ」

力たちを空港まで迎えに行く、と約束してくれた。

耕太郎に呼ばれ、写真館の中に足を踏み入れる。スタジオの奥に、すでに母が立って、力を待っていた。

「ほれ、お母さんの横さ並べ」

カメラの前に立ったおじいちゃんが言う。その声に力は「うん」と頷いた。母が照れたように笑ってこっちを見ていた。

母に、「写真を撮ってもらおう」と提案されたのは、昨夜のことだ。

「明日、ここを出発する前に写真を撮ってもらおう。力と、お母さんの二人で」

2

家族写真を撮ろう、と言ったのは、ほんの思いつきだった。

これまでここでいろんな家族が写真を撮るところを見てきたけれど、そういえば自分たちは写真館で写真なんてもう何年も撮っていない。どうせなら、ここを発つ前に一枚くらい撮ってもらってもいいんじゃないかと、軽く考えた。

しかし、力と二人、並んでカメラの前に立つと、改めて、お願いしてよかった、と心から思えた。

「はい、笑顔で」

樫崎のおじいちゃんが言う。

力も早苗も畏《かしこ》まった雰囲気が苦手で、笑い方がついぎこちなくなる。横にいる力が、照れているのが伝わってくる。

父親のいない家族写真になるが、今はそれでいいと思った。

二人だけで撮る家族写真は、早苗と力が今日まで、二人だけでやってきたことの証だ。

これから先、何が起ころうと、どうなろうと、この日々があったことを振り返れば、たいていのことはもうどうにかなる。私たちはこれからもやっていける。大丈夫だ、とはっきり思えた。

北海道に拳を訪ねた後、自分たちがどうなるのかは、早苗にもまだわからなかった。けれど、自分たちにはいくらだって選べるのだと思う。

東京に戻ってまたアパートで暮らしてもいいし、別府に戻って今度こそ力を転校させ、砂湯で働くのもいい。家島にまた行くこともできるし、四万十や仙台で新しい暮らしを始めることだってできる。できる自信が今ならある。

「力」

写真を撮るフラッシュが焚《た》かれる合間を縫《ぬ》うようにして、小声で、横の息子に呼びかける。力が正面を向いたまま、「ん」と曖昧《あいまい》な返事をする。

「いま一枚いぐよ。はい、チーズ」

樫崎のおじいちゃんが言う声に合わせて微笑みながら、早苗は小さく、問いかける。

「どうしたい？」と。

「北海道に行った後。どこに行きたい？」

早苗は、力が望む通りにしたい、と思っていた。東京の、もとの学校に戻るのが嫌なら、息子の希望を聞いてまったく知らない場所に引っ越してもいいと思っていた。そうすることももう怖くない。

すると、力が意外なことを口にした。

「……光流に、会いたい」

迷うことなくすぐに答えたので、早苗は微かに驚いた。息子がひさしぶりに友達の名前を口にするのを聞き、不意打ちをくらったように胸が押される。

「わかったよ」と早苗は答えた。それからついでのようにからかってみたくなって、こう尋ねた。

「家島のあの子には会わなくていいの。優芽ちゃんだっけ」

「そりゃ、会えたらいいとは思うけど」

力が照れた様子もなくそう言ったので、さらに驚く。母親に、女の子のことでそんな物言いができるようになったなんて。

正面を向いて、カメラのフラッシュに照らされながら、早苗はすぐ横にある力の頭からあたたかな熱を感じ取る。

逞しくなったな、と思う。

「はい。最後にいま一枚撮るよ」

「はい！」

おじいちゃんに言われ、早苗と力の声が重なり、揃った。

仙台から新千歳《しんちとせ》空港へ、そこから、拳のいる大空町にある女満別《めまんべつ》空港に向かう。

乗り換えた飛行機の中で、唐突に、強い光を感じた。

お昼すぎの便だった。機内誌を読んでいた早苗の手元に、ふっと光が差し、何気なく顔を上げる。力もまた、持っていたゲーム機を置いて、窓の外を見ていた。

空が、突然に晴れていた。

びっくりするほどはっきりした鮮やかな青と、雲の白い色が窓の外に見える。飛行機の大きな翼のはるか向こうまで、気持ちのいい青空がずっと続いている。

飛行機が雲の上に出たのだとわかった。

「きれい！」

力が言った。そのまっすぐな声を聞いたら、ふいに涙が出そうになった。「そうだね」と答えながら、早苗も美しい空の光景に目が釘付けになる。

「オホーツクブルーって言うんだって」

力が興奮したように、窓の外をまだ見ている。

「この空の色のこと。こっちの人はそう呼んでるって言ってた。夏はもっときれいなんだって。すごいなぁ」

拳に聞いたのだろう。嬉しそうにそう言う息子の横で、早苗は「うん」と頷いた。

「すごくきれい」

雲の上にこんな空が広がっていたなんて、忘れていた。

この空の下で、夫は暮らしていたのか。同じ空が、四万十や別府の方にまでずっとつながっているのかと思うとなんだか信じられない気持ちになる。

飛行機が女満別空港に到着する。

荷物を取り出し、到着ゲートの外に出ると、出てくる乗客を待つ人たちの方に、目が吸い寄せられた。

拳が立っていた。

ジーンズに着古した様子のチェックのシャツを着ている。シャツは早苗も知っているものなので、ああ、この人はあれを着て出ていったのか、と場違いなことを思う。思っていたより憔悴《しょうすい》した様子はなかった。まっすぐな立ち姿はむしろ堂々として、ひさしぶりに見る腕は最後に会った時より逞しくなったようにさえ思えた。髭《ひげ》が少し伸びている。

早苗が一歩、拳の方に歩きかけた、その時だった。

「お父さん！」

大きな声が、すぐ隣でした。

はっとして振り向くと、力が走り出していた。こらえきれなくなったように、顔をぐしゃぐしゃにして、父の腕の中に走り込んでいく。

拳の大きな腕が、力を受け止める。身を屈めて息子を抱きしめ、自分もまた涙をこらえるように顔を歪める。力が父の首にしがみつく。離すまいとするかのように、自分の顔をこすりつける。

息子の頭に手を置いた拳が、早苗を見た。その目が一瞬前と違って真っ赤になっていた。

早苗はゆっくり、息子と夫のもとに歩いていく。使い込んだボストンバッグを抱えた早苗に向けて、夫の手がぎこちなく伸びてくる。その指の付け根に、見たことのない傷跡があった。

この人に話してみようと、早苗は思った。

今しがた、飛行機の中で、息子と一緒に青空を見たこと。雲の上で見た、信じられないほど美しい、春を待つあの空のことを。

差し出された手に、荷物を預ける。力がようやく顔を上げ、こっちを見た。その黒々とした目の中に、父と母、両方の顔が映りこんでいた。

どうかこれからの道のりでも青空が見られますように。

早苗は願う。天井から、明るい光が差していた。

行きましょう、と夫に言った。夫がその声に、無言で頷いた。

三人で手をつなぎ、立ち上がる。親子で一緒に、太陽の下へと歩いていく。

謝辞

この小説を執筆するにあたり、左記の方々にお力添えをいただきました。
心よりお礼申し上げます。

井村節子様
別府海浜砂湯の皆様

方言監修
澤田美枝様（四万十）
三木哲男様（家島）
下村美也子様　下村直仁様（別府）
千葉由香様（仙台）

著者

解説

早見和真

本書『青空と逃げる』の中で、強烈に辻村深月その人が匂い立つ箇所があった。

別府温泉の砂湯で「砂かけ」の仕事に就いた母親・本条早苗が、その仕事中に『四季の歌』を歌う場面。

〈この歌の中で、母親は、冬に登場するのだ〉と、ふっと気づいた早苗は、続けてこんなふうに思いを馳せる。

〈不思議なものだと思う。昔、この歌を聞いた時、早苗は、「友だち」とか「恋人」の言葉の方に気持ちが向いていたように思う。「父親」と「母親」は、当然、自分にとっての父と母のことを考えていた。

しかし、今歌うと、考えるのは力のことだ。歌の中に登場する「父親」と「母親」は、自分や、夫のことを想像してしまう。〉

もちろん、小説は書いた小説家によってからしか生み出されない。たとえ登場人物たちが自ら意思を持つように紙の上で動き出したとしても（僕にはそんな経験がないのでよくわからないけれど）、それを物語るのは小説家自身であり、その経験、知識、肉体に裏打ちされているのは間違いない。

それを差し引いたとしても、先の一節に、僕はいまの辻村さん自身を強く感じた。ああ、そうなのか、辻村さんはいま『四季の歌』をそんなふうに聞いているのかと思えたことが妙にうれしく、この物語の必然性をさらに強く感じることができた。

考えてみれば、僕がとくに好きだと思う辻村作品は、その時々の辻村さん自身が色濃く反映されているものが多い。

高校生の頃から書き始めたという『冷たい校舎の時は止まる』、地元を離れる時期に書いたであろう『ゼロ、ハチ、ゼロ、ナナ。』、結婚のタイミングと前後しての『本日は大安なり』、母親となって間もなくして連載が始まった『朝が来る』……。そして本作『青空と逃げる』は、おそらくは早苗とともに旅をする子どもが小学生の〝息子〟であったことに意味がある。

物語は青が鮮やかな高知・四万十川《しまんとがわ》の風景から幕を開ける。夏休み、東京からやって来た一組の母子。十歳になる本条力は小さな舟に乗り、川と同じ青一色の空の下で、地元の人たちのテナガエビ漁をドキドキしながら手伝っている。一方の母・早苗も、ドライブインの食堂ではつらつと働いている。かつては劇団に所属していて、それを知るお客さんから「女優さん」と呼ばれるのは気恥ずかしいが、充実した毎日を過ごしている。

明るく、穏やかで、そこだけを切り取ればどこにでもありそうなこの国の夏の景色。しかし、影はすぐそこに迫っていた。早苗の手伝う食堂に、そぐわないジャケット姿の男が現れる。そして、男はこう言うのだ。

「高知には、旦那さんは一緒に来ていないんですか？」

こうして読者は母と息子の旅の理由を、父親不在のワケを少しずつ知っていくことになる。

くわしくは物語に譲るが、ここから母子のさらなる逃避行が始まる。平穏だった四万十を離れ、向かった先は瀬戸内海に浮かぶ兵庫の家島《いえしま》、湯煙の立ち上る大分・別府、震災の痕跡を色濃く残す宮城・仙台、そしてもう一箇所……。まるでその土地に広がる青い空から逃げるようにして、二人の旅は続いていく。

彼女たちは何から逃げようとしているのか？

旅の終着点はどこなのか？

そんな物語の縦軸を、早苗と力が織りなす横軸が力強く支えている。全編を通じて心に残るのは、母子の間に漂い続けるかすかな緊張感だ。街の人と触れ合うときと、早苗と言葉を交わすときとでは力の雰囲気が微妙に違う。

そんなことに気づいたとき、僕の気持ちは一気に力に寄った。やはり小学生の娘を持ち、早苗と同じように『四季の歌』の「父親」と「母親」を、自分や妻と重ねてしまう立場でありながら、僕は早苗にではなく力の方に感情移入して読んでいた。

力が体験する多くのことに古い記憶が刺激された。母に対して感じること、伝えたいことはたくさんあるのに、それを口にするのが憚《はばか》られる。とくに二人きりでいるときにそれは顕著で、気持ちをきちんと整理してからでないと言葉を口にすることができず、そのことに対して一方的にイライラもする。いったいどれほどの〈否定でも肯定でもない、曖昧な「別に」〉を、僕も母に使っていたことだろう。

力も外では饒舌《じょうぜつ》だ。本来、家族などよりずっと心にバリアを張りそうな同年代の女の子に父のスキャンダルについて明かし、憎むべきその父の相手の息子とはお互いの家族について語っている。

しかし、早苗に対しては口数が少ない。「思春期」の一言では片づけられない事情が力にはある。母がもっとも苦しんでいた時期に、泣きながら「離婚しないで」と言ってしまったことを気に病んでいるのだ。だから、母に対して素直な気持ちを伝えることにさらに注意深くなってしまう。

　注意深いのは早苗も同じだ。力を気遣い、その心の内を慎重に探ろうとするのは、もちろん子どもに理不尽な旅を強いてしまっている母としての負い目もあるのだろう。

　しかし、それ以上に思うのは、やはりこの二人が母と息子であるということだ。たとえばこれが母と娘の旅だったら、物語はまるで違う形になっていたに違いない。もっと二人は手を取り合っていたかもしれないし、ケンカばかりしていたかもしれない。その形は想像することができないけれど、力と同じ「十歳の男の子」だった時代を経験し、かつ力と同年代の娘を持つ僕は断言できる。その旅が同じ形であるはずがない。

　そして怒られることを承知で記せば、辻村深月という小説家が得意とするのは、本来そちらの側であるはずだ。母と娘の旅を書く方がしっくり来る。それくらい、一読者だった僕は母となる前の辻村さんの作品に魅せられてきた。まだ〝娘〟でしかなかった頃の辻村さんなら、母と娘の旅を選んだのではないかと思うのだ。

　そんなことを考えると、やはりこれは小説家にとって必然性のある仕事だったのだとあらためて感じる。男の子の母親となった辻村深月が綴《つづ》る物語。家族として、母親として目いっぱいの愛情を注ぐ一方で、小説家として、表現者として、得体の知れない〝男の子〟という生き物を慎重に観察している。

そんな日常を想像させる作品であるからこそ、僕はこの『青空と逃げる』を愛おしく感じてしまうのだろう。

ただおもしろいだけじゃない。辻村深月という小説家は、自らにとって切実なテーマと常に対峙《たいじ》し続けている。

僕が彼女の書く物語を信じている大きな理由だ。

旅が続いていくからといって、表面上は母子に変化は見られない。早苗はあいかわらず力を気遣い、力の方は肩に力が入っている。

でも、当然ながら二人は同じ時間を共有している。唐突に父親が、夫がいなくなるという特別な状況の中、縁もゆかりもない土地で過ごすことを余儀なくされ、ようやく馴染《なじ》めたかと思えばまた不条理にそこを追われる。そんなことを繰り返しながら、二人はそれぞれ同じ思いを育んでいく。それは皮肉にも、不在であった父に対する、そして夫に対する思いである。

その父について語られる物語の最終盤、それまで強《こわ》ばり続けていた力の心がほろりと解《ほど》ける瞬間が訪れる。この長い物語の中で、一貫して「オレ」と言っていた力の一人称が不意に変わる箇所がある。すべての物語に「泣ける」や「感動した」といった感想が有効であるとは思わないが、それまで力に気持ちを寄せていた分、その一文で僕の心まで解《ほぐ》れた気がした。

そして母と子はまた飛行機に乗る。二人で何気なく窓の外に目を向けると、そこには〈びっくりするほどはっきりした鮮やかな青〉が広がっていた。

青空へ逃げていたわけでも、青空から逃げていたわけでもなく、二人は青空とともに逃げてきたのだ。分厚い雲の上にも、土砂降りの雨雲の上にも、きちんと鮮やかな青は広がっていた。

そうして辿《たど》り着いた四万十からは想像もできなかった遠い場所から、母子の物語はまた始まるのだ。

僕たちが見上げるのと同じ青い空の下で。

早苗と力の旅はいまもまだ続いている。

五月、梅雨の中休みの日に。

（はやみ・かずまさ　小説家）

『青空と逃げる』二〇一八年三月　中央公論新社刊

この作品はフィクションで、実在する個人、団体等とは一切関係ありません。

JASRAC 出 2105076-409

中公文庫

青空《あおぞら》と逃《に》げる

2021年７月25日　初版発行
2024年８月20日　９刷発行

著　者　辻《つじ》村《むら》 深《み》月《づき》

発行者　安 部 順 一

発行所　中央公論新社
〒100-8152　東京都千代田区大手町1-7-1
電話　販売 03-5299-1730　編集 03-5299-1890
URL https://www.chuko.co.jp/

ＤＴＰ　嵐下英治
印　刷　大日本印刷
製　本　大日本印刷

Published by CHUOKORON-SHINSHA, INC.
Printed in Japan　ISBN978-4-12-207089-9 C1193

中公文庫既刊より

各書目の下段の数字はISBNコードです。978－4－12が省略してあります。

あ-91-1
眠れない夜は体を脱いで
彩瀬まる

「手を見せて」と不思議な盛り上がりを見せる深夜のネット掲示板。そこに集った人々の「私」という違和感に寄り添う物語。〈解説〉吉川トリコ

206971-8

い-115-2
それを愛とまちがえるから
井上荒野

愛しているなら、できるはず？　結婚十五年、セックスレス。妻と夫の思惑はどうしようもなくすれ違って……。切実でやるせない、大人のコメディ。

206239-9

い-115-1
静子の日常
井上荒野

おばあちゃんは、あなどれない――果敢、痛快、エレガント。75歳の行動力に孫娘も舌を巻く！　ユーモラスで心ほぐれる家族小説。〈解説〉中島京子

205650-3

い-115-3
よその島
井上荒野

人生を共に歩んでも、一緒には辿り着けない場所がある――過去と現実、疑心と慈愛。夫と妻が目にする光景は？　移住先の離島に展開するミステリアスな物語。

207334-0

い-74-5
つきまとわれて
今邑彩

別れたつもりでも、細い糸が繋がっている。ハイミスの姉が結婚をためらう理由は別れた男からの嫌がらせだった。表題作の他八篇の短篇集。〈解説〉千街晶之

204654-2

い-74-6
ルームメイト
今邑彩

失踪したルームメイトを追ううち、二重、三重生活を知る春海。彼女は、名前、化粧、嗜好までも変えて暮らしていた。呆然とする春海の前にルームメイトの死体が？

204679-5

い-74-7
そして誰もいなくなる
今邑彩

名門女子校演劇部によるクリスティー劇の上演中、連続殺人は幕を開けた。台本通りの順序と手段で殺される部員たち。真犯人はどこに？　戦慄の本格ミステリー。

205261-1

い-74-9
七人の中にいる
今邑彩
ペンションオーナーの晶子のもとに、二十一年前に起きた医者一家虐殺事件の復讐予告が届く。常連客のなかに殺人者が⁉ 家族を守ることはできるのか。
205364-9

い-74-10
i《アイ》鏡に消えた殺人者 警視庁捜査一課・貴島柊志
今邑彩
新人作家の殺害現場には、鏡に向かって消える足跡の血痕が。遺された原稿には、「鏡」にまつわる作家自身の恐怖が自伝的小説として書かれていた。傑作本格ミステリー。
205408-0

い-74-15
盗まれて
今邑彩
あるはずもない桜に興奮する、死の直前の兄の電話。十五年前のクラスメイトからの過去を弾劾する手紙――ミステリーはいつも手紙や電話で幕を開ける。
205575-9

い-74-17
時鐘館《とけいかん》の殺人
今邑彩
ミステリーマニアの集まる下宿屋・時鐘館。姿を消した老推理作家が、雪だるまの中から死体となって発見された。犯人は編集者か、それとも？ 傑作短篇集。
205639-8

い-74-18
赤いべべ着せよ…
今邑彩
「鬼女伝説」が残る町で、幼い少女が殺され、古井戸から発見された。二十年前に起きた事件と、まったく同じ状況で……。戦慄の長篇サスペンス。
205666-4

い-74-21
人影花
今邑彩
見知らぬ女性からの留守電、真実を告げる椿の花、不穏な野鳥の声……日常が暗転し、足元に死の陥穽が開く。文庫オリジナル短篇集。〈解説〉日下三蔵
206005-0

か-61-3
八日目の蟬《せみ》
角田光代
逃げて、逃げて、逃げのびたら、私はあなたの母になれるだろうか……。心ゆさぶるラストまで息もつがせぬ傑作長編。第二回中央公論文芸賞受賞作。〈解説〉池澤夏樹
205425-7

か-61-4
月と雷
角田光代
幼い頃暮らしをともにした見知らぬ女と男の子。再び現れたふたりを前に、泰子の今のしあわせが揺らいで……偶然がもたらす人生の変転を描く長編小説。
206120-0

各書目の下段の数字はISBNコードです。978-4-12が省略してあります。

き-41-1 優しいおとな 桐野夏生

日本の福祉システムが破綻し、スラム化したかつての繁華街〈シブヤ〉で生きる少年・イオン。希望なき世界のその先には何があるのか。〈解説〉雨宮処凛

205827-9

き-41-2 デンジャラス 桐野夏生

一人の男をとりまく魅惑的な三人の女。嫉妬と葛藤が渦巻くなか、文豪の目に映るものは。「谷崎潤一郎」に挑んだスキャンダラスな問題作。〈解説〉千葉俊二

206896-4

し-46-1 アンダスタンド・メイビー（上） 島本理生

中三の春、少女は切ない初恋と大いなる夢に出会う。それは同時に、愛と破壊の世界へ踏み込むことでもあった――。直木賞候補作となった傑作、ついに文庫化！

205895-8

し-46-2 アンダスタンド・メイビー（下） 島本理生

憧れのカメラマンのアシスタントとなり、少女から大人への階段を歩み始めた黒江。ある事件を発端に、母親の秘密、隠され続けた自身の過去が明らかになる。

205896-5

し-46-3 Ｒｅｄ 島本理生

元恋人との快楽に溺れ抑圧から逃れようとする塔子。その先には、どんな結末が待っているのだろう――。『ナラタージュ』の著者が官能に挑んだ最高傑作！

206450-8

は-45-1 白蓮れんれん 林真理子

天皇の従妹にして炭鉱王に再嫁した歌人柳原白蓮。彼女の運命を変えた帝大生宮崎龍介との往復書簡七百余通から甦る、大正の恋物語。〈解説〉瀬戸内寂聴

203255-2

は-45-3 花 林真理子

芸者だった祖母と母、二人に心を閉ざしキャリアウーマンとして多忙な日々を送る知華子。大正から現代へ、哀しい運命を背負った美貌の女三代の血脈の物語。

204530-9

は-45-4 ファニーフェイスの死 林真理子

ファッションという虚飾の世界で短い青春を燃やし尽くすように生きた女たち――去りゆく六〇年代の神話的熱狂とその果ての悲劇を鮮烈に描く傑作長篇。

204610-8

は-45-5
もっと塩味を！
林 真理子
美佐子は裕福だが平凡な主婦の座を捨てて、天性の味覚だけを頼りにめくるめくフランス料理の世界に身を投じるが……。ミシュランに賭けた女の人生を描く。
205530-8

は-45-6
新装版 強運な女になる
林 真理子
強くなることの犠牲を払ってきた女だけがオーラを持てる。ぴかりと光る存在になるために運気を貯金しよう――。時代を超えて愛読される「女のバイブル」。
206841-4

ひ-1-2
女の家
日影 丈吉
妾宅の女主人の死は事故か自殺か、それとも他殺か。女と男の語りが明かす意想外の真相とは。澁澤龍彥、種村季弘に愛された著者の代表作。〈解説〉堀江敏幸
206937-4

ひ-1-3
応家の人々
日影 丈吉
昭和十四年、日本統治下の台湾、名家の美女の周辺で不審死が相次ぐ。内地の中尉が台南の町々をめぐり事件の謎を追う妖しい長篇ミステリ。〈解説〉松浦寿輝
207032-5

み-51-1
あの家に暮らす四人の女
三浦しをん
父を知らない佐知と母の暮らしに友人の雪乃と多恵美が加わり、笑いと珍事に溢れる牧田家。ゆるやかに流れる日々が心の孤独をほぐす。織田作之助賞受賞作。
206601-4

み-48-1
笑うハーレキン
道尾 秀介
全てを失った家具職人の東口と、家無き仲間たち。そこに飛び込んできたのは、謎の女と奇妙な修理依頼――巧緻なたくらみとエールに満ちた傑作長篇！
206215-3

み-18-11
蔵（上）
宮尾登美子
雪国新潟の蔵元に生まれた娘・烈。家族の愛情を受け成長した烈には、失明という苛酷な運命が待っていた。烈と家族の苦悩と愛憎の軌跡を刻む渾身の長篇。
202359-8

み-18-12
蔵（下）
宮尾登美子
打ち続く不幸に酒造りへの意欲を失った父にかわり、女ながらに蔵元を継いだ烈。蔵元再興に賭けた彼女の波瀾に満ちた半生を描く。〈解説〉林真理子
202360-4

各書目の下段の数字はＩＳＢＮコードです。978－4－12が省略してあります。

み-18-18
錦
宮尾登美子
西陣の呉服商・菱村吉蔵は斬新な織物を開発し高い評価を得る。さらに法隆寺の錦の復元に成功し、織物を芸術へと昇華させるが……絢爛たる錦に魅入られた男の生涯を描く。
205558-2

む-31-1
燃える波
村山由佳
友人のような夫と、野性的な魅力を持つ中学時代の同級生。婚外恋愛がひとりの女性にもたらした激しい変化は――。著者渾身の恋愛長篇。〈解説〉中江有里
206982-4

ゆ-6-1
盤上の向日葵（上）
柚月裕子
山中で発見された身元不明の白骨死体。遺留品は、名匠の将棋駒。二人の刑事が駒の来歴を追う頃、将棋界では世紀のタイトル戦が始まろうとしていた。
206940-4

ゆ-6-2
盤上の向日葵（下）
柚月裕子
世紀の一戦に挑む異色の棋士・上条桂介。実業界から転身し、奨励会を経ずに将棋界の頂点に迫る桂介の、壮絶すぎる半生が明らかになる！〈解説〉羽生善治
206941-1

よ-43-2
怒り（上）
吉田修一
逃亡する殺人犯・山神はどこに？　房総の港町で暮らす愛子、東京で広告の仕事をする優馬、沖縄の離島へ引越した泉の前に、それぞれ前歴不詳の男が現れる。
206213-9

よ-43-3
怒り（下）
吉田修一
田代が偽名を使っていると知った愛子、知らない女とカフェにいる直人を見た優馬、田中が残したものを発見した泉。三つの愛の運命は？　衝撃のラスト。
206214-6

よ-43-4
新装版　静かな爆弾
吉田修一
テレビ局に勤める俊平と耳の不自由な響子。音のない世界に暮らす君に、この気持ちを伝えたい。言葉にならない思いが胸を震わす恋愛小説。〈解説〉宇垣美里
207185-8

よ-43-5
おかえり横道世之介
吉田修一
横道世之介、バブル最後の売り手市場に乗り遅れた二十四歳。人生のダメな時期にあっても、彼の周りには笑顔が絶えない。〈巻末対談〉沖田修一×高良健吾
207213-8